谨以此书

献给中华人民共和国75周年华诞！

献给新中国首个石油合资企业中苏石油股份公司旗下机械厂（石化机械三机分公司前身）成立75周年！

远山的山

◎岛影 叶立新 著

长江出版社
CHANGJIANG PRESS

图书在版编目（CIP）数据

远山的山 / 岛影，叶立新著. -- 武汉：长江出版社，2024.11. -- ISBN 978-7-5492-9882-2

Ⅰ．I25

中国国家版本馆 CIP 数据核字第 2024YD7860 号

远山的山
YUANSHANDESHAN

岛影 叶立新 著

责任编辑：	王振
装帧设计：	蔡丹
出版发行：	长江出版社
地　　址：	武汉市江岸区解放大道 1863 号
邮　　编：	430010
网　　址：	https://www.cjpress.cn
电　　话：	027-82926557（总编室）
	027-82926806（市场营销部）
经　　销：	各地新华书店
印　　刷：	武汉新鸿业印务有限公司
规　　格：	787mm×1092mm
开　　本：	16
印　　张：	16
彩　　页：	4
字　　数：	260 千字
版　　次：	2024 年 11 月第 1 版
印　　次：	2024 年 11 月第 1 次
书　　号：	ISBN 978-7-5492-9882-2
定　　价：	98.00 元

（版权所有　翻版必究　印装有误　负责调换）

目　录

题　记 /1

引　子　历史长河里每滴水都是流淌着的姓氏和传奇 /16

  姓氏在岁月的花名册里。

  荒凉都得让出地基。

  地址是搬不走的思念。

  还有一种精神，世世代代替它们活着。

第一章　独山子，百废待"新"的石油国是 /24

  风的脚步，一阵紧似一阵，吹走了地窝子上岁月的痕迹，阅读着石油人的梦乡。如果需要，伊人希望把故乡山野的风景，打磨成忙碌在他乡的背影。歌中的伊人是一个群体，流动的生命，或生命的移位，或投靠到了另一座山，另一片草原，挂上炊烟也繁衍炊烟。

1. 玛依塔柯有一只永远睁开的石油"天眼" /25
2. 戈壁滩上回荡着"拉完一把又一把"的歌声 /36
3. 独山子，那个子字，就是长子的子 /45

第二章　121，三线建设的三机代号 /56

  大山要炼星辰了，峡谷有了吃水线，航吊安装在山脊线上吊

运大国重器。这些火红画面成了三线建设的国家记忆。给诗与远方上色，用乳浆的云沾点晨光就白里透红了。拽一朵云捻在手里纺不出线，松开手就云蒸霞蔚了。曙光是梦想纺出的金线线，织一片锦绣覆盖眼前的山河和未来。

4. 人人都要奔一个目标：跟帝国主义、修正主义争时间　　　／57

5. 飞来的城堡，三线时代的诗与远方　　　／64

6. 工业和农业是这方水土的两种作物　　　／73

第三章　龙尾山，中国车间最耀眼的"红房子"　　　／84

一块红砖砌进中国工业的肌理，在火红的年代里淬火，让中国车间带着火热的底色和热气腾腾的激昂，诠释一块砖的厚重和高度。这里的山花像落地的红霞，起伏的山脊线是大山弯下的腰身。那透红的映山红是绣在青山绿水间的胸花。还有一种色彩叫"大红花"，三机人和大山在一起，把自己也绣成了大山。

7. 有一种辉煌成为岁月的河灯，依然闪闪烁烁　　　／85

8. 考勤簿上有他的名字，用黑框框了起来　　　／92

9. 春雷阵阵，"隆中对"里的"出师表"　　　／102

第四章　吴家山，水调歌头里的"龙抬头"　　　／113

独山子是三机人遥远的童年记忆，龙尾山是三机人起起落落的苦乐年华。而吴家山的武汉呢？长江是一根铮亮的纤绳，拉不走码头但拉得走城市的阡陌。武汉是个大码头，跟长江最亲，也只有她才敢叫江城。武汉是一座火城，煅烧这座城市的炭火是夏天。武汉人就像出炉的烙铁，他们会跳进水里淬火，淬过火的武汉人就是一块钢。

10. 龙尾山啊，原来有一只浴火重生的火凤凰　　　　　　　／114
11. 一朵花在武汉，也能享有都市给它带来的红利　　　　　／124
12. 龙尾山的"困龙"终于在水之湄的江城舞动了起来　　　／134

第五章　执铜琶铁板唱大江东去　　　　　　　　　　　　／142

　　一个真正的石油石化人将经历三个层次，或三种境界：从现实主义、浪漫主义到英雄主义。现实主义，即职业；浪漫主义，即赋予职业理想和情感的色彩；英雄主义，即"我为祖国献石油"，一个"献"字，它压得住岁月，抵得上黄金，可以成就事业的亮度和精神的高度。有的企业，用壮大就可以了，但石化机械三机分公司可以称作"伟大"。

13. 就像是一次伟大的长跑接力赛，每一棒都能出彩　　　　／143
14. "把不可能变成可能"奖，国内独一无二　　　　　　　／156
15. 有一种"光"拉长的不是影子，而是心中的那份挚爱　　／170

第六章　石油原风景里的万水千山　　　　　　　　　　　　／188

　　山横水纵啊，能把山河串在一起又赋予山河之壮美的唯"气"字尔，因而就有了"气壮山河""气贯山岳"，即"气"能壮山河，"气"能贯山岳。我们在亚洲最大的净化厂普光才发现闪烁的不一定是星光，照耀的也不一定是阳光。请记住：有一种闪烁叫璀璨；有一种照耀叫荣誉。

16. 你给员工一碗水，你就会获得一桶水。你信不信？　　　　　／189

17. 他们带着火红的底色诠释一块砖的厚重和高度　　　　　　／198

18. 伸手可触的祖国啊，我拥抱你遥远的地平线　　　　　　　／219

尾　声　看得到彼岸又能抵达彼岸的生命横渡　　　　　　　／239

  石化机械三机分公司大门上飘逸的顶梁造型，原来就是一面飘扬的旗帜。旗帜是用来飘扬的，旗帜是用来召唤的，旗帜是用来鼓舞脚步的。几个人在一起，那叫一群人。几个人和一面旗帜在一起，就叫队伍了。有形的旗，在风中飘扬，展开给风看，展开给人看，召唤着队伍。无形的旗融化在血液里，人就成了旗帜！旗有旗语，永远的旗帜，她的旗语是飘扬。

题 记

从一座山到另一座山，中间隔着的不仅是距离，还有岁月。

从一段岁月到另一段岁月，中间隔着的不只是时间，还有峥嵘。

历史长河里的每一滴水都是流淌着的姓氏和传奇。每一滴水都在过滤着岁月，无论浑浊或是清澈，山的棱角能打磨水质，更能激起朵朵水花。

人有时就是风里的树，摇曳躯干是为了寻找最好的站姿，任由风去删减身上的惰性。乌尔禾的魔鬼城真的就是风雕刻出来的吗？荒凉和废墟或许不只是我们的转身挥别之地。有的地方埋葬死亡，那地方叫墓地；有的地方埋葬辉煌，那地方叫废墟；有的地方埋葬峥嵘，那地方叫岁月；有的地方埋葬脊梁，那地方叫丰碑。

独山子，一条路一端连着沙漠，翻过雪山，另一端则连着无尽的荒凉。一个走进荒凉的人，不是无路可走就是绝处逢生。死寂是活着的空间，石头被风嚼碎后，有碎石的地方就是戈壁。那些石头总是在风里无家可归，一块没有根的石头，跟着风也便成了风。

这条路从来都不缺脚印。

河西走廊传来了驼铃，迎面而来传响着不同语种的交易声。阳关和玉门这对孪生兄弟，在中国边塞诗里都用一个平仄，它们把幽怨灌进羌笛里发声，把春风给吓跑了。夜光杯最能过滤情义，杯盏轻碰或许就是今生的诀别。

独山子就在它的西面。再往西，我们的边塞诗人都不去了，我们能读到多少独山子的唐诗宋词？

天山南北待客之礼，纯洁的老旧风俗

不允许怠慢那些从民族风里闪身的孤独客

不能让不悦轻易触碰青草、牧歌和流云

在北疆，有多少事物可以无限放大

马牛散漫，总是比黎明

早一步迎向晨曦

　　锡伯族诗人在独山子石化机械三机分公司前身的老车间里写下了这样的诗。他很年轻，老厂南迁的背影他没有看到。但他相信：因为走向，而不是流浪；因为国家，而不是小我；因为工业，而不是狼烟；因为资源，何惧荒凉。独山子，那个独字，就是独立自主的"独"；那个山字，就是要像山一样巍峨。那个子字，就是共和国长子之子。

　　从独山子市区往南就是独库公路的起点，我们折西就到了独山子山的跟前。要上山得穿过一片戈壁滩，矮茎的草甸被车辙碾压过，绿意尽失，一面开阔的斜坡通向山脊，斜阳下的山体透出古铜色的光泽，日落之初携带着落云，也过滤着光亮，斑斑驳驳的光点，团团絮絮的阴影，给了独山子几分神秘感。向南就是天山山脉，中间隔着成片的水草、村庄、蒙古包，恰到好处地摆放在奎屯河谷。一边是牧歌式的牛羊成群，天山融化出的雪水仿若牛奶、羊奶喂养出这方生灵，遥远而又近在咫尺。一边是成片的向日葵金黄的葵饼像舞动的草帽为农耕文明庆丰收。独山子山则一山突兀、寸草不生，天山唯独忘了独山子也需要生命之源滋养。

　　独山子山就像一根横着的扁担，它要挑什么，它能挑什么？

　　二十世纪五六十年代的独山子人说，能挑起社会主义的这副担子。

　　站在独山子泥火山远望天山雪白的银额，像宝石在阳光下闪耀，融化的冰水沿着天山源头的河流注入戈壁、沙地，成就了独山子这片绿洲。成就独山子的还有石油。建国伊始，共和国的第一代伟人首先把目光投向了这里。于是，新中国第一批石油人从四面八方聚集独山子，而紧靠泥火山的那幢红砖头车间就是石化机械三机分公司前身最早的雏形。车间里衣着紧身列宁装工装的是石化机械三机分公司最早的先民，亦被称作中国石油机械的拓荒者。

历史就这样悄然开启了石化机械三机分公司的红色纪元。

共和国第一代伟人的石油国是足以提升中国石油机械的历史价值。

一望无际的白桦林沿西伯利亚贝加尔湖向西展开。神秘的专列高擎起一团浓浓的烟雾，顷刻间与乳白色的雾凇融汇在一起。这似乎是一次普通而又漫长的出行，但它已载入了国家记忆：1949年12月16日，莫斯科雅罗斯拉夫斯基车站的大钟刚敲过十二响，毛泽东主席率领中国代表团乘坐的专列徐徐进站，抵达苏联访问。"中苏石油股份公司"是毛主席访苏后带回的成果之一，而石化机械三机分公司的前身就是这个合资公司的机修部，就连它的厂长、总工程师也都是苏联人。

独山子，这个地处中国地形图上的鸡屁股小镇，真能下出中国石油的金蛋蛋吗？一个大国领袖给另一个大国领袖送去的寿礼仅为一车皮蜜橘、一车皮大葱等土特产，可见旧中国留下的烂摊子，是何等的一穷二白。

历史拉长的皱纹给岁月留一条生路。眼睛深邃，就像泥火山上的"石油天眼"每次与它对视都充满想象，或思绪万千。风吹拂着泥火山的月光，背斜的褶皱。风的脚步，一阵紧似一阵，吹走了地窝子上岁月的痕迹，阅读着石油人的梦乡。如果需要，伊人希望把故乡山野的风景，打磨成忙碌在他乡的背影。歌中的伊人是一个群体，流动的生命，或生命的移位，或投靠到了另一座山，另一片草原，挂上炊烟也繁衍炊烟。

在一个人为"砖瓦"和"螺丝钉"的火红时代，他们就是国家的一部分；神圣和尊严既是国家的面孔，也是他们的表情。一个人有许多的选择，选择艰苦就是选择意志；选择命运就是选择未来。到西部去，到祖国最需要的地方去。

大漠孤烟直，长河落日圆。

他们就这样沿黄河一路向西。在西去列车的窗口，山西的骡子驮着黄河上了太行，黄河在陕北亮出信天游爬上了高原，青海的马拉着黄河在跑，大好河山啊，西的尽头是荒凉。

那是一个神圣的年代，一个庄重的年代，一个具有英雄情结的年代。

那是一个体现集体意识、集体力量的火红年代。即便做出了成绩，都是"我们"，而不是"我"。要找到他们的业绩很难，就像一辆行进的列

车，火车头和螺丝钉都同样重要。一首《伏尔加船夫曲》是依赛列夫的母歌，我们陶醉和记忆的不是音色，而是那个昂扬画面里"拉完一把又一把"把纤绳勒进肩胛磨出一道肉槽的葡匐。

他为什么把这首歌带给中国朋友呢。

他们拉的是什么呢？

拉的是社会主义啊！

贺敬之在《西去列车的窗口》看到了那些闪亮的眼睛，触摸到了年轻人火热的胸口。青春、奋斗、建设等这些滚烫的字眼激活了那个时代的每个生命细胞。艾青沉了下去，李季挂职去了那里，闻捷、杨朔、李若冰等一路向西。那条被誉为新中国工业的"零公里"，从河西走廊延伸到了天山南北。无论是丝绸铺出的商道，还是和亲远嫁的血脉之源，那里的人潮涌涨一次次拍打着中国最荒凉的西轴线。那里注定是一个淡不出的原乡。擦肩抑或逗留，都是一次挥之不去的命定。那种回望是行走时的不由自主，超越生命本身的下意识。历史选择了那片地域，更多地选择了那片地域的神奇。

工人、车间、劳模，班组长，热火朝天、挥汗如雨，还有那些鼓舞斗志的车间标语口号，它们共同组成了中国车间的原风景。

　　最荒凉的地方，却有最大的能量；
　　最深的地层，喷涌最宝贵的溶液；
　　最沉默的战士，有最坚强的心。

黑油山，在诗人艾青的眼里也是"美人"。

"（车）开得好快呀！"

司机大声应道："要奔个目标呢。"

看到独山子机械厂修路队将一条条玉带似的公路向克拉玛依延伸，杨朔动情地说，修过长城的民族，一定还能修一条通往共产主义的路。

那就给我们写一首诗吧！

我是来学习的，谱写伟大史诗的是劳动群众。

我站在那雄伟的井架下面，
　　深情地照料着我的油井。

　　李季在西部"沉"了下去，并掘到了中国石油的精神"乌金"。

　　艰苦但不苦难，人人在乐观中都要奔一个目标。

　　艰苦年代，饥荒年代，骆驼刺是戈壁滩绣出的胸花。他们就用这些"胸花"籽做出了热腾腾、香喷喷的"戈壁汉堡"。

　　广袤之上是无边的地平线。茫茫戈壁滩走上一天与走上十天都不会有多大的变化，我一直分不清哪里算准噶尔的边界，我只能从最荒凉的地段算起。一个叫三塘湖的地方，有一片墓地，为了让这些亡灵安静一点，人们筑了一堵墙，那堵墙很长很长，可是仍然挡不住更长的风沙。多少生命都能在这"臂弯"里埋得下，埋多少生命都显不出多。

　　独山子寻根，我们寻到了三机的根部。遗憾的是，许多老人的名字曾在共和国花名册里被无情的岁月一笔勾去。愿那些健在的老人多一天存活，为石油的历史延年。

　　在沙漠公路上，越野车里循环播放《可可托海的牧羊人》。车里的人听得五味杂陈。打开蜂箱飞出的不是蜜蜂，是可可托海。打开羊圈，放出的不是羊群，是可可托海。羊是草原上游动的梨花，成不了花海。蜜蜂是花海里煽情的舞者，酿不出草原。把羊群赶进了花海，丢了草原。把蜜蜂放进了草原，丢了花海。羊和蜜蜂不是一条道上的生灵，牧羊人和养蜂女也就走不到一块。可可托海给你甜蜜给你肥美，也给你浪漫，就是给不了爱情。草原再大酿不出蜜，花海再美喂不肥逐草的羊。当我们听完了"压岁钱""戈壁女人""121喜酒"等故事，我们发现这些石油人的妻子是最伟大的女性，她们有自己的"可可托海牧羊人"。

　　可可托海有一个大坑，那坑里的"宝贝"可以生产原子弹。这里原是一个鲜为人知的秘密矿山，现在解密了。这个企业也是当年毛主席从苏联带回的成果之一。美丽的可可托海，也是神秘的可可托海，只可惜他们的故事浪漫而不厚重。

　　华子，以后不要把我带回来。有些日子看起来平平常常，但日子久

了就刻骨铭心。许多的日子里都不缺太阳，也不缺春天，可我们总是在月亮下伤感，在秋天里感伤。日子放不得，放久了就拎不起来，放久了就钙化了。

"当年我赶着马群寻找草地，到这里勒住马我瞭望过你，茫茫的戈壁滩像无边的火海，我赶紧转过脸向别处走去。"唱歌的大叔又回转身，他发现泥火山上一只苍黝的石油"天眼"深情地看着他。这位骑着毛驴经过黑油山的新疆维吾尔族大叔巴依发现了一口泉眼，黑水冒着热气从地底涌出，如戈壁滩上的一颗黑珍珠。那山，当地人叫它玛依塔柯，或玛依套，山脊线与天际线缝合在一起，横亘在天山以北。那山没人爬过，爬上去干什么呢，寸草不生，那不叫山，叫极地。有人爬过，找石油、架电线。风不爬，爬到半道就累了。云在爬，压根就没有下山，下山更累。多大的风也能把阳光吹来，多大的阳光也能把风晒干。那里的风是用来吹旗帜的，那里的旗帜展开给风看。

这是一部关于中国制造的故事。

我们走进了独山子中苏石油股份公司机械厂原址的机加工车间，那是一幢俄式的方拱形建筑，俄式车床、罗马尼亚铣床都已锈迹斑斑，天车横梁上红色油漆刷写的标语仅留下斑驳的一个"多"字，是"多快好省建设社会主义"的那个"多"吗？一把锁紧闭了大门，但我们发现，锁门的小伙子把钥匙又藏在大门边上的一块石头下。不怕丢吗？丢不了。谁到这里来？到这里来的一定是凭吊，而不是来偷盗！

一块红砖 / 砌进中国工业的肌理 / 在火红的年代里淬火 / 让中国车间 / 带着火热的底色 / 和热气腾腾的激昂 / 诠释一块砖的厚重和高度。

残存、锈蚀、风化，曾经的饱满和丰盈虽耗尽了水分，但依然带有那个年代的气息。天空依旧，还是那么瓦蓝；大地依旧，还是那么广袤。树长得也沧桑，甚至有了老年斑。这个时代要寻找到沧桑也很难。大地的文身多半是人为之作。我们在苏联人援建的俄式石油工人俱乐部泛黄的图片里，走进了中国最早的三大油矿之一，走进了中国最早的工业油井之一，走进了新中国第一家中外合资企业。

我们在寻找石油部落的"青铜记忆"。

我们在寻找石油部落的"兵器时代"。

我们在寻找石油部落的"天工开物"。

戈壁滩上的篝火不再点燃，但篝火的热烈依然能给记忆暖身。一汪水塘边的两棵柳树依然健在，见证两支青年突击队员跳着青年圆舞曲，吟诵王蒙的《青春万岁》：所有的日子，所有的日子都来吧，让我编织你们，用青春的璎珞，编织你们。工人俱乐部大门外的戈壁滩篝火和舞蹈相碰，青春和信念冉冉上升出蓬勃力量。他们是谁？是安德留休克、是王辉、是依赛列夫、是王玉峰、是伊万、是黄志敏、是吐尔逊、是黄鸿钧、是赵趁福、是石体伟、是周维，还是段乙？

那代人，当你给他一片天空，他们就能飞起来，一个能飞起来的生命弧线多么壮美，他们最大的优势是具有飞翔的基因。

在独山子陈列馆里我们找到了他们，找到了球墨铸铁、三机配件会战，找到了新中国第一条地下石油管线在他们手里延伸，找到了为炼油厂设计、生产出的"S"形、"舌"形塔盘获得石油工业部的嘉奖令。三机配件为独山子炼油厂而生，也为克拉玛依油田而长。

有人把白云赶到了草原，挥动鞭子又轻轻地放下。

在那遥远的地方，那遥远有多远？是距离，更是时间。

一位老人颤颤巍巍地告诉我：为什么王蒙能喊出青春万岁？那是一代人把一个时代托举起来，送到他们仰望的高度。

这是一群没有故乡的石油"吉卜赛"人。

没有血缘的第二故乡，倒成了他们那代人的原乡。

大三线，共和国的经纬度里第一次出现了"迁徙"二字。南迁，既是方位的大移位，又是命运的大腾挪。1969年12月1日入鄂，从此，"121"番号跟了他们大半辈子。跨越天山、黄河数千公里，一个大木箱子装下了一个家庭的全部家当。在一个极寒的冬天上路，告别玛依塔柯石油家园，泥火山上那只永远睁大的石油"天眼"依依不舍为他们送行。想不通为什么要把一个有根有花有果的西部石油机械厂搬走。要知道，当这个根与大地连在一起，要搬走它，连大地都喊痛！他们又要去一座山里，一座关于

龙的传说的大洪山，那座山一定要闭塞，远离城市，越偏僻越是首选，他们按照这样的三线"尺寸"挑选三机的生地。

独山子，是一座单纯的山，孤傲于世，有人又叫它"一字岭"，就像一根皮尺丈量着天山的身段。龙尾山有绵延，起伏跌宕。起有峰，跌为谷，那延伸线就是大山的经络。

独山子能闻到石油味，银灰色的炼塔错落有致，盘塔、油管，积木似的线条板块组合圈进一个有围墙的重地，气派而又森严。而龙尾山有鸟鸣，有花香，有贡米，有山泉，有天门花鼓，还是侨乡，与石油隔山隔水。阳光很灿烂，隔一座大山就把路盘成了弯弯绕。

山给你海拔，也给你跋涉。

大山要炼星辰了，峡谷有了吃水线，航吊安装在山脊线上吊运大国重器。这些火红画面组成了三线建设的国家记忆。国家行动也锻造出了"三线精神"。从独山子到龙尾山，号角嘹亮，那是国家工业重新布局的集结号，远征的队伍由西向东拉着石油工业的纬线第一次到了长江。从三机配件到石油装备，他们生产出的抽油机主体有一个长长的臂杆，臂杆的顶部连有月牙形的装置，就像一个刚出炉的红铁锤。挺立，鞠躬，匍匐，在空中划着弧度，又狠狠地躬身砸向大地，一天近万次周而复始。那斧头形的臂杆，石油人说是抽油机；诗人说是采油树；哲人说是磕头机。说抽油机的是说生产；说采油树的是说生长；说磕头机的是说感恩。大凡磕头者都是石油最虔诚的信徒。磕头机，那是大地之上最硬朗的石油图腾。不停地叩头，用钢铁的骨骼向大地鞠躬。这是一幅最壮美的石油躬耕图，也是石油生态给我们呈现出最深情的仪式。

她曾在伊犁兵团农场开千里马拖拉机，用的是三机配件，她顺理成章地嫁给了三机丈夫。她像一个人，像不像1960年版两元人民币图案那个开拖拉机姑娘？她笑笑，说那时她还小，但那张面值两元人民币她时不时翻出来看看，岁月里有青葱、有爱情，有事业，有委屈，丈夫当了二十年厂长，她当幼儿园阿姨二十年。没沾上光，不怨他。"咕嘟嘟，咕嘟嘟，拖拉机来了，咕嘟嘟，咕嘟嘟，拖拉机来了，你到哪里去？我到公社去。你到公社做什么？我到公社耕田地。"她把开拖拉机的过往编成儿歌，唱给丈夫听，也唱："两个小娃娃呀,正在打电话呀,喂喂喂,你在哪里呀?哎哎哎,我在幼儿园。"丈夫偏瘫靠在躺椅上,她轻轻地哼唱着。"中国压缩机,中国压缩机!"老厂长重复着,把"三机"换成了"中国"。

  这夏天 这早晨 这奔跑的阳光
  一切都呈现忙碌和生命疯长
  我们的歌声和姓名
  便和隆隆的机身一起流淌
  那些长高长大的车间
  正和白云一起擦肩而过
  心中的梦想旗帜一样飘扬

  龙尾山的车间也"套种"农业,工业和农业是这方水土的两种"作物"。龙尾山辉煌过,也艰难地挣扎过。

  没有龙尾山的矢志不渝,没有龙尾山的苦乐年华,没有龙尾山的坚韧和砥砺奋进,就没有浴火重生的三机涅槃。121的番号可以没有,但"三机"这块承载着厚重历史、具有国家血统的这块牌子丢了,魂也就丢了。三机不死,三机怎么会死呢?一代一代三机人不信邪、不信命,倔强地将命运之头从岁月之河里摁下又昂起,抖抖时光残片,自信地唱着那首遥远的《伏尔加船夫曲》:齐心协力把船拉,拉完一把又一把。

  延绵的群山,那是山与山牵手远行。这个牵手,有搀扶,有顾盼,朝着共同的走向完成山脉的维度。山高的地方云多。云把山打包成快递,山超重了,迟迟寄不出。山泉无须打包,轻盈盈自个儿把自己送走,百回千转,柔情蜜意。山攀上了云,也升不了天,顶多是云海里的飞来石。云是山的常客,留不住,顶多下凡打个卡。这或许就是三机厂龙尾山的诗与远方。

  六个山头,六个高音喇叭,整个龙尾山就是一个大音箱。

  省广播电台播报龙尾山三机厂青年女团员学雷锋的故事。三机人就端着饭碗选一处开阔地,品味龙尾山的桃花究竟有多红。

  龙尾山,一个远离城市的飞来城堡,一个车间居然建在两县的交界处,前门是天门,后门就是京山了。

独山子是山，龙尾山也是山，他们永远都是山里人。既在龙尾，何不做龙头呢？果然，《龙尾山上一条龙》上了省报。

他们尝到了转型后的甜头，他们生产的抽油机迎来了"抽油机帝国"的黄金十年。抽油机门槛低，市场经济催生抽油机厂家如雨后春笋，顷刻间地域之劣显现，过山车似的跌入低谷。轮岗、待岗，甚至抓阄上岗，4人中有3人协解买断。

他放弃了治疗。企业这么困难，还为我花钱，我不就是一个罪人了吗？这个企业不能垮啊，那可是毛主席给我们从苏联带回的企业啊！"最后，就最后一次！"他的生命倒计时不是论年，也不是论天，而是论小时。一个普通划线工提出这样的要求过分吗？就让他坐在车间的大门口，眼睛能看到车间地面上的那条黄线，给他一个哨子，发现有人越线了就吹吹哨子。他没有躺在靠椅的后背上，端端地坐着，眼睛直愣愣地盯在黄线上。他没有吹响他的哨子。那是个春天，太阳柔和而明亮。车间大门口的那几棵法国梧桐是他进厂后植下的。树上有几只鸟儿对着他叽叽喳喳叫，他无力地努努嘴，蜡黄的脸上漏出一丝很浅的笑意。下班的广播响了，徒弟把他扶回了家。第二天，他走了。他一定很欣慰。那一天车间考勤簿上有他的名字，唯一区别的是，他的名字用黑框框了起来。

搬迁武汉的那些日子，有人担心协解人员堵路、闹事，结果担心是多余的。

你们怕什么？担心我们闹事吗？既然敢买断就没指望"破镜重圆"。没人送你们，多孤单。那年离开独山子，我们哭了，送我们的人也哭了。离开龙尾山，还回来吗？盼你们回来，又是一个完整的家。怕你们回来，回来就意味着你们打道回府，混不下去。有人轻轻唱起了《十送红军》。虽然歌词不搭边，但那曲调很深情。走的那天，映山红漫山遍野，深情地张望，为他们送行。

生活流失很多，但记忆赶都赶不走。龙尾山给了他们挣扎、抗争、倔强，更给了他们挺拔。那个春天，他们在"隆中对"里有了"出师表"三分天下的雄心大略。他们赶上引进的末班车，引进美国压缩机技术，不断消化、吸收、创新，才有了今天中石化压缩机国产化制造基地，成为国内非一即二的压缩机王。

　　还记得独山子泥火山上的那只石油"天眼"吗？在我看来，那是一口油井的端口，这口油井就像我们的奶娘，直到耗尽最后一滴油，安详地享有这块石油圣地，用另一种乳汁喂养更多的儿女。那只是一只眼睛，一只流淌着泪水的眼睛，我枕畔的这些水分就是挂在它心间的一面湖水。我们愈加发现那是一只凤眼，凤凰的眼睛。这眼睛似乎在哪里见过，龙尾山的石堰口水库更像它的另一只眼睛，只可惜，中间隔的不是鼻翼，而是万水千山。其实，龙尾山还有一个通龙湖，清澈而又顾盼生姿，两只眼睛都有了，两个山头上的铸造车间、总装车间不就是凤凰的翅膀吗，龙尾山就是凤凰的身子，山花儿红了，秋叶儿也红了，这春秋里的凤凰就等一次涅槃，浴火重生的涅槃。

　　搬迁，这次是他们主动要走出大山，他们要搬掉压在头顶上的大山。

　　龙尾山的孩子，从前的日子虽远去，我们却想回来看你。一个人回来难免心酸，你已不是从前的你。从前的日子难抹去，从前的你依然清晰，一起回来会快乐，你还是从前的你。假山还在，荷花池依然还在，曲径幽幽杨柳依依，广播声还准点响起。青山还在，校舍和操场还在，年华似水，龙尾山的孩子如今各奔东西。

没有忧伤，却比忧伤更忧伤。
如果说独山子是油一代的原乡，那么龙尾山则是油二代的原乡。
搬迁到武汉东西湖吴家山，那里将是油三代的原乡。
三机厂的根是"红根"，是毛泽东主席从苏联带回的成果之一。
三机厂的起点在独山子，那是石油工业的发祥地之一。
龙尾山是大三线的落脚点，也是三机人的出发地。
东西湖不是抛来的绣球，而是抢滩得来的"金龟子"。
当三机厂的第一根基桩嵌进武汉都市圈东西湖的围堰之地上，有人担心，这片填平的湖底会不会坍陷？大国重器的基石一定要稳啊！

　　武汉的春天真美！樱花爬上枝头\亮出武汉春天的家底\这些樱

花＼跟武汉人一样性急＼提前半月＼用早产向这个城市报春＼"樱"你而来＼磨山涂口红等一个香吻＼龟山抹胭脂羞红顾盼＼双眼皮的东湖点了金粉寻寻觅觅＼粉嘟嘟的珞珈山画大妆拥你入怀＼武汉是樱花搭的戏台＼樱花谢了＼武汉才算卸妆

一朵花在武汉就能享有都市带给它的红利。不像龙尾山的山花，自开自谢，孤芳一季，无赏花之人。风过处，弃一地落英不带走花骸残香。一位穿红袄子的姑娘站在花树下，想：自己是那树上的哪一朵呢？爱美的女孩穿上红衣裳，那花不谢就是春天；一株杏花不红有桃花红，一棵桃花不白有杏花白。"转型前，张厂长吃的苦最多；翻身后，张厂长吃的甜最少！"日子好过了，他就把甜日子交给继任者，他这一棒交得可以直起腰来。老厂长走了，厂里的人都给他送葬，葬在了龙尾山。三机厂搬迁到了武汉，子女又把他的坟迁到了武汉东西湖吴家山的睡虎山陵园。子女说，这是老人的遗言，他一辈子都要跟着三机厂走。武汉搬迁，他没能在搬迁的队伍里，魂归武汉这算不算一次搬迁？再说，子女在武汉，让老人"回"到儿女身边，不"孤独"！准备好了吗？山里人进城会不会闹出小说陈奂生进城的笑话？从龙尾山来的这些三机人，近十年都在扭亏解困，一直都在穷日子里挣扎，欢天喜地到了大都市，首先得有一处蜗居，口袋里能掏出多少毛角子去填饱房地产开发商的胃口？他们似乎怀念起穷乡僻壤了，怀念有钱花不出的龙尾山了。龙尾山夏风习习，不用空调也能凑合，而武汉不调低空调温度就没法过。如今他们成了武汉人，他们拥有了自己的房子，甚至还以车代步，二十年的光景有了质的飞跃。腔调变不了，性格没有变，各自分布在不同小区，每扇窗里透出的光亮像龙尾山的星光带着山乡若明若暗的亮度，诗意而又温馨。

这是一个有梦的企业。

梦到了无路可走的时候就是现实。

无数的星辰播进夜空，太阳是黎明结出的辉煌的果子，这无疑给了梦幻者暗示：一切辉煌的光圈里必然有无数的希望在闪烁。人生如梦，那不是一种遗憾，真正的遗憾是无梦的人生。在大漠看星星，有时把自己看成了星座；在大漠看月亮，有时把弯月看圆了；在大漠看太阳，有时把通往井站的路看成了地平线。井架如天梯，他们摘星去，也采摘太阳，把太阳放进嘴里，品尝大漠深处的红苹果。大漠充满着活性，激活了所有的想象，在石油的经纬度里，有太阳，有月亮，有地平线一样的路，那都是大写意，一点都不孤独。

一天，他发现嘉陵江像一条红河。太阳越过万仞群峰，太阳离他很远，但阳光离得很近，把阳光放进嘉陵江里洗洗，江水染成了胭脂。把阳光放进嘉陵江里揉揉，江水碎成了粼粼波光。掬一捧嘉陵江水，江水从指缝里流金。嘉陵江也有留白的地方，预留一块沙洲种植脚印，脚印如船，即便不下水也会满载而归。有人在江边用口琴吹奏起了熟悉的旋律——《我为祖国献石油》。多么壮美的画面："嘉陵江边迎朝阳，昆仑山下送晚霞"，大好山河里，这里的朝阳还是晚霞都是能源之光。

尾灯就像拖长的流萤消逝在大巴山的崇山峻岭。

普光和元坝是盛放在中石化川东北最耀眼的气田姊妹花。山横水纵，能把山河串在一起又赋予山河之壮美的唯"气"字尔，因而就有了"气壮山河"、"气贯山岳"，即"气"能壮山河，"气"能贯山岳。我们在亚洲最大的净化厂普光才发现闪烁的不一定是星光，照耀的也不一定是阳光。有一种闪烁叫璀璨，有一种照耀叫能源之光。

三机人过惯了苦日子，没有养成大手大脚的"大撒把"，就连从独山子搬迁来的西德磨都舍不得淘汰，那台老古董放在了车间的工区线外，老师傅说，能用，好用，看到它就像看到了激情燃烧的岁月，看到一位战士，看到永不生锈的钢铁之躯。

你们还没办喜酒呢，时间定了吗？弟媳看了看丈夫。"121"吧。他先是一愣，很快眼眶湿润了，这是渐行渐远的代号，滚烫的代号，可以替代龙尾山的代号，中国三线建设的时代符号。心里装有"121"的人，那就是装有国家啊。你长大了！不请客，只是补办一下！新娘子进了胡家，哪能少了这道程序呢。哥，你若能来最好，就我们三个人；来不了，肯定是抽不开身，我和明明不怪你。

一条河的源头一定在高处。

一条河的奔流必然有落差。

一条河的生命定然有长度。

从龙尾山到吴家山，他们这是与"山"有缘。他们这些"山里人"，可以靠山吃山，但真正的"靠山"，并非有形之山，而是无形之山。没有机械公司这座"靠山"扶持，他们走不稳，也走不远。

这些年，石化机械三机分公司生产的压缩机创下国内三个第一：

国内第一台储气库压缩机；

国内第一台页岩气压缩机；

国内第一台高含硫往复式压缩机……

看得到彼岸又能抵达彼岸，三机人捧回了"把不可能变成可能奖"。从一年干十几台到干一百多台，人没增加。

经济指标最直观的是数字；

精神指标最直观的是荣誉；

思想指标最直观的是行为。

我们不妨看一看石化机械三机分公司的一组数据：

2017年实现收入1.2亿元、上缴利税1049万元；2018年1.8亿元、1160万元；2019年2.56亿元、2241万元；2020年3.67亿元、3965万元；2021年4.9亿元、6493万元；2022年5.12亿元、6404万元；2023年5.17亿元、7031万元。三机人第一次敢拿数字说话了。

一个生产压缩机的企业，生产者其实也是一台压缩机。

远山的山，第一个山是山脉，第二个山是指人。

人因平凡而伟大，因伟大而比肩山峰。他们在迁徙路上把路走远了，走出了视野，走向了高地，便有了文化与品格的传承，人形成了起伏连绵的山峰，而那文化与品格沉淀为隐约可见的山脉，把层峦叠翠的山峦萦绕。

从新中国成立初期新疆独山子石油机修部起步，南迁至湖北天门龙尾山参加江汉石油会战，完成从三机配件到抽油机特车等石油机械的转型，可谓波澜壮阔、跌宕起伏。也正是在这一时期引进美国压缩机生产技术，吸收、消化、创新，有了第一代产品。抓住机遇，摆脱地域之劣，抢占地利挺进武汉东西湖吴家山，建成了中国石化压缩机国产化制造基地，并展现出高质量发展的强劲势头。石化机械三机分公司的起承转合总是与共和国石油工业发展同呼吸共命运。石化机械三机分公司的嬗变、转型，及几次搬迁带着很深的国家记忆。三机与山有缘，绕不开一个山字，那既是有形的山，更是无形的山。独山子、龙尾山、吴家山，有形。无形的山需要翻越，每一次高度总能一览众山小。山之巍峨，山之起伏，山之厚重，山之奇崛，山若人，人亦若山。这个山，与三机之三同音，又是三地之山，从独山子起跳，龙尾山为跳板，腾空一跃，落在九省通衢的吴家山。这是一个企业的三级跳，它给我们展现的是燃情岁月、三线建设、浴火重生的命运三部曲，也是一部穿越半个多世纪的中国石油石化工业国之重器的英雄史诗。

  一个真正的石油石化人将经历三个层次，或三种境界：从现实主义、浪漫主义到英雄主义。现实主义，即职业；浪漫主义，即赋予职业理想和情感的色彩；英雄主义，即"我为祖国献石油"，一个"献"字，该有多重，它压得住岁月，抵得上黄金，可以成就事业的亮度和精神的高度。

引 子

历史长河里每滴水都是流淌着的姓氏和传奇

姓氏在岁月的花名册里。

荒凉都得让出地基。

地址是搬不走的思念。

还有一种精神,世世代代替它们活着。

引子　历史长河里每滴水都是流淌着的姓氏和传奇

"您购买的 7 月 24 日 Z292 次列车因故停运，严岛影需在 8 月 22 日前登录 12306 网站或到铁路车站按规定办理未乘区退票手续，购买联程车票的，请于联程车票开车前一并办理退票手续。"

这条 12306 的短信通知打乱了我的新疆行程。

收到这条短信的时间是 7 月 23 日，真有点措手不及。

7 月 24 日就是我的生日。

这张火车票上应该有一首诗，我就写在纸上，我慢慢地参观山河，流连而不是赴约，深情在大地上，比缀在云里更容易动情。

我总按此出行：凡是火车到不了的地方，考虑飞机吧。那语气，万般无奈，有些沮丧。三天两夜，新疆该有多远啊，哐当哐当的钢轨摩擦声不绝于耳，以及"嗤"的一声急刹车晃得车厢里一阵乱腾，如果遇上春运更遭罪，这似乎是一种折磨，但我能品尝和分享其中的年代感，拥挤也是一种热烈，歉意地说声"对不起"，这就够了！久违了的绿皮火车，我愿意晃晃悠悠，像摇篮。

回想起 25 年前的一桩往事。火车在天水停了两分钟，蝼蚁般的商贩向我们的车窗涌来。卖水、卖小吃、卖水果的吆喝声此起彼伏。我花了四元钱买了一袋桃子。车启动了，当我打开袋子发现那些桃子软不拉几，大都烂了，我有些抱怨。车离站好远，那位卖桃子的大娘依然立在站台，她早该离去，她没有离去，她的桃子没有卖完，她是在等下列火车吗？我有些内疚，我们为什么不能换个角度去想想呢，一个人由于生存环境不一样，在大娘眼里，她卖出的桃子没有什么不能吃，她或许压根儿就没骗你，既然这样，你还抱怨什么呢？

这就是我为什么愿意坐火车。有故事，有熟透了的桃子，如果再遇到一位卖桃子的女人，或许就是那位大娘的女儿呢？她教会了我们把一个桃子放在不同的境遇中品味生活给我们不一样的味道。铁凝的成名作《哦，香雪》，写的也是绿皮火车，不过她的主人公是一位小姑娘，而不是老大娘。

独山子有多远？有时连路都不知道，因为通往独山子的路不止一条。

"严老师好！何时到独山子？到时我到车站接你。想住哪里，有预定

吗？现在是旅游旺季，住宿比较紧张。"一个小时后，"住宿定好了，明天入住玛依塔柯宾馆。这里接待过总书记、总理，档次比较高，安全、干净，内部优惠价280元一间，出公差的离店开票回去报销，其他人的算我请客。韩老师好不容易开一次口，必须安排好！你们采访的人需要我们提前联系吗？"独山子石化原作协主席罗基础给我发来信息。

从乌鲁木齐赶往独山子途经奎屯。据说"奎屯"蒙古语意为"寒冷"，据说奎屯的"六月飞雪"不是奇观，而时有发生。一路上能近距离贴近天山、草场、蒙古包、成片的向日葵，尤其看到奔腾的奎屯河就觉得她是天山抛出的玉带，天山不仅仅是屹立的父亲山，她把自己融化成了母亲河。能奔腾的河流一点都不"寒冷"。

"必须安排好！"独山子正等着我们呢。

我带着一个独山子"花名册"寻根：安德留休克、王辉、依赛列夫、王玉峰、张虹、吴瑱、李树荣、穆依东、赵趁福、石体伟、黄志敏、吐尔逊、黄鸿钧、依玛尔、周维等。我想，在火车上，我就有更多的时间，从网上"找找"他们，哪怕是线索。

这注定要我快起来，唯有慢才能沉静下来。

飞乌鲁木齐的确很快。

之前，我给中国石油作协秘书长、《地火》杂志主编韩辛发一短信，希望我的独山子寻根能得到他的帮助。

"我认识几位作家，推荐给您。"他把我的微信推荐给了罗基础、顾伟。他告诉我，罗基础曾任独山子石化社区党委书记，前作协主席，他又是党史、史志专家。

我们就这样联系上了。

独山子寻根也就无忧了。

一路上接到他们的信息：我们已在玛依塔柯宾馆等你们。

独山子石化文联副主席、作协主席、锡伯族诗人顾伟也全程接待、全程陪同；作协秘书长林玉海还现场作诗助兴。顾伟高鼻梁、高个，人长得帅气，有酒量，还是醉倒了。高兴啊，我们是"亲戚"呢。他曾在三机前身的单位工作过，他的组诗《天涯如歌》第三首就是写独山子三机的诗。离开独山子我们赶往塔克拉玛干沙漠的顺北。路上，收到他的微信：有时遇见一个人的意义，就是为了告别。但失去的会以另一种方式回来。

同时罗老师给我发来了《玛依塔柯英模》及《中共独山子简史（初稿）》、《中共独山子历史大事记》资料，还一再叮嘱：严老师好！给你找了点资料。这不是出版稿，所以只能参考，不能作为资料引用，因为书还在出版社编审。寻根，我们寻到了三机独山子根部，更寻到了"护根"人。我们收获满满，更有一番情谊短暂而又绵长深厚。

在库车通往沙雅顺北的路上，顾伟又发来了一篇文章，作者石蕾。作者笔下的父亲叫石体伟，曾担任过独山子机械厂副总工程师。顾伟告诉我，石蕾在烟台，他把联系他们的电话号码告诉了我。

石体伟，我们"花名册"里的老领导、老知识分子。遗憾的是，石体伟没有随南迁的队伍参加江汉石油会战。如果没有他女儿的散文《我的爸爸妈妈》，石体伟就可能是一个"名字"出现在我们的书里。岁月的流逝既大波大澜，也悄无声息，我们很多人都悄无声息地到清明等候祭奠。

但我们永远相信，历史长河里的每滴水都是流淌着的姓氏和传奇。

有一种深情叫刻骨铭心。石蕾写道：60年前，也是在这样的季节，我29岁的爸爸和24岁的妈妈，以及妈妈肚子里尚未出生的大哥，服从组织调动，从陕西延长油矿千里迢迢地来到独山子，在这里度过了他们的大半生。爸爸妈妈于1951年结婚，我的外公和祖父都在西北工学院工作。祖父是教授，外公是职员。新中国成立后，祖父和外公都搬到了北京，祖父是北京钢铁学院的教授。而我年轻的爸爸妈妈不贪图城市生活、甘愿来到祖国的边疆，把青春奉献给了新疆的石油工业。我的爸爸出生在1925年，在曾经留学美国的祖父教育下，多才好学。1946年，爸爸考入兰州大学化学系学习，1947年转入西北工学院矿冶系学习，1951年大学毕业后，爸爸先在兰州西北石油管理局计划处实习。1952年随管理局技术组到延长油矿工作。1954年12月，爸爸和妈妈从延长油矿调到独山子，在新疆工作了30多年。爸爸刚到机械厂工作时，担任焊接工程师和车间主任。1960年，爸爸任副总工程师，行政级别是副处级，是当时独山子为数不多的副处级干部之一。爸爸负责研制的高硅耐热球墨铸铁、高抗拉强度的球墨铸铁制成的塔盘、

冷却塔、引风机等十多种炼油配件和设备，并得到时任石油部部长余秋里等领导的表扬。

我出生4个月的时候，得了一场大病——肠梗阻。当时独山子医院从成立到我得病之前，一共有11例婴幼儿因为这个病去世。我是第12例患儿。而那时，父亲在新源筹建钢铁厂，还没有见过女儿一面，医院下了病危通知书，我躺在床上等待手术，妈妈抱着我的一叠小衣服等在门外，她拍了电报给父亲说："你再不回来，就永远见不到你的女儿了"。就这样，当父亲一路风尘地赶回来的时候，手术成功，保住命了。

有一种天平能称出"家国情怀"。天平也能称光阴，称你的初心，称每一滴汗珠里盐的重量，当家国放在天平上称一称，"国"总是比"家"要重。

石体伟一定是单位里的宝，上级两次要调他到石油部工作，都被油田作为人才给留了下来。

他怎么没有随大部队到江汉参加石油会战呢？

"好人好马上三线！"言外之意，他不是"好人"。那时，他下放到新源钢铁厂劳动改造。因为"臭老九"的身份，连申请石油会战的资格都没有。

队伍走了，他从新源钢铁厂赶往独山子，这300多公里山路，我们不知道他转了多少次车，那可是冬天啊，从新源往北越走越冷，尤其到了奎屯，那个地名就是"冷啊"。队伍走远了，天涯的尽头还是天涯，他哭了！

他是那个年代三机人在独山子的代表，充满激情要到祖国最需要的地方去，行囊里备好"理想"上路。就像屠格涅夫《门槛》中：你知道你去的地方很苦。饥饿、疾病、委屈，你付出的包括生命，还没有人理解。你还去吗？一扇厚重的铁门打开。即便受了那么多的委屈，也依然无怨无悔。一路上，我们聊文学作品中的理想主义者、英雄主义者。

穿越时空，我们回到了胡杨的故乡。

魂走了，骨头还在。骨头枯了，站姿还在。岁月走了，年轮还在。死亡，不一定倒下；站立是最好的碑身。通往中石化塔克拉玛干"深地1号"路上，沿途能看见成片死亡的胡杨，却取名为"睡胡杨"。生与死，死与睡都一样的姿态，恐怕最大的区别在于生者能长出新叶，而死者生长枯朽。

"田春生，这名字好啊！"在满目的睡胡杨林里，春生能给人一种生命、生机、生息，与睡胡杨形成强烈反差。那个"田"字，就是油田的田了。

　　田春生是谁？他是石化机械三机分公司负责西北片区压缩机技术服务经理。他服务区域在南疆，而今有两台三机压缩机即将在北疆独山子附近的克拉玛依油田上岗。他说，来新疆4年了，他一直在南疆的塔河、顺北负责技术服务。克拉玛依有了三机机子，他去北疆的机会就多了，他想让他的员工都能去北疆技术服务，也寻寻根。让他们明白，我是谁，从哪里来，要到哪里去。那两台机子在准西，主要为边远井站增压提产。他既是头，也是司机，每年跑出的里程多达8万公里，办公室就在车上。30多台压缩机分布在塔克拉玛干大漠深处，他总是在两个项目部穿行，这就是他人生的两点一线。

　　电话响了。

　　在盖孜库木乡通往大漠深处的无人区路上，田春生问："压力多大？往下调到6兆帕，再观察！我快到项目部了。"

　　顺北在哪？凡带有方位的地名，前面那个字就是某地，而顺北那个"顺"字却不是地名，而是地质构带名，即顺特果勒带。晚上，我们的车走了一个多小时，居然没有一处灯光。"所以叫无人区嘛，项目部到盖孜库木乡得跑一个多小时。"基地是一排白色的平房，四周用铁丝围着墙，门就干脆绑在了铁丝网上，留一扇门。两块牌子捆在网状的铁门上，一块是"中国石化机械公司三机分公司顺北项目部"，一块是"中国石化机械公司西北服务中心"。

　　"这里的风大！牌子不能挂，只能绑。不然牌子会被风刮跑的。"田春生已经很满足了，这个项目部小院子去年征地才建起，总算有了家。这里的风是有形状的，有圈风，有飓风，有柱风，有散风，这些风被写进了"大漠孤烟直"的唐诗里。在沙漠待一天，可能是旅游；在沙漠待一年，可能是打工。你在沙漠待一辈子，那一定是干事业。与沙漠朝夕相处，你会发现你就是沙漠的一部分。

　　起风了，风沙蔽日，灼热的沙子铺天盖地袭来，这就是沙尘暴。据说一天中这样的沙尘暴不计其数。用纱网做围墙可以分流风力，人得随风走，飘飘然，省力。大家忙活了一阵子，项目部会议室里拉出了条幅：

中国石化作协"红色文艺轻骑兵"志愿者走进石化机械三机分公司。在寻根的同时，我们得到中石化作协的支持，并纳入"文化润疆"活动。

2024年8月5日，中国作家官网刊发消息：

1950年，中国与苏联友好协商成立中苏石油股份公司，奠定了新中国新疆石油工业全面发展的基础。旗下独山子矿务局机械厂就是如今石化机械三机分公司的前身。经过70多年的转型发展，三机分公司已成为全国非一即二的压缩机数智化制造厂，中国石化压缩机国产化制造基地。7月底，中国石化"红色文艺轻骑兵"志愿者走进新疆，从石化机械三机分公司的发源地——独山子寻根三机，前往独山子、新源、库车、沙雅顺北、轮台塔河，探寻了当年的车间、辨认锈迹斑斑的老旧设备，寻觅燃情岁月的点点滴滴，以及老部长余秋里、康世恩视察督导机械厂球墨铸铁和三机配件会战场景历历在目；走进塔克拉玛干中国石化重点工程"深地1号"的三机分公司工区5号联。

地处沙漠腹地，员工的业余文化生活相对匮乏，中国石化作协"红色文艺轻骑兵"志愿者的到来，为员工们带来了文化大餐。报告文学作家、中国作协会员严岛影作了题为《牢记来时路 展翅向未来》的石油文化专题讲座，从中国石油工业起源、石油先辈们为国找油的担当奉献，到石化机械三机分公司的历史沿革，用一个个生动鲜活的企业故事，诠释石油精神，释义石化传统，引导员工如何在日常工作和生活中，发现美、创造美、传递美，用心捕捉向上向善的身边故事，开展文学创作，身在荒漠中，心在绿洲里，为石油抒怀，为祖国放歌，用文化滋养情操，用文学畅想美好未来。中国石化作家协会还为员工们送去了《我心向党》《奋进者之歌》《中国"涪"气》、《石油芳华》等图书，并号召作协广大作家开展"我为一线捐献一本书"活动，帮助地处沙漠腹地的一线单位建立"图书角"，丰富职工业余文化生活，把文学的种子深播于大漠腹地。石化机械三机分公司顺北项目部的员工们收到赠书后，纷纷表示要多读书、读好书，多向作协的各位老师请教，学习写作知识，在工作中做石油精神、石化传统的践行者，在生活中，做石油精神、石化传统的记录者、传播者，在沙漠腹地营造出石化机械人文化家园。

引子　历史长河里每滴水都是流淌着的姓氏和传奇

烈日灼沙，金辉万顷，大漠孤烟直，文艺轻骑临。驼铃声声，风带诗意行，他们的身影，在无际中绘梦轻盈。黄沙漫漫，掩不尽思绪飞扬，字句间跳跃，是绿意对苍茫。每一粒文字，如同星辰散落，照亮夜的沙漠，心灵得以泊岸。他们是行走在沙海的诗人，以灵魂的清泉，润泽干涸的心田。

半个多世纪的独山子矿务局机械厂能给我们留下什么？

姓氏在岁月的花名册里。

荒凉都得让出地基。

地址是搬不走的思念。

还有一种精神，世世代代替它们活着。

第一章

独山子，百废待"新"的石油国是

　　风的脚步，一阵紧似一阵，吹走了地窝子上岁月的痕迹，阅读着石油人的梦乡。如果需要，伊人希望把故乡山野的风景，打磨成忙碌在他乡的背影。歌中的伊人是一个群体，流动的生命，或生命的移位，或投靠到了另一座山，另一片草原，挂上炊烟也繁衍炊烟。

1 玛依塔柯有一只永远睁开的石油"天眼"

七月的北疆,阳光刺眼,但不烫人。

凡有枝有叶的树,就有一片绿荫。有树的地方凉快,风也怕热啊,跑到树荫下乘凉,我们与乘凉的风一起避暑了。

有天山给你降温,那雪山的凉意还带着光芒向你跑来,那便是奎屯河。独山子是一座山,蒙古包飘出的乳香和炊烟翻不过山脉,天山脚下的胡杨也高不过雪线。仰望雪峰巍峨把雪莲奉为圣花朝拜。

> 人们都叫我玛依拉,诗人玛依拉,
> 牙齿白,声音好,歌手玛依拉,
> 高兴时唱上一首歌,
> 弹起冬不拉,冬不拉,
> 来往人们挤在我的屋檐底下。
> 玛依拉,玛依拉,啦啦啦啦,玛依拉,玛依拉。
> 啦啦啦啦。
> 我是瓦利姑娘名叫玛依拉,
> 白手巾四边上绣满了玫瑰花,
> 年轻的哈萨克人人羡慕我,羡慕我,
> 谁的歌声来和我比一下呀,
> 玛依拉,玛依拉,啦啦啦啦……

哈萨克人的歌声总是唱给天山听的,唱给草原听的,也唱给牛羊听的。丰饶的牧草地是歌声喂出了"脂肪"和肥美。

原来这里还是歌乡。

玛依拉,莫不是吴炳荣老人提到的那位哈萨克族技师?他们车间的劳模,她的事迹还上了《新疆石油报》头版头条,报道这位劳模的笔杆子就

是吴炳荣老人。也因为写了"玛依拉",他从车间上调到机关宣传岗位,他只记得"弯弯的眉毛,大大的眼睛"。

"带你们去一个地方!"独山子朋友把我们带到了泥火山脚。

有一种朝圣的感觉。在我的阅读视野里,独山子是中国最早的三大油矿之一,新中国第一个大油田的发现地。

一堵泥黄色的石墙成弧形把我们弯进了"独山子第一套蒸馏釜遗址"。

墙上有几行文字:独山子第一套蒸馏釜是新疆石油炼制的早期装置。遗址位于泥火山的东侧河谷台地上。1909年,清朝政府从俄国购进钻井和炼油设备——蒸馏釜。1936年10月,安集海炼油厂迁到独山子,与石油考察厂合并,成立独山子炼油厂。1937年2月装置开始炼油,1938年8月,这套蒸馏釜炼出了第一批合格汽油,它利用原油中各组沸点不同的原理,对原油不断加热,使原油中的各组分依次气化,再以冷凝方式收集,得到煤油、汽油、柴油、沥青等产物。从20世纪30年代至1949年新疆和平解放为止共炼油11497吨,其工艺水平当时在国内首屈一指。第一套蒸馏釜遗址是独山子爱国主义教育基地之一,2006年,被命名为中国石油企业精神教育基地。

独山子第一套蒸馏釜遗址

从山脚的釜到半山腰的井共有600级台阶。蒸馏釜遗址右旁是一个高出地面的锥形拱顶，屋墙的大半身段埋在地下，拱顶上有一颗红五星。一个口子可逐级而下，门上了锁。

这个地下建筑就是地窝子。

这其实就是一个坑，一个具有人类审美的蜗居，用石油人的话讲"冬暖夏凉"。把生活存放在坑里，把睡眠和起居存放在坑里，把理想和梦呓存放在坑里，甚至把爱情和泥土味、汗味存放在坑里，给它一个好听的名字：地窝子。这地窝子作为中国工业历史文化遗址留在了玛依塔柯山下，任由天风拂尘、实为天地可鉴的凝固岁月。原始、简陋、粗俗又充满人类想象力的逼仄空间，有灯火，有鼾声，甚至还有歌声，在大地的胸腔里回环。砂砾、芦苇、木桩和黏土做的地下建筑，不占面积，坑有多大那蜗居就有多大，坑有多深，它的穹顶就有多轩敞。

寻根，蒸馏釜跟三机有关？

怎么没有关呢！用三机配件修出的汽油车、柴油车、拖拉机都得用这套蒸馏釜炼出的油呢。

晚清末年子时，紫禁城里的宫灯亮了。一个拖着悠长的娘娘腔回响在宫里：老佛爷、老佛爷，高奴、高奴出油了！窸窸窣窣后一根火柴擦出了声响，储秀宫里的灯亮了。那盏油灯里的油是外国人生产的，叫洋油。这个高奴是延长，炼出的油仅比独山子早了两年。无论是帝王，还是草根，他们在历史幽暗深处需要照行，而石油是最好的火把。

祁连山下，驮工跟在地质专家孙建初身后，走累了，就在一处洞窟边歇息，口干舌燥，水壶里只剩下一口水了。孙建初让驮工喝，驮工摇摇头，说："你渴死了，我跟谁要力钱？"他们在干油泉沟听到了流水声，循声而去，一条黑亮亮的溪流顺着山涧流到了他们脚边。流出来的竟然是石油。

一天能出50桶就不错。

我看能出5桶就不错。

中国人盼石油，盼得反而不敢多想。

独山子是谁，从哪里来到哪里去，从石油、从炼化、从历史、从地域都不及一篇赋文简约、厚重。

著名诗人雷抒雁《独山子赋》堪称旷世之作,这赋文纵横捭阖,以史为经,文驰思懿,我们不妨摘录其前半部以飨读者:

世间名物,各缘其德。五岳挟景而丽,昆仑怀玉而奇。独山之为山,傍天山而守戈壁,高不过千米,围不及百里,无茂林修竹之盛,有残石泥火之陋。且独又小,焉得并五岳而齐昆仑,誉海内而名天下。夫独山南望,可见天山终岁不化之积雪;其北,则临准噶尔盆地之戈壁。然,东西有泉,随流而出者,石油也。清季之末,初醒开采之梦;民国伊始,已立提炼之釜。惜襄时国危民困,物财难展,徒有地利,委弃不堪。天山日朗,五星旗展,天翻地覆,始青史重写,光华再放。一口油井,两座炼釜,筚路蓝缕,以开油业。独山子,立砥柱,织摇篮,养育石油工业。海内英才,西出阳关,扎根戈壁荒滩;边疆各族,聚首独山,立志为国克难;住地窝,睡苇棚,谁复言其苦,铝盔布甲,卧暖塞外三尺之冰;粗食淡饮,吞吐戈壁四季之风。豪气干云,力哺共和国贫弱工业;抗锁拒压,强固新中国初生政权。英雄辈出,独山子人,献罢青春,又献子孙。油城崛起,戈壁蜃楼,似梦还真。炼塔入云,多过天山松柏之林;油罐闪闪,富逾龙宫聚宝之盆。入夜,灯火百里,金铺银张,迷离五色,疑为通天之衢。胸怀宏图,肩负重任,钢铁意志,松柏品行;铁人精神,由滋而生。听号令兮出征,别独山兮远行。开发克拉玛依,会战松辽大庆;挺进徐州,南下汉江,再入四川;进山东、到江苏、去长岭、战荆门……但有石油处,便有独山人。请歌一曲"独山子",几回相忆复相思。行天下兮驰五湖,结嘉朋兮交良友。虽名独山,何独之有。

这就是独山子!与陕北延长、甘肃玉门共同组成中国石油工业的三大发祥地。

新中国成立初期,这三个发祥地就是中国石油的全部家当,产油仅为12万吨。

石油是工业的血液,一个民族的生命之源。

天山南北恰恰不缺这种"血液"。

开国大典后不久,毛泽东主席首次访问苏联。

一望无际的白桦林沿西伯利亚贝加尔湖向西展开。神秘的专列高擎起一团浓浓的烟雾，顷刻间与乳白色的雾凇融汇在一起。这似乎是一次普通而又漫长的出行，但它已载入了国家记忆：

1949年12月16日，莫斯科雅罗斯拉夫斯基车站的大钟刚敲过十二响，毛泽东主席率领中国代表团乘坐的专列徐徐进站，抵达苏联访问。这是新中国领导人的第一次出访，专列从北京到莫斯科行驶了十天，其中带去一车皮江西蜜橘、一车皮山东大葱等特产，作为给斯大林的70岁生日贺礼。毛泽东访苏首先要解决现有的中苏友好同盟条约问题，苏联对中华人民共和国贷款问题及两国贸易和贸易协定问题等。

1949年12月29日，西北局第一书记彭德怀就新疆面临的经济问题向中央作了汇报，提出有关发展工业的基本设想。他提出，要解决目前新疆困难及将来建设新疆，必须有苏联的大力帮助"并要求"实行新疆与苏联地方性的经济合作，以逐渐开发新疆资源。过去张治中时代曾与苏方谈判合组石油公司及有色和稀有金属公司，并有协定草案，此两公司最好能即谈判成立。

根据彭德怀的汇报内容，1950年1月2日，刘少奇向正在莫斯科访问的毛泽东作了《关于中苏两国在新疆设立金属和石油公司的问题的报告》。毛泽东采纳了刘少奇的建议并指示尽快采取相关措施。1950年1月30日，新疆省副主席赛福鼎·艾则孜，中共新疆分局委员、宣传部长邓力群等人奉命由乌鲁木齐抵达莫斯科，同苏方就两国在新疆合办石油股份公司和金属股份公司进行谈判。

1950年3月27日，中共中央代表王稼祥与苏联外交部长安·杨·维辛斯基在莫斯科分别签订了关于在新疆创办中苏石油股份公司和有色及稀有金属股份公司的两个协定。新中国第一个中外石油合资企业——中苏石油股份公司的成立何其紧迫，其意义又何其重大，甚至我们可以这样说，它是一代伟人首访苏联带回的几个成果之一。

新疆第一口油井在独山子以南泥火山北坡的半山腰。

它是一处石油的圣地，朝圣者必须备好一颗油心为这处石油祭坛献上敬意和虔诚。

七月流火，独山子石化两任作协主席罗基础、顾伟陪同我们寻访新疆

第一口油井。是向导，是解说，更是朋友，用他们的话说，我们都是家里人。顾伟还曾在三机的前身单位里工作过。如今，他是文联的专职副主席、作协主席。

我们顺着木栈道缓步拾级而上。日光强烈，仿佛一盆阳光泼向了我们，既滚烫又炫目。远处的独山子石化炼塔生辉、高楼林立。

我们发现，大凡陪伴石油第一井的总是荒凉与辉煌并生，共同构成了石油的圣地，石油"原风景"。

这是全国重点文物保护单位，碑身就像一本站立的书。我们读懂了独山子人的诗句：玛依塔柯山，一本厚厚的笔记，风吹一下，便翻开一页。

"该井经历了清末、民国和新中国三个时期的沧桑岁月，见证了新疆石油工业从无到有，从举步维艰到展翅腾飞的历史过程。它是中国陆上第二口油井，经历了百年开采史，共为中国的发展奉献了约34万吨原油和2.16亿立方米天然气。"这一段文字镌刻在石碑的背面，碑体不高，仅有百字碑文，黑底金字，那黑是石油色，金则是流金岁月与日月同辉的光芒。

1909年，清政府从俄国购进挖油机，独山子的采油方法从"撇取"、"挖井"时代过渡到"钻井"时代，标志着新疆近代石油工业有了系统开采的雏形。在这里用近代机器成功打出了新疆第一口油井，从而揭开了新疆近代石油工业的序幕。独山子从油田开采起步，依炼化生产而发展，如今已成为我国西部重要的石化基地。原本一朵油花，一粒油砂，上天给了这朵油花、油砂一个美妙的名字：玛依塔柯。

既是半山腰，又是洼地。在我们面前一大片被渗出的油垢浸润地面，呈现出油腻腻的土黄、深褐、深棕等多种颜色。就在这多种色彩的山体映衬远处雪山的宏大幕景里，竖立着一个高1.3米、直径0.3米的锈迹斑斑的钻井套筒，这便是新疆第一口油井遗址所在地。在洼地旁有一处塘坑，像"人眼"，那"眼"里浸出黑乎乎的油渍，有人叫它石油"天眼"。

泥火山上的600多级台阶，是脚窝，是云梯，是键盘。脚窝里播下的是意志，是艰辛，是梦想，是欲与天山试比高的豪迈；云梯是攀登，是向上的动力，是燃情岁月里的凌云壮志；那键盘是跫音，是激越，是铿锵，是催人进发回荡着我为祖国献石油的石油神曲。

太阳快要落山了，它压在玛依塔柯山，犹如挂在泥火山上的巨大金轮。晚霞如血，斑斑驳驳，大片大片溅出夜空的无数星宿。沉默中掩藏着一种企盼，一种人类难以品味，难以诠释的企盼，随着难言的苍凉，寂寞愈向纵深，便愈加苍凉。

独山子石油"天眼"

独山子在维吾尔语和哈萨克语中，分别叫作"玛依塔克"和"玛依套"，意思都是"油山"，说明这里油气资源丰富。在这座遗址的北面，有两处泥火山喷发口，四周呈现延绵起伏、七彩缤纷的丹霞地貌，甚是壮观。独山子的石油矿藏发现于19世纪末。在泥火山分布范围内，有多处油气苗和油砂露头。1897年，当地居民开始土法开采石油。据《新疆图志》中记载，"独山子有石油泉二，一在南麓，一在西麓，其色深紫，浮于水面，夏盛冬涸"。另据《乌苏县志》载：1902年，库尔喀喇乌苏厅（今乌苏市）在"城内设劝工所，创办劝工场，在独山子用土法提炼石油"，独山子有石油的信息逐渐传播开来后，引起了新疆地方政府的重视，1907年，新疆布政使派员采集独山子等地石油、石蜡赴俄国巴库化验，化验结果是：每百斤可提取净油六十余斤，足与美洲之产相抗衡。尽管清政府当时根本不具备开采石油资源的工业能力，但出于对石油能源的敏锐感觉，还是于1909年由新疆地方政府从俄国购进了挖油机（顿钻钻机）和提油机（釜式蒸馏装置）各一台，挖油机运至独山子，随之开始钻井。

王树楠主编的《新疆图志·实业二》中，记录下了独山子第一口油井出油这一具有重大历史意义的壮观一幕：油井深七八丈，油井内声如波涛，油气蒸腾，直涌而出，以火燃之，焰高数尺。这是新疆近代史上用机器打出的第一口油气井，由此成为新疆近代石油工业的开端。该井也成为中国最早的工业油井之一，仅比中国陆上第一口油井——1907年6月开掘的延长油田"延一井"晚两年，是中国历史上第二口油井。后因财力不足，独山子一度停止石油采炼。1913年，恢复石油生产，招商开采。1937年在独山子背斜打了第一口探油井并出油，"自油井口喷出数尺之高，油势胜旺"，独山子油田获得大发展。

中华人民共和国成立后，1951年5月，中苏石油股份公司在独山子第一口油井旧址上重新开钻油井，独山子油田由此插上了腾飞的翅膀，进入了第二次大规模勘探开发时期。

1953年产原油7.04万吨，是独山子油田年产原油最多的一年，占当年全国原油产量的23%。1958年，独山子油田钻井工作基本结束。

回头再仰望泥火山上的第一井，那个"天眼"里蕴藏的密码需要我们去解读，去破译。我们习惯把玛依塔柯叫成独山子。我们就在玛依塔柯宾馆入住。罗基础对玛依塔柯情有独钟，他获奖的长篇小说就是以玛依塔柯冠名的，只是多了两个字：之恋。

在那遥远的地方，我们走得真够遥远了，走回到了19世纪、20世纪、21世纪。突然，一首歌从山上飘来，熟悉而又饱满，有一种年代感。是谁潇洒地把草尖上的露珠当音符驱赶，手里的鞭子举起又放下，他挥动的分明是一根神奇的指挥棒，他把旋律、节奏和深情赶进了乐池，分享"世界金曲中的经典"的至高荣誉。我们在雪山之下，在戈壁滩上，在离草原不远的独山子唱着《在那遥远的地方》。这是爱情歌吗，我们手里都应该有一根鞭子，轻轻又放下，因为太深情，因为太珍惜，即便生活给我们开了许许多多玩笑，因为爱还在，不仅仅是姑娘，还有事业，甚至挫折。

风从西北来，送来了一群戴眼镜的苏俄人。

风从东南来，走来了牧民、农民、工人，

还有，包裹一样邮寄过来的学生和军人，一批又一批的石油人。

我们要找寻戴眼镜的苏俄人，以及有名还是无名的牧民、农民、工人、学生和军人。当然包括他们的车间、机器、手上的扳手、钳子。只有这样，我们才听得见轰鸣和听不见的律动，车间里的机器和一颗颗滚烫的心脏。我们很多时候把发电机当作了动力源，其实旋动中国工业庞大的机体，人才是真正的发动机。

曲轴、活塞、底盘，S塔盘，这些配件不断翻新和生产，可以想见当年火热场面。铸造、切割、加工、抛光、淬火，钢铁的坯件成了绕指柔，还有装200公斤的油桶成批出厂，码到了运油车上，5吨的油车要装满25个这样的油桶，稳稳地码上去也是技术活。

老机加工车间是一幢俄式的方拱形建筑，俄式车床、罗马尼亚铣床都已锈迹斑斑，天车横梁上红色油漆刷写的标语仅留下斑驳的一个"多"字，是"多快好省建设社会主义"的那个"多"吗？一把锁紧闭了大门，但我们发现，锁门的小伙子把钥匙又藏在大门边上的一块石头下。不怕丢吗？丢不了。谁到这里来？到这里来的一定是寻踪，而不是来偷盗！

我们在陈列馆里果真见到了那个戴眼镜的厂长安德留休克，不是照片，而是蜡像，跟真人一样。"他们"在开会。一头棕发、穿西装的安德留休克厂长埋头在记录着什么，每人桌前放一个草绿色的茶缸，气氛严肃。据说是在讨论购置一批新设备等重大事宜。

安德留休克参加过苏联卫国战争，舒拉是他的战友。他常给他的中国朋友讲《卓娅与舒拉的故事》：

> 他说，有一位老兵要上战场，那老兵曾参加过一战，年近50岁，名叫伊万洛维奇。上校乌里扬诺夫见劝不走老兵，最后把他带在了身边。在一次夜行军中一颗流弹击中了乌里扬诺夫。一团殷红的血浸红了老兵的上衣口袋，几张血淋淋的纸上是一首诗：如果战争来了，我向祖国请战。别问我的年龄，也别问我的身体，只要有一杆枪能给我，那一管愤怒的火舌，舔舐一切犯敌，让战场给他们收尸。有枪在，国家不会丢。拿得起枪的手，就拿得起国家的召唤，拿得起枪的意志，也拿得起巍峨的山和奔腾的河，以及压在国境线上的界碑，和界碑背

后神圣版图。热血浸染出的每一寸山河，才是最完整的国度。把枪管贮满血性，让胸膛挡住射向祖国的子弹，挺出忠诚献给祖国，一朵殷红的胸花。用泥土覆盖悲壮，用碑石替英雄站岗，这不是墓地，就像播了一颗种子，长在祖国的怀抱里繁衍生息。这位老兵就是中苏石油公司独山子矿务局机修总厂苏方技术员伊万。

篝火在戈壁滩上就像一团殷红的血，燃烧的血。安德留休克把中国工人当朋友。他告诉中国朋友，当入侵者要你交出家园，你把枪口对准他们，大喝一声：滚！每个清晨五点半他们都会被一阵急促的哨声唤醒。他们爱好和平，即便死亡离他们很近，他们都会大声说：愿每一颗心脏在这里跳动吧，哪怕只有一次。1941年，还在读中学九年级的卓娅辞别母亲，志愿加入游击队，走上保卫祖国的战场。她和同志们一起深入敌占区埋地雷，烧敌营，表现机智勇敢。1941年9月的一天，她在烧毁敌人的马厩时不幸被捕。凶残的敌人对卓娅施行了种种摧残和侮辱：长时间地严刑拷打她，并逼迫她严冬里身着单衣，赤裸双脚在雪地里跑动——坚强的卓娅承受住了所有非人的折磨，拒绝回答德寇的拷问。一无所获的敌人恼羞成怒，绞死了卓娅。卓娅牺牲后，弟弟舒拉带着为姐姐报仇的决心进入了乌里扬诺夫斯克坦克学校参加培训。不久，他驾着坦克奔赴前线，以指挥员的身份率领士兵奋勇杀敌。在战场上，他镇定勇敢，表现出色，屡建功勋，先后获得卫国战争一级金质勋章和红旗勋章，最后在二战胜利前夕不幸牺牲在自己的指挥岗位上。

厂长带着这样的情感参加中国石油建设。他总是激情澎湃、爱憎分明。他是老兵，也是机械工程师。陈列馆里一幅照片里一个戴眼镜的苏联人正在讲着什么，他身边围了一大圈青年，有卷发的苏联人，有分头的中国人，旁边还站了一个穿列宁装的女青年翻译。那个戴眼镜的苏联人正是安德留休克，他们在水磨沟过组织生活，一定又在讲他的战友舒拉。安德留休克对工人要求很严，他说，你爱你的国家吗？国家靠技术养着呢。车工黄志敏就认他这句话，凡过他手的曲轴误差不到头发丝的十分之一。为什么不能做到百分之一，千分之一呢，把那个"之一"去掉。

从1950年成立到1954年底结束，中苏石油股份公司共投资1.2876亿元，钻井92口，生产原油17.46万吨，加工原油17.33万吨，为中国培养管理和技术干部836人，技术工人4686人，建起了一个初具规模的石油联合企业，为我国后来石油工业的全面发展奠定了基础。

中苏石油股份公司办公旧址

石化机械三机分公司的前身就是这个合资企业的一个组成部分——中苏石油股份公司独山子矿务局机械修理部，1953年扩建为机械修理总厂。独山子石化前身是独山子矿务局炼油厂，他们之间有着直系亲属关系。当年独山子矿务局既勘探开发石油，又炼油，形成上、中游一体化。矿务局设有石油、炼油、机械等部门，机修总厂就是为钻采、炼油设备生产配件、提供维修服务而成立的专业厂。1955年1月1日，中苏石油股份公司合同到期，企业变更为新疆石油公司。

有了中苏石油股份公司打下的基础，1955年10月29日下午，矿务局1219钻井队在黑油山1号井钻到620米深处时，油井出油了，中国第一个大油田诞生了！天黑了，钻井队员们兴奋得没有睡觉，汽车司机打开车灯，照亮戈壁滩，他们就在灯光下跳起舞来，庆祝克拉玛依油田的诞生。在1956年国庆大典中，首都人民抬着"1956年发现的大油田克拉玛依"的巨大模型赫然现身游行队伍中，在天安门广场接受了毛泽东等党和国家领导人的检阅。在毛主席书房的书橱中，摆放着一块来自黑油山探区的岩芯，

那是李四光赠送给他的，毛主席将那块岩芯一直摆放在他的视野之内。

泥火山始终连着黑油山。

站在遗址处放眼北望，罐塔林立，街路整齐，一座现代化的独山子矗立在泥火山下，这里书写过千万吨炼油百万吨乙烯的奇迹。再向北，将视线穿透时空，140余公里处，是地处准噶尔盆地西部、欧亚大陆的中心区域——泛中亚地区的中心区，国家重要的石油石化基地和新疆重点建设的新型工业化城市及世界石油石化产业的聚集区的克拉玛依。

从独山子到克拉玛依，从钻炼设备修理到钻炼配件的保障，机修总厂不断输送精良的利器，因为在他们的心里，这个厂子是毛主席访苏带回来的，所以才有了中国西部大油田克拉玛依、独山子炼化双子座。

独山子寻根，我们真正寻到了三机的根部。遗憾的是，许多老人的名字曾在花名册里，被无情的岁月一笔勾去。愿那些健在的老人多一天存活，为石油的历史延年。

2 戈壁滩上回荡着"拉完一把又一把"的歌声

独山子郊外一片白桦林里有人唱起了《伏尔加船夫曲》。

唱歌的中年男人依赛列夫也是二战老兵，他习惯穿戎装，长皮靴高过膝盖，头上扣一顶布琼尼帽，上衣口袋里插一支钢笔，雪茄常夹在指间。

"哎哟嗬，哎哟嗬，齐心协力把纤拉！哎哟嗬，哎哟嗬，拉完一把又一把。我们沿着伏尔加河，对着太阳唱起歌！伏尔加，可爱的母亲河，河水滔滔深又阔。"

他中音浑厚，底气十足，音域宽阔，声音里没有一丝杂质。

他唱给中国朋友听的。

听懂了，听懂了。翻译张菲把"齐心协力把纤拉，拉完一把又一把"翻译了两遍。建设社会主义新中国，就要像伏尔加船夫，用力、齐心、豪迈。

遥远的伏尔加河！

他爱上了水，爱上了河流。奎屯河就在他身边静静地流淌。这条河流位于天山北麓，发源于新疆乌苏市境内的依连哈比尔尕山，流经独山子后向北，经奎屯大桥、九间楼、皇宫、车排子、苏兴滩，与四棵树河汇合。河流都有汇合的欲望，只有汇合了小河成了大河，小河只能载舟，大河才能载船。

独山子没有郊外，工厂就是城，工厂以外都可以算作郊外。

依赛列夫，独山子矿务局机修总厂总工程师。

他也被塑成了蜡像，在中国被永久珍藏。六人会议，居中的应该是厂长安德留休克，居右的是依赛列夫，其他都是中方人。

那是一个体现集体意识、集体力量的火红年代。即便做出了成绩，也是"我们"，而不是"我"。所以要找到他们的业绩很难，就像一辆行进的列车，火车头和一颗螺丝钉都同样重要。一首《伏尔加船夫曲》因为是依赛列夫唱的，我们陶醉和记忆的不是音色，而是那个昂扬画面里"拉完一把又一把"把纤绳勒进肩胛磨出一道肉槽的匍匐群像。

他为什么把这首歌带给中国朋友呢？

他们拉的是什么呢？

拉的是社会主义啊！

三机厂建厂60周年之际曾组织撰写过《挥手岁月》一书，主笔之一的龚卫民也曾寻访过独山子的老人，挖掘到不少珍贵有价值的资料。

他介绍说，1953年11月，机械修理部根据油田开发的需要，正式扩建成为厂，工厂有了第一个全称——新疆中苏石油公司独山子矿务局机械修理总厂，隶属于独山子矿务局领导。厂长、总工程师都是苏联人，也是苏联石油机械的技术专家。

"去后你就知道，那里还保留了几栋很醒目的俄式建筑，就连地窝子也带有俄式建筑风格。"从独山子工人俱乐部大门的圆柱，到门把上的铁环，甚至连车间的拱顶都带有宫殿式的弧线，大门上方是半圆形拱窗，以及苏联专家洋楼、学校、幼儿园、职工培训中心，虽旧为新用，也不乏俄式元素。

当地把这些俄式建筑作为街区文物挂牌保护了起来。

独山子原石油工人俱乐部

　　既然称苏联为老大哥，根据两国签订的协议，厂里各部门、各车间的领导正职均为苏方人员担任，副职均为中方人员。由于地处新疆少数民族地区，全厂职工中有维吾尔族、哈萨克族、乌孜别克族、塔吉克族、俄罗斯族、锡伯族、朝鲜族、回族、汉族等12个民族，是个300多人的民族大家庭。机修总厂位于乌鲁木齐西北方向260公里，距乌苏县南偏东30公里，河湾县正西46公里，距今天的奎屯市正南18公里。最初的修理部仅有一间200平方米左右的工房。从部队转业来的和独山子油田抽来的30多名职工，在十几名苏联技术专家的指导下，用手工开动六七台钻铣金属加工切削机床，开始因条件简陋，只能制造石油装备的一般配件。由于油田勘探急需加快机厂建设，1953年底就逐步搬进新建的机修总厂，很快展开了工作，跟上油田发展建设步伐。

　　机修总厂的管理构架具有苏式特点。扩建后总厂共有6个生产车间，5个行政管理科室，还有3个业务管理部门，1个党群部门，另外有2个辅助生产部门。整个生产仿照苏联的管理模式，执行的是苏联国家技术标准。有趣的是，厂里开大会时间特别长，通常厂长安德留休克讲完话，把俄语翻译成汉语，还要再翻成维吾尔族语，有时还用其他少数民族的语言翻译，同样中方的人讲话后也要用俄语翻出来给苏联专家听。一般来说，一个发言通常要翻译三四种语言。一次会议下来，翻译张菲累得口干舌燥，她转行当老师也就顺理成章了。在龙尾山三机厂子弟学校，她那班的外语成绩在江汉油田名列前茅。油田教育处领导不太相信，怀疑是不是搞错了。龙尾山第一？广华中学可是省重点啊，派人落实，结果千真万确！

那是一段激情燃烧的岁月，在中国最偏远的大西北，在中国一穷二白的初创期，这些创业者依然激情澎湃、精神饱满，他们是国家的主人公：当国家让你挑担子，你就是国家的挑夫；当国家让你推轮子，那就是国家的车夫；当国家让你攀高峰，你的高度就是国家的高度；当国家让你献身，那就是国魂。这就是他们的心声。

工程师伊万一有时间给技术工人开小灶，就把课堂搬到了工人住的地窝子。教中国工人制图。工人动手能力强，知道怎么干，但不知道为什么要这么干。伊万很受欢迎，最后只得一个地窝子一个地窝子轮流去。晚了，就在地窝子里过夜。

伊万的中文不太好，他就用笔在纸上画，这样就可以不要翻译。

青工唐玉亮把画好的图纸交给伊万：一根直线穿过一个圆，是什么？大家凑拢一看都笑了。糖葫芦？从此唐玉亮就有了"糖葫芦"的外号。

"学好了，我给安德厂长推荐你们去莫斯科大学学习！"伊万很认真地对大家说。

夜很静，也很深，伊万习惯性地打出响指，休息吧。

走出地窝子，就是泥火山；再往远处望去，一条银白的带子在深邃的夜空下闪闪发亮。

"不是银河，是天山，比我们的乌拉尔山脉还要雄伟壮观！"伊万清清嗓子唱开了：夜色多么好，心儿多爽朗，在这迷人的晚上！

大家打着节拍，也跟着伊万唱起了《莫斯科郊外的晚上》。

歌声激活了舞步，大家有节奏没节奏地跳了起来。

月光皎洁，一阵轻风，一阵歌声，他们真的听到了"只有风儿在轻轻唱！"

石化机械三机分公司的第一代创业人在边疆大漠上奠基中国石油机械，心里想的就是多产石油，建设咱们的新中国。人人工作热情饱满，什么工作都抢着干。工人大多是解放军转业的战士，文化不高，苏联专家教过之后全靠自己学，生怕比别人落后。独山子油田起步早，起起落落，自中苏

石油股份公司成立后开发上得猛，钻机坏得也多，只要是送来的石油机械装备，随时来，随时修，按当时的提法，叫小问题当时修了就走，大问题修理不过夜，一般严重的问题修好不超过3天。"随叫随到"，来了电话，修理工人就带着工具赶到现场修理。有时候，一次送来好多损坏的机器，工人们加班加点是经常的事，从来不耽误。为此，前线生产单位经常给修理厂送来感谢信。

1955年五一前夕，《新疆石油报》头版头条刊发了一篇题为《乌玛尔：天山上一朵盛开的雪莲》的文章，并配发了编者按。作者：吴炳荣。

吴炳荣是谁？电话层层打到机加工车间。

原来这个瘦高个儿的吴炳荣曾在上海仁昌制车所工作，有文化，技术好，响应党的号召就到了祖国最需要的地方了。乌玛尔是他们车间的机修工、车间副技师。这位哈萨克族大姐细长的眉毛，大眼睛，平时少言寡语，她的话都在那双黑又亮的眼里。个头小，体弱偏瘦，她就只知道埋头干活，机器转不动了，她默默走向机器，很快，机器又转动了起来。吴炳荣记得，她的事迹见报以后，他特意找了份报纸给乌玛尔。她不识汉字，吴炳荣就指着报纸的头条，又指着插图中的乌玛尔，她一把夺过报纸害羞似的跑了。

后来呢？后来车间给乌玛尔分去了两个哈萨克族徒弟，徒弟又带徒弟，带出了一大批的技术骨干。

后来呢？吴炳荣说，他想再写一篇乌玛尔的文章上头条，标题都想好了《一花引来万花开》，正要去采访乌玛尔，车间主任告诉她，乌玛尔病后就走了。是真的吗，不到四十岁呀，怎么会呢！冲出车间，吴炳荣跑到泥火山，对着达坂城乌玛尔家的方向，大声喊道：乌玛尔，乌玛尔，我来写你来了！

"你的眉毛细又长啊，好像那树上的弯月亮；你的眼睛黑又亮啊，好像那秋波一模样"。王洛宾那首《掀起你的盖头来》里的那个姑娘莫不是乌玛尔，都有细又长的眉毛，黑又亮的眼睛啊！因为写乌玛尔，吴炳荣成了笔杆子，调到厂里写稿子，搞宣传。1958年转到了人事部门，从独山子到龙尾山，他干了大半辈子人事组织科长，直到退休。采访吴炳荣时，他总是把乌玛尔说成"玛依拉"，这可是两个人啊，玛依拉是王洛宾歌里美丽的姑娘，而乌玛尔是他笔下的劳模。玛依拉太美了，而乌玛尔美得像雪莲。那篇《乌玛尔：天山上一朵盛开的雪莲》把她当雪莲在写，写她的纯净和无私，写她在极端环境里修炼出坚韧不拔的精神和不屈不挠的意志。只可惜这"雪莲"凋谢得太早了。

厂长安德留休克和总工程师依赛列夫对中国人民怀有深厚感情。他们通过翻译对工人们说，他们来中国的苏联专家大都参加过第二次世界大战，十分理解中国人民建设社会主义的热情，他们把自己掌握的技术传授给中国的技术员，每周至少要安排两次时间给中国的技术员和工人们上课。他们也学习中文，学唱中国歌曲。但是如果工作上无论是苏方还是中方的技术员出了问题，安德留休克会毫不留情批评你，要求你重新再做。他对科学认真负责的态度给大家留下了深刻印象，特别是苏方专家们，严格地按年大、中修30台套钻机和相应配件制造的能力和规模，设计厂房，规划车间。其加工设备大多是苏联制造，部分还有二次大战的德国赔偿物资。到1955年底，机修总厂发展到400多人，8幢厂房面积达到10000多平方米，已经能够独立承担独山子油田开发所需要的钻机大修，钻井、采油、炼油机械上的零件制造，成为当时中国国内首屈一指的石油机械修理厂。

1954年底，中苏石油股份公司移交中方。厂长安德留休克和总工程师依赛列夫以及苏联技术专家全部撤离总厂，全厂的担子落在了坦克团长转业的军人王辉等人身上。他们大部分人刚从战场下来，管理企业要从头学起。特别是苏联专家走后，他们必须独自担起这个厂的生产责任，油田根据发展需要，机修总厂要筹建一个桶装200多升的制桶车间，设计能力为年产1万个以上。为此，工厂职工人数增加到610人，生产规模又进一步扩大。就在这时候，独山子油田在外围打井，发现了克拉玛依油田。石油部决定，独山子油田的钻机向克拉玛依油田转移，并在新油田建一个克拉玛依石油机械修理总厂。上级要求从独山子机修总厂抽调厂领导和一批技术骨干支援。命令下达后，机修总厂领导班子边安排正常生产，边建设制桶车间，同时调整技术员，完全按照石油部的要求，把厂里思想上先进，技术上过硬的70名生产骨干调到克拉玛依新厂。后来，这个克拉玛依机械修理总厂成为中国西部最大的机械制造厂之一，在它的血液里有石化机械三机分公

司第一代创业人的基因。

克拉玛依油田的发现，加快了中国石油工业建设的步伐。独山子炼油厂进行一期、二期、三期扩建，从30万吨扩到300万吨。刚刚向克拉玛依油田输送过新鲜血液的独山子机械修理总厂，既要完成制桶车间的扩建，又要为独山子油田钻井采油服务，同时还要为独山子扩建炼油厂制造炼油装备，每天各车间、各岗位的工作量排得满满的。

独山子炼油厂建设

一天，机修总厂接到局党委交给他们的一个紧急任务，参加克拉玛依油田至独山子炼油厂地下输油管线的施工，为所有参加管线施工的机械提供保障服务。这条管线是新中国建设的第一条输油管线，是独山子炼油厂的生命线。因工作条件极其恶劣，挖管线的挖掘机重要部件传动齿轮被打散，出现大故障，不能再工作，要求他们克服一切困难，在一周内解决问题。王辉立即和厂领导班子组织精兵强将，展开了一场制造挖掘机传动齿轮的攻坚战。这批挖掘机是苏联提供的，没有一张图纸。分析故障的原因，主要是挖掘机挖到1.2米以下的防冻层时，工作条件特别差，是戈壁沙滩粒石层，地层特别硬，而且这批齿轮是用高碳合金制造，虽然硬度高，但是冲击强度底层时遭到了损坏。通过对损坏的齿轮进行分析认为，用这种材质不合适。于是，对材质进行改进，选用了钻机变速箱齿轮用的低碳镍铬合金材质。该材料经表面渗碳热处理后，不但表面硬度极大地增强了，还加强了抗磨性齿轮机体的冲击韧性。

方案确定后，组织与二十多道工序有关的车间参战，人停马不停，二班制改为三班制，用一星期时间制造完成，而且质量全部合格，送现场装机试用一次成功，大大加速了这条管线的施工速度，按时完成了全国第一条输油管线建设。新疆石油管理局范子久副局长当时也曾经组织局有关人员到厂，对产品进行鉴定，结论是非常满意，后来范副局长还亲自到厂表扬和肯定。克拉玛依油田的原油，通过这条地下输油管线，源源不断进入独山子炼油厂，推动着欣欣向荣的新中国建设。

1957年，机修总厂继续开创"第一次"记录。

独山子炼油厂300万吨扩建工程竣工，使独山子矿区变成一座以炼油为主的石油化工城。这一生产结构的转变，也使机修总厂的生产从单一维修钻采设备转到以维修钻采设备和维修炼油设备、生产炼油装置配件等为主。这一年，工厂名称第一次更改为新疆石油管理局独山子机械厂。

矿务局领导下达了一项紧急指令，为独山子炼油厂制造"S"形、"舌"形塔盘。苏联专家在时，这是想都不敢想的事。现在要靠厂里的设备生产，而且时间紧，催得急。党委经过研究，把设计"S形塔盘"的任务交给了以王玉峰为主的技术小组。当时，厂里生产和新产品试制，是厂长签发由生产技术科具体组织实施。王玉峰既是生产技术科科长，又担任了技术小组组长。这个小组曾完成过炼油厂设备上的缸套、换热器、蒸汽泵等一系列产品设计，有热情，能吃苦，攻关能力强。更主要的他们是敢想敢干，不迷信权威的青年。借这次任务，新疆油田党委调整了机械厂党委班子，副局长王辉兼任厂长，李树荣任党委书记。在这次调整中，一批基层干部被提拔为厂领导，一批优秀的班组长充实到基层领导班子。这为转产时期的工作整合了干部人力资源，也为炼油厂扩建，机厂生产炼油装备积蓄了力量。

"艰苦奋斗，奋发图强，在塔盘显咱们中国工人阶级的志气"，全厂动员大会上，党委宣布了以领导干部、技术员、工人"三结合"的炼油生产攻关领导小组，提高技术攻关小组的级别。没有资料和经验可借鉴，只有局里送来的一捆图纸。看懂图纸，按照炼厂的要求重新设计出"S"形、"舌"

形塔盘的图纸，这是完成任务的关键前提。周维，这个上海中华石油学校毕业的青年向领导表态，"这个任务交给我"。1952年他满怀革命理想来到新疆，从维修部做起干到机械厂的技术员，每次重大的任务少不了他，被大家公认的啃硬骨头青年积极分子，在生产技术科科长王玉峰的领导下，两人接过一捆图纸，展开了攻关钻研。

　　那时候，国家还很落后，图纸是铜板刻印的，字很小，线条模糊。周维把一张张图纸放大，再自己一笔一画地把各平面图纸绘制出来，一个多星期他没有出过门。王玉峰则对他的图纸进行把关。画好图纸，两人又带着图来到独山子炼油厂，对照图纸把炼厂的各个流程看了个遍。"S"形、"舌"形塔盘的工艺要求很高。他们把图纸交给工人们提意见，并和炼厂技术员一起探讨，对设计作了多处改进。进入塔盘制造阶段，主要生产车间的工人吃住在车间，质量监督员对每一道工序进行严格检查，特别是塔盘的材料，每一根管架都经过检验。由于当时整个国内的技术处于落后的阶段。厂里的技术组在技术上采取了多种新工艺，攻克了材质的化学成分和脆性问题，用高硅管架代替短缺的合金钢管架，用90℃生铁回弯头代替短缺的合金钢弯头，经过炼厂验收，"S"形、"舌"形塔盘试制完全符合质量要求，并能进行全部塔盘的更换。随着"S"形、"舌"形塔盘的投产，机械厂全方位向炼油厂跟进。各种大小泵、加热炉、换热器、缸套、蒸汽泵，就连炼厂最重要的装置冷却塔、换热器、油罐等，他们也拿得下来。

独山子机械厂机加工车间　　　　独山子机械厂铸造车间

　　新品种的开发和生产，不仅是生产规模的转折和提高，也使企业的管理，企业的整体素质上了一个新台阶。以周维为代表的一批年轻技术骨干担起

了大梁，不仅钻采、炼油、机械加工等方面有人才，企业营销、技术管理也培养了干部。在维修部到机修总厂阶段，厂里没有专门的档案室，现在建立了技术档案，图纸编号，各种产品资料分类进行存档。新产品开发程序中的立项、论证、报批等资料有专门的档案室，由专人负责保管，整个企业对产品，对市场乃至对品牌意识都站在了一个全新的高度上。

1957年，对机械厂来说是具有里程碑式的意义。年底，他们举行了隆重的"S"形、"舌"形塔盘制造成功庆功表彰大会。工人举着毛主席像进入会场。兴奋时高呼毛主席万岁。会上宣读了石油部发来的贺电，对机械厂进行嘉奖。接着，石油部在机械厂召开了石油部成立后第一次全国石油现场会。会上，机械厂向来自全国各石油机械厂的同行展示了他们的新产品，介绍了他们发展的经验，代表们参观了他们的车间、档案室，发出了由衷的赞叹。

石化机械三机分公司的前辈们在独山子参加新中国第一条地下石油管线施工，制造炼油厂各种设备装置，这两大战绩深深烙在中国石油炼化的功劳簿上。

"我们永远是一家人啊！"独山子石化朋友带着很深的情感与我们道别。

历史可以抖落尘埃，但抖不掉历史的光泽。

3 独山子，那个子字，就是长子的子

从独山子市区往南就是独库公路的起点，我们折西就到了独山子的跟前。要上山得穿过一片戈壁滩，矮茎的草甸被车辙碾压过，绿意尽失，一面开阔的斜坡通向山脊，斜阳下的山体透出古铜色的光泽，日落之初携带着落云，也过滤着光亮，斑斑驳驳的光点，团团絮絮的阴影，给了独山子几分神秘感。向南就是天山山脉，中间隔着成片的水草、村庄，恰到好处地摆放在奎屯河谷。一边是牧歌式的牛羊成群，天山融化出的雪水仿若牛

奶、羊奶喂养出这方生灵，遥远而又近在眼前。一边是成片的向日葵，金黄的葵饼像舞动的草帽为农耕文明庆丰收。独山子则一山突兀、寸草不生，天山唯独忘了独山子也需要生命之源滋养。

独山子山就像一根横着的扁担，它要挑什么，它能挑什么？

我们想既然能拉着社会主义前行，就能挑起社会主义的这副担子。

山如此，人亦如此。

在采访期间，原三机厂一位老领导告诉我们，黄志敏有故事，可采访原三机厂干部科长吴炳荣，他从独山子到原三机厂一直负责厂里的组织人事。黄志敏是全国劳模，革新能手，车工技术好，他与同厂的副技师吐尔逊还出席过1956年全国社会主义建设积极分子代表大会，受到毛主席、刘少奇、周恩来等中央领导接见。"文革"期间与妻子观点不合分手，四个小孩两个在新疆，东北一个，他只带走一个儿子参加江汉石油会战。这是一个时代的悲剧，他们都成了这个悲剧里的主人公。妻子还是厂广播员，声音甜美，人长得俏丽。劳模配美女，可谓般配，更是绝配。婚礼上，他给新娘献上一束紫色马鞭草，那可是独山子最美的花。跳一曲《阿瓦尔古丽》，那场景，令多少人羡慕不已。那个年代，找对象就要找戴大红花的劳模，对象18岁就入了党，人也长得高大帅气，舞也跳得好，尤其是新疆舞。

在车间有一句行话：干死的车工，累死的钳工，不要脸的焊工。

什么意思？干车工的跟机器打交道，要歇息，除非机器干不动了，那是重体力活，大件的铁疙瘩上了车床，精磨毛坯，直到成型。有人统计过，一天仅搬移的重量达数吨之多。而钳工锉、铆等更是力气活。焊工成天戴着面罩，就有了不要脸之说。车工是工厂里基础的基础，黄志敏主动挑选了这一工种。十几个人的一个班就三个党员，最基础的工种是车工。他问班长杨贵，哪个活最重？班长指指铁灰色的庞然大物——俄罗斯车床。

他已经够高大的了，山东汉子，一米七几的个子，但站在俄式车床旁就相形见绌。他相信自己不到二十岁，还得长个儿。在那个年代，跟这样的机器为伴，那是何等的气派，神气，洋气。

他告诉班长：我就是有一身的力气没地方使呢。

黄志敏头脑灵活，能吃苦肯钻研。为了尽快掌握车工技术，他上班跟着师傅勤学苦练，下班找一些报废的材料勤练基本功，不懂的地方就虚心向师傅请教，他花去了比别人多几倍的时间和精力，很快就娴熟地掌握了车工技术。

他还是伊万最欣赏、最信赖的朋友。

"我在莫斯科河等你。那是世界上最美丽的一条河，比伏尔加还要美丽，它流经红场桥、圣巴西尔大教堂、克里姆林宫等。我记得我在泥火山地窝子曾说，我要向安德厂长推荐你们去莫斯科上大学！莫斯科，那是世界上的红色首都。"按照中苏石油股份公司协定，1955年1月1日，苏联朋友回国了！

如果协定再多几年，黄志敏的命运或许是另一番景象。

1955年7月，西河坝的关键设备583泵的主轴磨损了。这台泵是苏联产的，当时国内没有配件，只有自己把它车出来。主轴长2米多，直径150毫米，机修总厂还是第一次接受这种任务。厂领导先后安排了2名经验丰富的老师傅承担车主轴的任务，可是都没成功。抽水泵修不好。矿区居民吃水和生产用水就会受到影响。机修总厂的领导十分着急，他们想到了一个人——年仅18岁的车工黄志敏。接受任务后，黄志敏汲取前2位老师傅的经验教训，精心观察，勤量勤车，眼睛都不敢眨一下。几个小时过去了，汗水顺着他的脸一滴一滴往下淌，他顾不得擦一把；腰酸了，双腿站麻木了，停下来揉揉腿，然后把大腿抬高又放下；困极了，就停下车床来，在地上铺点东西、稍微睡一会儿，用凉水洗把脸再继续干。黄志敏一直守在车床边，整整干了80多个小时，终于车成了一根合格的主轴，抽水泵又正常运转了，可黄志敏却昏了过去。从此，人们称黄志敏为"拼命突击手"。他"拼命"的事迹传遍整个机修总厂，领导对这个毛头小伙子也刮目相看，有了急活难活，别人无法完成的活，都会交给他，而他接受任务后，总会尽全力拼命干好。

我们在他的简历上看到这样一段文字：

"拼命突击手"黄志敏，山东省招远人，1937年出生，1952年参加工作，1955年加入中国共产党，初中文化程度。1956年被评为全国

先进生产者、全国石油工业先进生产者、自治区青年突击手，时为新疆石油公司独山子矿务局机械厂车工，全国劳模。

老人走了，从中国东部的山东到西部的独山子，最后在中部的龙尾山完成了他生命的全程。纵观他的一生，在玛依塔柯留下了汗水和泪水，以及青春季里的光环，还有他的紫色马鞭草和《阿瓦尔古丽》舞曲既绚丽多彩，又有些黯然伤神，这就是一个生命个体必须面对和接纳的短暂与永恒。

阿不都拉·吐尔逊，眼光深邃，白胡须微微上翘，棱角分明的"朵帕"犹如一顶花冠。他侧头的照片挂在了独山子陈列馆群英谱里最上方的第一个，眼光里有憧憬。他49岁才参加工作，维吾尔族，新疆吐鲁番人，中共党员，初小文化程度。1953年、1954年被评为中苏石油股份公司劳动模范。1955年被评为自治区先进生产者，1956年被评为全国先进生产者、全国石油工业先进生产者，时为新疆石油公司独山子矿务局机修总厂铁工部副技师、全国劳模。

《玛依塔柯群英谱》介绍他，工作中，阿不都拉·吐尔逊积极主动、热情高涨，他不怕脏、不怕累，重活累活抢着干，吃苦在前，敢于迎难而上，参加工作以来，他每天早上班、晚下班，别人都休息了，他还在干，月月超额完成任务，每一项工作都完成得保质保量，连续4年被厂里评为劳动模范，受到嘉奖。

1955年的一天，劳累了一天的阿不都拉·吐尔逊已经下了班。当他正要回去时，看到一班工人正在忙碌着，过去一问，才知道车间接到了一批紧急订货，钻井处急需20个刮刀头，第二天一早就要交货，否则就要影响生产进度。可干活的当班工人碰巧都是学徒，干不了，正着急。看到这种情形，阿不都拉·吐尔逊不顾一天的疲劳，主动留下来和他们一起干，经过一夜的苦战，在阿不都拉·吐尔逊的大力帮助下，第二天一早，20个刮刀头全部保质保量地制作完成，保证了生产单位的急需，而还没来得及休息的阿不都拉·吐尔逊却又振作精神投入到了白天的工作中去。阿不都拉·吐尔逊踏踏实实的工作作风和突出的工作成绩，受到了全体职工的赞扬，组织上给予他多次嘉奖。

当天累得不行,就靠在车间的墙边眯了一会儿。当他醒来,发现"自个儿在偷懒",狠狠地抽了自己一巴掌。这事传到了新疆石油报记者那里。采访时,吐尔逊朴实无华的话感动了记者:"我们可以不睡觉,不能让毛主席睡不好觉。咱们这个厂子是毛主席的,不能给他老人家丢脸。"

一个放羊出身的阿不都拉·吐尔逊,就带着一颗感恩之心干社会主义

一百年,究竟有多远,看看第一口油井和两口大锅的斑斑锈迹吧。

听听牧羊人口口相传的玛依塔柯传说吧。

石油创业,到底有多难,看看48道杠棉工服上的生命原色吧。

听听关于马号、地窝子的往事吧。

我看见第一口井喷出的第一颗油珠。

划过一个世纪的长空,化为棋盘式的满天星光,散落在国内最大的炼化基地。

这是独山子人在问自己吗?

不是问自己,是在告诉更多的人。

在铁人王进喜诞辰100周年的日子里,一首《天涯如歌(组诗)》获《石油文学》一等奖。组诗中的第三首,以故事写历史,而这段历史正是三机人的"独山子辉煌"。

> 二十世纪六十年代初,石油工业"三机"配件奇缺
> 制造配件的钢材更是难以寻觅
> 汽车、拖拉机和柴油机被迫停止运转
> 制约,如一根绳索紧紧拽着发展的指针
> 在供应制造局指导下,以独山子机械厂为主体
> 开始攻关、克难,时间一天天流逝
> 难题、难点一个接一个被破解、理清
> 办法、决心仿佛是对制约无声的解套
> 四个月时间内自主掌握了
> 高牌号铸铁技术。十个机型五十多种"三机"产品配件毛坯浇注完毕

接着，配件加工会战展开

计算如发丝，制定了完整加工工艺

研制出成套装备、专用刀、量、检具设备

九种型号四十六个品种配件完全符合国标

一九六二年，总计铸铁三百多吨

缓解了全国二十七个油田单位的燃眉之急

球墨铸铁浇注的解放牌汽车曲轴

平均装车行驶七万公里

B2—300柴油机曲轴装机使用一千一百多小时

磨损不大于合金钢制品

这是那个年代最普通的工厂，我也诗意地对中国车间动情：

一块红砖／砌进中国工业的肌理／在火红的年代里淬火／让中国车间／带着火热的底色／和热气腾腾的激昂／诠释一块砖的厚重和高度。

在中国的车间里，我们听到了工业的心跳、脆响、坚决、视死如归，这是钢铁与钢铁的衔齿，入地数千米，融合地球的脉动，注入大地的躯体，它的密度和力量，铿锵作响，光芒万丈。

1961年，三年严重困难仍笼罩中国。然而，石油工业前进的脚步并没有因此而停步——1959年，中国在黑龙江发现了大庆油田。大庆油田的发现，意味着中国的石油工业向甩掉贫油帽子的日子又加快了一步。根据石油部要求，独山子机械厂要抽调一批技术员和工人支援大庆油田会战，这样，从独山子油田，独山子炼油厂，到克拉玛依油田、大庆油田会战，作为中国最早的石油机械厂，独山子机械厂在每次全国新发现的油田会战中，总是派出自己最优秀的员工。

当支援大庆的人刚走，机械厂接到石油部的命令，石油部决定在独山子机械厂开展球墨铸铁会战。

自从苏联专家走后，又随着以后几年中苏关系的全面破裂，苏联专家带走了以前的各项技术图纸，停止了各种机械设备配件供应。各油田的汽车，拖拉机，柴油机，特别是勘探钻机、动力柴油机损坏严重，缺乏配件，带病运转，有的被迫停用，情况紧急。正是这种严峻形势，石油部决定在独山子机械厂组织球墨铸铁会战。为了让机械厂的同志明白会战的意义，新疆石油管理局局长秦峰带着机动战线，特别是机械厂的同志来到油田井队主要单位，只见一台台的汽车、拖拉机、柴油机缺乏关键配件，搁在野外不能动，情况很不好，严重影响了油田生产。秦局长心急如火，使机械战线的同志看到石油一线的情况，深受教育，感到责任重大，也更加知道这场会战对全国的油田意味着什么。

独山子青年突击队在废混凝土中找钢筋

当时跟在现场的王玉峰后来是这样回忆，石油部在我们厂展开铸铁会战，是集中优势兵力，打一场攻坚战，自力更生解决石油前线生产急需，借机械厂的铸铁毛坯进行技术攻关。当时国家正在推广稀土合金的应用，会战攻关稀土合金球墨铸铁以铸代锻，以铁代钢。因为我们主要原料是在大炼钢铁时开发的。新源钢铁厂生产的原料中含有稀有金属"钛"，它有球径小、抗耐磨、强度高、韧性好的特点。

1958年"大跃进"时期大炼钢铁，机械厂承担了新疆石油管理局一半以上的炼钢指标和炼铁指标。在一无技术，二无设备的条件下，全厂职工凭着满腔的热情，从新疆八一钢铁厂买来酸性炼钢炉和炼铁小高炉的图纸，组织了以冶金技术干部为骨干的两支炼铁专业队。从矿石粉碎，耐火材料的焙烧，砌炉体，修炉衬到出铁出钢，整个冶炼过程全由本厂职工担任。当时，技术员和干部吃在炉旁，睡在炉旁，在学中干，在干中学，在自建的一座一吨炼钢转炉和两座13立方米的小高炉旁，连续奋战三个月，炼钢627吨，炼铁近200吨。大炼钢铁运动，虽然出炉的钢铁杂质很多，但机械

厂学到了炼铁铸造的技术。

铸铁会战由石油部供应制造局副局长邓家辉任指挥长，新疆石油管理局副局长詹石任副指挥长。石油部供应制造局总工程赵忠仁任副指挥长，指挥部办公室设在机械厂。石油部还从青海石油管理局、玉门油田管理局、敦煌运输公司等单位调来40多名技术干部和工人。铸铁车间自己组织了300多工人参加的团队。会战车间主任由邓家辉兼任，车间党支部书记由詹石担任，下设造型、熔炼、准备、清理四个大队，技术工艺、检查化验、材料供应三个组。机械厂的其他车间和部门负责制造工装、后勤供应、生活服务。会战指挥部还从上海、南京、武汉等大城市聘请了技术顾问。这样的会战的规格，这样重视的程度，是中国石油工业前所未有的，如果仅就一个厂而言，后来也不曾有过。

全厂召开了会战誓师大会，邓家辉宣读石油部的会战命令，各方面的队伍表决心，整个机械厂像一团烈火在燃烧。会战打响，全厂干部工人都服从命令，听从指挥，哪里需要人手，职工们不分部门，不分职位，主动跑去支援。会战时，工人们接连几天不回家，也不捎信给家里，有的家里以为在厂里发生什么事，跑到厂里找人。那段时间，无论干部和工人，身上的衣服总是油迹迹的，因为大家都几天不曾脱衣服，实在困了就和衣躺一会，好多人回家进屋端碗吃饭，吃着吃着就睡着了。领导怕工人累坏身体，"押"工人们回家吃饭睡觉。

四个月的共克时艰，铸铁会战取得了决定性的胜利。完成了各种曲轴、缸套、活塞环、瓦片、缸盖等十几个机型共50多个品种的毛坯试制，并由此产生了经过试验成功的各种产品的配砂、造型、熔炼、浇注、热处理制造等工艺标准，成为石油工业行业今后的操作规程。特别是高强度合金球墨铸铁的诞生，填补了当时国内的空白，列为国家科技推广项目，并在以后获得国家科技一等奖。三机前辈们以建厂十一年的时间就摘取了国家最高荣誉。

机械厂党委认识到这次会战的重要意义，向全体职工提出了"巩固会战成果，发展石油生产"的号召，准备迎接新的、更光荣的战斗。

球墨铸铁会战，只是石油部解决中国石油工业三机配件的一个序曲，真正的目的是解决配件加工。于是球墨铸铁会战刚刚结束，1961年11月15日，石油部又下达了"关于在独山子机械厂组织三机配件（三机配件即汽车、内燃机、拖拉机的曲轴、缸盖、缸套和刹车鼓等配件）加工会战"的指令。

1962年春节刚过，石油部部长余秋里走进了独山子机械厂。这位红军长征时的独臂将军、中国石油工业的创建者，这次来是督战，也是来铺路。他宣布铸铁会战指挥部改为配件加工会战指挥部，向大家讲了大庆油田的开发，讲了全国各地石油勘探的大好形势，然后话锋一转，就提到了配件加工会战的重要性。他高昂的声音震荡着会场，"别人想拉我们的后腿，我们中国人更得要有志气，像大庆人一样，自力更生，加上科学精神，早日拿出三机配件，支援大庆石油会战。"

三机人往往提及独山子岁月，荣誉和自豪感油然而生。是呀，最高石油首脑机关用两年时间在厂里组织两次大型会战，而且在第二次配件加工会战打响的时候，余秋里这位开国将领，亲临厂里指挥、动员。历史的辉煌落在每一个人身上，都是暖身的。

石油工业的快速发展，催生了三机会战。从此这个"三机"二字成了一个企业的魂和精神符号。指挥部用两个月时间对配件加工的品种工艺设计，设备调整和技术队伍进行了充分准备。派出5名技术员骨干到上海机床厂学习。选择46项产品作为第一批配件试加工。考虑到配件加工中金属切削加工是个重要的环节，会战指挥部从外面特别聘请了十几个高级机床工。技术人员分专人负责加工工艺的制订、工艺设计、专用刀具设计，每一道工序技术人员都在现场把关，对复杂的产品，还制定了检查方法，用检测工具保证质量。像活塞环的配件加工，技术员和工人共同攻关，在拉力，挠曲度漏光，瓦片的偏析和精度，以及光洁度，承压防漏，防腐上重点把关，不允许有一点马虎。

副厂长王玉峰和副总工程师石体伟被盖一卷就住进了车间的休息房里。

这次会战要解决全国石油单位的燃眉之急。配件加工在紧张进行，为今后配件批量生产的准备工作同时展开。工厂厂房扩大，占地面积达到了67950平方米，厂房建筑面积达到9289平方米，成套的配件加工设备，生

产线安装完成，其适用化程度都达到 72% 以上，同时可以生产 46 个品种的配件。

试制生产了曲轴、缸套、缸盖、缸体、瓦片、活塞环等，成批生产并供应油田，而且会战后品种逐年扩大，以满足各油田急需。球铁产品按标准由原生产一般 QT50-1.5，普遍提高到 QT70-2，还扩大了试制范围，大量生产了抽油机高强度耐磨球铁，人字齿轮的耐磨性明显提高，机械厂每年生产 7000～8000 吨铸件中，其中 70%～80% 是各种球墨铸铁产品。试制的 20 多种曲轴除 B-Z-300 型柴油机曲轴经小批量试制试用，其抗拉强度能达标，但冲击值不能达标（钻机特别要求冲击值）。后来，与内蒙古军工企业合作，用合金钢锻造解决了难题。

生产出来的三机配件，在市场中经受了检验。

汽车曲轴经过长春汽车研究所技术鉴定，曲轴的机械性能、加工精度完全达到质量标准。

第一根球墨铸铁曲轴在克拉玛依油田注水站装机，运行 1142 小时，主轴颈磨仅为 0.004～0.005 毫米，连杆轴颈磨仅为 0.005～0.01 毫米，用户反映与金属钢制品不相上下。

12 根解放牌汽车曲轴装车平均行驶 7 万公里才开始修磨，最长的行驶达到 12 万公里。每行驶 1 万公里连杆轴才平均磨损 0.0075 毫米，主轴颈才平均磨损 0.0032 毫米。创下当时同类产品的国内先进水平。其他缸套、活塞环、瓦片等三机配件的质量超过国内的一些专业厂家。

1962 年，国家正式批准独山子机械厂生产三机配件，其市场在试制阶段就接到全国各油田、各厂矿的订单。

配件加工会战是机械厂建设发展史上的又一个重要里程碑。经过两次会战的独山子机械厂从少品种的小批量生产转到多品种的专业化生产，从而形成了以三机配件为主的、具有一定规模的配件制造厂。

1963 年，机械厂首次被石油工业部指定为石油机械配件制造基地和三机产品定点生产厂家。

1969 年，机械厂的主要产品已经有曲轴 13 个品种、缸套 15 个品种、活塞环 13 个品种、缸体盖 12 个品种、刹车鼓 9 个品种、瓦片 9 个品种，产品供应到全国油田27个单位。最高产量达到924吨，年产值已经达到500万元。职工人数达870多人，拥有12000平方米的厂房建筑面积。因为三机配件而最后拥有了三机厂的名称。

作为当时国内一流的机械厂，独山子机械厂的产品不仅销往全国各油田，也成为地方工业发展的抢手货。三年严重困难时期之后是中国国民经济的恢复时期，拖拉机，汽车，柴油机承担着拉动中国跑步前进的火车头，三机前辈们用自己的三机产品为中国社会主义建设加足了马力。

在一个人为"砖瓦"和"螺丝钉"的火红时代，他们就是国家的一部分；神圣和尊严既是国家的面孔，也是他们的表情。一个人有许多的选择，选择艰苦就是选择意志；选择命运就是选择未来。到西部去，到祖国最需要的地方去。包括我们直接或间接采访到的：王玉峰、张培锦、翟荣喜、石体伟、翟子延、李必寿、黄志敏、黄鸿钧、段乙、吴炳荣、余恒永、庞瑞玲、张菲等，他们有自己的理想方位。他们说，有荒凉是他们那代人的福分，就怕连荒凉都没有。国家告诉他们，他们是寻宝人。宝在哪里？荒凉之地必有宝。人类可以什么都没有，不能没有荒凉。听听他们的歌：无名的群山，我们就是绵延；无名的河流，我们就是婉转；无人去的地方，我们就是人烟。

大山只能巍峨，但永远都不能豪迈！

豪迈是一种自信，是一种自带能量的溢出和喷发。

1965年10月，中共中央政治局委员、国务院副总理贺龙元帅视察独山子机械厂，当听到工厂只用了四个月就成功掌握了球墨铸铁和高牌号的炼制技术，完成10个机型50多种产品"三机"配件的加工，完成用球墨铸铁浇注的解放牌曲轴，平均装车行驶7万公里，最长的12.9万公里时，起身带头鼓掌，希望把"以铁代钢"、"以铸代锻"的技术在全国推广。

独山子，那个独字，就是独立自主的"独"；那个山字，就是要像山一样巍峨。那个子字，就是共和国长子之子。

第二章
121，三线建设的三机代号

　　大山要炼星辰了，峡谷有了吃水线，航吊安装在山脊线上吊运大国重器。这些火红画面成了三线建设的国家记忆。给诗与远方上色，用乳浆的云沾点晨光就白里透红了。拽一朵云捻在手里纺不出线，松开手就云蒸霞蔚了。曙光是梦想纺出的金线线，织一片锦绣覆盖眼前的山河和未来。

4 人人都要奔一个目标：跟帝国主义、修正主义争时间

石油人习惯把他们的迁徙称为远征。

习惯把调动千军万马大规模勘探开发叫会战。

习惯把会战地叫战区。

习惯把战区机构说成指挥部。

石油是战争的影子，还是战争就是石油？这些提法与当初中国石油的"军人执掌"分不开。李聚奎、余秋里、康世恩、宋振明这些部长们都是在战火中出生入死。在他们看来，远离战争并不远离战场，他们同样在另一个"战场"中赴汤蹈火。

"我们缺一条腿，在南边找到油田就成三足鼎立，我们才站得稳！"毛泽东不是没有担心。

1958年中苏决裂后，严峻的战略形势与东南沿海脆弱的防务系统，让中央领导层开始考虑在西部建设后方的战略问题。1964年8月2日"北部湾事件"爆发，美国驱逐舰马克多斯号与越南海军鱼雷舰发生激战，战火燃烧到我国南部地区。同年8月17日、20日，毛泽东主席在中共中央书记处会议上两次指出，目前中国经济命脉都集中在大城市和沿海地区，不利于备战，各省都要建设自己的战略后方，要靠山、分散、隐蔽。于是一个极为保密的字眼"三线建设"悄然浮出。这一年，中华人民共和国政府在中国中西部地区13个省、自治区，以备战为指导思想，开始了一场大规模的国防、科技、工业和交通基本建设。建设项目均以代号对外。三线建设是中国经济史上又一次大规模的工业迁移，其规模堪与抗战时期的沿海工业内迁相提并论。这是国家的政治布局、经济布局、国家安全的战略布局。经济最发达且处于国防前线地区为一线（指东南沿海及东北、新疆等地区）和位于中间的安徽、江西等二线省份相对，三线建设的范围包括四川（含重庆）、河北、山西、河南、湖北、湖南、广西、云南、贵州、陕西、青海、

甘肃和宁夏13个省区。从1964年到1980年期间，国家在三线地区共审批1100多个中大型建设项目。

已是秋天，北京郊外一片金黄。

谪居挂甲屯的彭德怀老总远离政治舞台，他钟情于土地上的农事。草帽，锄头，还有挂肩的毛巾成了他身上的几大件，他俨然是个农民。一截木头和一块铁，先祖用五行中的金木打制出了中国农耕重器，掂在手里不重，别小看这把锄头，我们碗里的五谷杂粮囤积了延续五千年的华夏口粮。这位打天下的开国元帅对于田间地头的农活一点都不生疏。日出日落，他在黎明的光圈里扛着锄头走进另一种怡然自得的生活。

其实，他并非"万念俱灭"，一个共产党人何曾失落过，又何曾绝望过，就像一个战士，当冲锋号响起，他的第一反应就是一跃而起，勇往直前。

"四海翻腾云水怒，五洲震荡风雷激"，国际形势的波云诡谲，彭总能两耳不闻窗外事，置身于世外？

1965年10月21日，毛主席亲自打来电话，约彭德怀到中南海一晤。

这次进中南海，是彭德怀生前与毛主席的最后一次见面。

11月28日，彭德怀离开了挂甲屯这个不寻常的人生驿站。他是以三线建设副总指挥的身份奔赴四川新战场。

我们一直在想，一个具有高超军事指挥才能的战神，能指挥三线建设的千军万马？那可是经济建设啊！不要忘了建国初期，毛主席外访苏联期间，彭德怀的百废待"新"的请示报告受到了毛主席的高度重视和认同，并带回了中苏石油股份公司合资办企业的成果。那份请示报告何曾不是新疆经济建设的"红皮书"。

两位出生入死的老战友在中南海的这次长谈，内容虽有不同的版本，我们不是亲历者，无法甄别其真伪，但有一点是肯定的，彭德怀一定是欣然领命，再次横刀跃马！

就这样，彭德怀重新走上了工作岗位。

中国三线建设拉开了它波澜壮阔的历史帷幕。

20世纪60年代，地矿部、石油部在云梦古泽的江汉的王1井、钟市11井相继喷出了工业油流。"要在三线找点油，找点气。备战备荒为人民。

三线建设要抓紧，就是和帝国主义争时间，就是和修正主义争时间……"毛主席把找油找气的眼光投向了内地。

1969年2月2日，石油工业部军事管制委员会向中共中央、国务院和中央军委提交了《关于在湖北省江汉地区组织石油勘探会战的报告》。2月6日，《报告》呈送到毛主席的手里。2月7日，毛主席在他的书房与周恩来总理共商江汉石油会战事宜。"如果国家困难，就拿我的稿费！""文革"的折腾，毛主席知道家底的"拮据"，但他决心已定，在这多事之秋，必须站在国家能源安全的高度看内地的战略位置：中国的油库大多在北边，战争来了，江汉的一滴油相当于北边的一吨油啊！

这是20世纪60年代的最后一个春天。

3月26日，全国计划工作会议在北京召开。周恩来、李先念、余秋里等国务院领导在主席台上就座。会上，周恩来下达了江汉石油会战令。

关于会战，《人民日报》曾在《石油战报》一文中评述："会战，是毛主席的群众路线和集中优势兵力打歼灭战的光辉思想在工业建设上的具体运用。对石油队伍来说，一次会战是一次锻炼和考验；对石油工业来说，一次会战是一次跃进和发展。实践证明，会战是多快好省地开发和建设油田的胜利之路。"

从独山子中苏石油股份公司到三线建设之江汉石油会战，三机与毛泽东两次决策不无关系。

你可以提出疑问，但你回避不了三机的"伟人缘"。

1969年11月26日，是独山子机械厂全体职工刻骨铭心的日子——他们接到燃料化学工业部军管会决定，整厂搬到湖北参加江汉油田会战。

这是一次感情复杂的告别。

二十年了，抬头就能看到天山的雪额。他们说，天山是一位慈祥的老人，呵护着这方苍生。这里的炊烟，无论怎样飘绕也翻不过山脉。仰望雪峰巍峨，也把雪莲奉为圣花朝拜。一山一雪莲那么有诗意，雪白是它们的底色，心灵需要擦洗，看一看雪山就干净了。

余恒永在龙尾山上班后，又到青藏线上当兵，他说，看到雪山，宁静而不浮躁。

二十年了，把第二故乡认作第一故乡也不为过。然而，他们必须向这片热土挥手告别。石油的召唤，是国家最嘹亮的集结号。迁徙的落脚地叫龙尾山，传说从远古的时候就有一条龙在这里沉睡，今天，他们来了，龙尾山醒了。听听，多么幼稚的想象，凭什么你一来龙就醒了，这种传说拿来哄哄小孩都少了趣味。

当年"好人好马上三线"的场景再现

想不通为什么要把一个有根有花有果的西部石油机械厂搬走。要知道，当这个根与大地连在一起，要搬走它，连大地都喊痛！想不通我们的厂房，我们的职工食堂，电影院，我们刚搬进去的职工新住房，还有我们在沙漠上开垦出来的土地，以及我们正在规划的新的蓝图，转眼都要成为过眼烟云。很多干部工人看着大片的厂房哭出声来，家属们对着家里的坛坛罐罐，看着在这里养育长大的儿女，想着即将要去的那个陌生地方，心里有说不出的酸楚。但是，有一点三机人清楚，就是他们今天的搬迁，也是为了明天的石油，江汉发现了大油田，江汉需要他们，他们就要到江汉。

人人心里奔一个目标，就是和帝国主义争时间，就是和修正主义争时间。

时间就是命令，紧急动员后一场大搬家开始了。一台台设备拆下来装上火车，图纸资料装箱，成品半成品随着跟车走，家属们也分批安排坐火车离开。这是一场马拉松式的搬迁，分六批前后将近一年。是舍不得那片热土，还是另有其因？一个建了20年的工厂，那家底该有多大？三线建设都在搬迁，又适逢"文革"，有限的铁路运力不可能都给你让路，加之整厂迁来何处安家？

　　副厂长王玉峰险些永远留在了新疆。他被打成了走资派，批判他主要是执行一套苏联一长制管理模式，执行的是修正主义路线，搞定额管理是卡压工人阶级，搞计件工资是腐蚀工人阶级的革命意志，搞质量检查又是卡压工人，对技术干部的使用是重用资产阶级权威等等莫须有的种种罪名，在职工大会上开除了王玉峰的党籍。批斗王玉峰时，还让新疆石油管理局局长陪斗了两个多小时，让秦峰局长表态，撤销王玉峰的职务，秦局长坚持王玉峰是局党委任命的，个人无权决定，有意见可报局党委反映再研究。

三线建设要抓紧

　　王玉峰下放到边远制造车间劳动改造，机械厂要搬到湖北江汉油田，一直没有人正式通知他。搬迁已过一半，还无动静。很多干部、工人在离厂前给王玉峰通风报信，要尽快离开厂，否则可能要吃亏挨整。当时，押送设备是苦差事，共500多个车皮要押送，又是寒冬季节，一趟7天，无站停靠，吃饭休息都是问题。王玉峰主动向军代表请战押送设备任务，军代表也怕出问题，就当即批准。第二天一早，王玉峰就上了乌鲁木齐火车站。造反派警惕起来，先是责问军代表。军代表有力地回答，这是安排迁厂的重要任务，你们谁能接替？造反派当即派车追到火车站，却扑了个空。原来军代表已通知火车站，让王玉峰押送的设备提前一天发车了。由于押

车行动毫无准备，生活十分艰苦。火车经过甘肃打柴沟时，因坡大刹车多，引起车厢着火，半路停下，王玉峰用雪扑灭了火。火车停开没有具体时间，只停货站，随时听从指挥调度。七天七夜在火车上，王玉峰只在中途喝了两碗海带汤，吃了两个馒头，7天按时完成了押送设备任务。

刘延书是第一拨搬迁参加江汉石油会战的三机人。

他是开吊车的，必须打头阵。

"你开着吊车去江汉？"负责先遣队的赵趁福丢下这一句话："乘火车押运物资。"

"我是司机，哪有司机放着车不开，乘车走的？丢人！"

就这样，他开着黄河重型卡车上路了，车里装有两台沈阳产的车床。

3000多公里的南迁路，运输队驮着辎重抄近路、最险的路走，走奎屯、达坂城、经火焰山、祁连山、河西走廊、乌鞘岭、秦岭，6天时间，翻越了48座山，跨过了18条河，尤其在星星峡突遇暴雪，车队还耽误了一天，到达终点湖北长江埠时比火车还快了一天。

余恒永1964年考入独山子石油学校，炼钢机械专业，4年制高级中专。他说，他就想炼钢。新疆冷啊，知道独山子旁边"奎屯"两字的意思吗，翻译成汉语就是"冷"。火炉旁，护目镜，一根钢钎搅动炉膛，把寒气搅跑了。外面冰天雪地，炉旁温暖如春。火花飞溅，火苗舞蹈，钢水出炉，一条流动的火龙，欢呼声，那就像老家春节时舞出的金龙。4年后，他被分配到独山子机械厂四工段加工车间，成天与冰冷的毛坯、铁疙瘩打交道。一年后整体搬迁，他的独山子工龄仅一年。搬得彻底，不留一丝一钉，全带走，他是第三批走的。

领导安排他押送物资，走铁路。这是组织上的信任，一趟车十几车皮的设备、生活物资一定得交给组织放心的人护送。显然，有知识、成分好、又是共青团员、年轻力壮，这些余恒永都占。

这条押运路既是货运，也是客运。他们赶到王家沟（乌鲁木齐西站）上车。路换着走，车到了大站就换火车头，或换车皮：乌鲁木齐——武威——兰州——宝鸡——西安——郑州等。

虽是阳春三月，北国的春天依然冰寒料峭，钢轨上的冰凌还未化开，火车司机更是如履薄冰。计划7天抵达终点，备了4天的干粮，馕饼、包子、馒头，煮鸡蛋。一水壶开水肯定不够，但沿途可以添加。一路走走停停，第四天才走到定西。车停了，手里的干粮得省着吃。他们决定在定西下车吃饭。要了一碗海带汤，一人五个包子，狼吞虎咽，拍拍肚皮梆梆响。吃饱了，吃饱了，得管好一阵子的呢。有了精力就更精神，他们有说有笑，可到了车站，发现车不见了。

车走了。

千真万确！

不是说停半个小时吗，不是说停半个小时吗？

他们找谁去，他们问谁去？

车走了，这下闯大祸了。

天昏地暗，奔跑、追赶。铁路工作人员告诉他们，可等下趟火车，估计他们押运的车皮还在天水。还好，他们赶到了天水，押运车果真停在站里等换火车头。两个押车的，长舒一口气，如释重负。西安是大站，停的时间长一些，两人留一人下车填饱肚子，给另一人买回些食品。提前一天到了湖北长江埠（应城）终点。清点押运物资，没丢一件，没损一物。

万一搞丢了呢？余恒永说，不敢想啊。

吴炳荣最后一批离开独山子。

"去晚了，恐怕连住的位置都没有呢。"

他是管组织人事的,他要办理和押运的可是三机的"宝贝"呢,党员干部、技术、技能人才，不能出现半点差池，到了龙尾山又是一次布阵排兵，谁能干什么，谁会干什么，用人的凭据是什么？留下来的要开介绍信到新单位，克拉玛依也有调江汉石油会战的，办调令，清点档案、装箱密封档案等等，必须办完所有手续，做到万无一失。

在南迁的路上，吴炳荣押送的是"厂宝"一路南下，他是三机人才的见证者和守护者。

5 飞来的城堡，三线时代的诗与远方

他们是那个时代的骄子，更是那个时代的宠儿。

"好人好马上三线"，不够格的进不了那支队伍，想吃苦都难！

全国劳模黄志敏、黄鸿钧在这支队伍里。

吊车王刘延书在这支队伍里。

技术革新能手周维、段乙在这支队伍里。

老红军、老八路、新四军老战士、抗美援朝英雄在这支队伍里。

苏式车床、西德磨、罗马尼亚铣床、上海航吊、沈阳重力等这些"好马"千里迢迢上了龙尾山。

"越过高山，越过平原，跨过奔腾的黄河长江"，听听："伸手可触的祖国啊，我拥抱着你由远及近的地平线"；看看："英雄无悔，青春无怨，满山的花开了一遍又一遍"；去感受："热血还热，热泪还暖，风中的灯亮了一盏又一盏，那是我的祝福一天又一天。"关于三线建设的热播剧让人心潮澎湃。

山河无声，奉献无言。

五七会战、121信箱，三线建设里的"数字现象"有着很深的政治军事内涵，数字中的无序密码有着秘而不宣的神秘感，我们把机械厂放在三线建设的大背景中去了解江汉石油会战的"特殊性"，即特殊年代的特殊会战。

朋友杨大为给我讲了一个发生在他身边的故事。部队作家曹进曾经到一个深山里的导弹部队去体验生活，他经常把城里带去的好烟散给当地的战士们；当他离开那里时，有个战士送给他一盒包装普通的香烟，留给他在路上抽。半路上，曹进打开这包烟，却发现里面装的全是他散给战士们的烟，战士们又把他从城里带来的好烟留给了他。是不抽烟，还是把烟省下给体验生活的作家抽？"没有烟就少了灵感！"就这么简单，大山里物资匮乏，一包烟对有的作家是不可或缺的提神剂。

一包烟的故事在三线建设流传。

高山大川记住了大三线。

三线建设中每一座墓碑都是一座丰碑，每一个牺牲者都是生命的璀璨绽放。

独山子机械厂带有两个烙印走进龙尾山：三线建设、五七石油会战。

但大背景还是三线，三线建设中的五七石油会战。

山是最好的邻居，打一声招呼都有回应。云是最好的邻居，随意抓一把可以不还。水是最好的邻居，它总是陪你走一段路。做邻居的山，把你送进云端你也不恐高。做邻居的云，给你抛一块白手绢文钱不取。做邻居的水，为你铺展银地毯任你撒欢。还有山雀练声，想寂寞都难。在山里小住，你连云都不是。在山里久居，你就居在山的骨头里。那就在大山里住一辈子吧，独山子是山，龙尾山是山，就安心做一个山里人。

心中有目标，工作有岗位，进步有荣誉，有一个群体就不孤独。

如果真要在这里穷其一生，你才发现，走平路是多么奢侈。一条有坡度的路，你得付出更多的体力和汗水。走山路，进山沟，眼前、身后、脚下、头顶都是山，你在大山的经络里，就像活着的舍利子。

三线，既是中国工业的腾挪跌宕，也是中国工业的大移民，甚至给具有国家基因的建设者又一个异乡。火红是三线的底色，火热是三线的激情，正因为如此就必然会有"献了终身献子孙"的近亲"繁殖"。

有人把三线厂称之为"城堡"，把城堡里的人称为"部落"。

有线大喇叭遍布厂区。每天早上六点半，大喇叭会准时响起起床号，然后转播中央人民广播电台的新闻和报纸摘要节目。连当地的老乡都以广播作为指导生产、生活的"指挥棒"。

三线厂的生产区与家属区是分开的。三线厂实行半军事化管理。最早的时候，厂党委书记叫政委，党办主任叫政治处主任。很长一段时间，军代表是厂里的"老大"，军管会主任更是一言九鼎。三线厂的孩子们物质生活虽然匮乏，但却过得简单快乐。男孩都会滚铁环、玩滑板、打弹弓、打火炮（纸炮）、扇烟盒；女孩都会跳皮筋、丢沙包、踢毽子。孩子们还会编顺口溜，唱童谣。因为在选址时考虑到水源问题，大多三线厂依山傍水、

沿河而建，厂区都有一条干净清澈的小河。孩子们无师自通，从"狗刨"开始，呛上几口水就学会了游泳。三线厂的孩子们都识五谷，不会把麦苗认成韭菜，知道什么时候玉米熟了，什么时候向日葵熟了，什么时候花生熟了。从此，这些具有国家血统的三线人开始关心起当地的天气，关心雨水够不够喂养庄稼，关心地里的收成会不会拉高生活成本，关心蔬菜和猪肉够不够吃，关心风土人情东家长西家短，以便串门时不说错话，关心鸡鸣和狗叫，是争吵还是对歌，关心哪条路不绊脚，哪家的狗不咬人，关心鸡毛蒜皮的琐碎，关心乡愁里的远远近近，进山后他们把自己还原成了山民。

车间、工人俱乐部、食堂、家属区，全国几乎共用一张图纸。大三线，无论地处天南地北，高山峡谷，大多有一母所生的模样。根据不同地域建起了功能齐全的厂房、生活区。地窝子的蜗居大多在北方，而南方的芦席棚最简单，也最实用。用麦席、芦苇作骨骼，涂一层泥墙，顶棚用油毛毡。芦席棚是过渡房，闲了，生活条件好了，或者一把火烧了，旧的不去，新的不来，这芦席棚群居自然要旧貌换新颜。会战时五七生活区一把火把芦席棚烧成了废墟，催生出了红砖平房横排竖直扎下了根。渐渐地这里有了人烟，有了人气，有了人声鼎沸，有了标语、口号，也有了号角。有了灯光，有了汽车，有了高音喇叭，有了露天电影场，有了学校里的书声琅琅。

荒坡上也能套种中国车间，农业和工业是这方水土的两种作物，稻花和焊花竞相开放。乡村是不穿工服的工区，工区是脱不掉工装的乡村。工区是乡村打卡的城堡，乡村则是工区的外环。在农业和工业之间，在古老和文明之间，在故乡和异乡之间，他们在大山里筑窝，筑一个走不出的生命秀场。他们原本在山下，在湖边。天门风波湖、九真的老乡家都临时住进了石油人。推土机推出平地，搭建车间，支棚席，一夜间风波湖的夜晚灯火璀璨。

这里有石油？没有，那你们来这里是打鱼捞虾？当地人带着疑虑的口气问他们。"我们是来潜江会战的石油人，我们也是石油人。有打井的石油人，有采油的石油人，有跑车的石油人，有拉线架桥的石油人，有生产机器的石油人。我们就是生产机器的石油人。"明白了，他们不在我们这里打井，他们不会占用我们的地。民以食为天，农以地为母，我们这地啊，叫棉田，种出的棉花过去叫贡品，白得比云朵还要柔和，像羊羔。县里组织了宣传队，给这些远道而来的石油人慰问演出。三句半的演员不张嘴也能搞笑，清一色的男人都打了口红，衣裤不合身。谐剧是一个人表演，又说又唱，说天门侨乡，说牙科里的蛐蛐，说天门的火烧巴子遇到京山的日把弹琴。最后一首天门民歌《幸福歌》掀起了高潮：

（合）太阳（哎）一出（哎）笑（哇）呵呵哎，开口就唱幸（那）福歌（哇）。天上的星星千（那）万颗，村里喜事比星多。呀嗬伊嗬，呀嗬伊嗬，呀嗬伊嗬嗬。（女）太阳（哎）一出（哎）笑（哇）呵呵哎，人人唱的幸（那）福歌（哇）。娃娃年小学（那）着唱，婆婆无牙也唱歌。呀嗬伊嗬，呀嗬伊嗬，呀嗬伊嗬嗬。（男）太阳（哎）当顶（哎）笑（哇）呵呵哎，村里粮食收（那）得多（哇）。天天吃的白（那）米饭，谷子堆得如山坡。呀嗬伊嗬，呀嗬伊嗬，呀嗬伊嗬嗬。（合）太阳（哎）落土（哎）又（哇）落坡（哎），收工也要唱（那）山歌（哇）。唱得河水上（那）山岭，唱得金谷接云朵。呀嗬伊嗬，呀嗬伊嗬，呀嗬伊嗬嗬。

从此，这首《幸福歌》成了三机人爱唱的"山歌"。

据说这首歌还进了中南海，毛主席听后连声称赞："好！好！跟湖南花鼓戏一样好听！"

王帅是龙尾山的社区主任，地方官员。他统管着龙尾山社区百十号居民，也看管着三机遗留下来的老宅和地皮。朋友开玩笑叫他"龙王"，龙尾山王姓在当政，他笑笑，摇摇头，有点无可奈何地苦笑。

苦笑什么呢？原本想进三机厂当工人，热火朝天干社会主义，而今却成了唐诗里"空山不见人，但闻人语响。返景入深林，复照青苔上"的守山人。

他有雄心，想招商引资，引一个有眼光、有三线情结的有识之士把龙尾山打造成中国三线工业文化遗址。他就是附近林场的人，从小听着龙尾山高音喇叭、看着龙尾山春节舞龙长大的，他的口音里总还保留了三机尾音。那尾音里总是铿锵有力的去声。这种现象，不啻三机人有，许多三线人都保留了去音收尾。三机人大部分人都是军人，军人的重音总是落在最后一

字上：立正，向右看齐，向前看，齐步走！只有去声，必须去声。换一个调调就没力，软绵绵的。

总说一方水土养一方人，而没想到一方人也能养一方水土。

三机办公大楼的一楼留了几间房作办公室，王帅就在这里办公，他成了守山人，山大王。他从小的理想，长大后进三机厂当工人，找个工人媳妇，离家又近。他说，那个年代若有亲戚是三机人，好长脸。要娶个三机媳妇，算是光宗耀祖。

不过，他想通了，这个家得有人看啊！他指着平顶山上的铸造车间说，那是国内独一无二的中国车间，12000平方米，将近50年了，墙体通红，那么结实，坚固，窗户玻璃上有水迹，你以为裂缝了，没有一处裂缝。

一个90后的王帅，他把这个三线家园照拂得这么好，这份责任和情感不是这个年龄的人能做到的，但他做到了。

他的家就在山脚下的原种场，当他得知我们为三机寻根而来，书写三机的龙尾山岁月，他好期待。在他看来龙尾山不会这么死气沉沉，说不准书出来了，会产生意想不到的效果呢。

说到龙尾山，他如数家珍。关于龙的传说，他这个版本更丰富，它让传说更接近神话。相传上古时期，伏羲黄帝周游山川，路经皂市，见五华山下大水磅礴奔流，便问是什么原因，一白发砍樵翁告诉黄帝：昔日山下都是肥沃的田园，有一天来了青白二龙，顷刻间，山下成了一片汪洋，变成了青白二龙的戏水池了。青白二龙嬉戏玩闹，水越涨越高，大有吞没五华山之势。黄帝闻讯大发雷霆后听从大臣风氏进言，规劝二龙，"引水入海，恢复田园，将功折罪，如若不然，碎尸万段。"青龙自以为是，扭头而去，听得一声巨响，金山陡长千丈，银山突高万尺，将青龙压在山下，只留一截龙尾山在五华山西十里处，化为山石，就成了今天的龙尾山。青龙所化的龙尾山，原名路口，又称台皮口。原来一片麻石嵯峨，是渺无人烟的荒野山地。

台皮口！三机人没有不知道的。

那个青龙戏水池会不会就是风波湖呢。

真曾经是一片汪洋，会不会是沧海桑田呢。

青龙压在山下，那条白龙，会不会是汉江呢。

王玉峰又回到车间，同工人一样参加建厂劳动。1970年5月，指挥部在天门渔薪镇办了一期干部学习班，目的还是为了解放干部。没想到一开始，还是搞派性斗争。王玉峰的小孩名叫米佳，造反派抓住这一点，问他为什么小孩取苏联名字，是不是向往苏联修正主义。王玉峰向军代表说明了情况，他看了一部小说叫《卓娅和舒拉的故事》，讲的是二次大战中，有一对苏联卫国英雄兄妹英勇牺牲的故事，哥哥叫米佳，妹妹叫卡佳，很受教育和感动，就希望自己的孩子要学习苏联卫国英雄，就给孩子取了这个小名。

1970年6月，在凤波湖召开了职工大会，下达了会战指挥部的命令，任命王玉峰为二十一团团长。二十一团是机械厂在江汉油田会战编制。1970年，燃料化学工业部成立，撤销五七油田会战指挥部，成立江汉石油管理局。1972年，机械厂由五七油田指挥部21团也更名为"燃化部第三石油机械厂"（简称"三机厂"），由江汉石油管理局代管，直属燃化部。

1969年11月26日动员迁厂，为纪念这一天，厂里的电报挂号定为"1126"。12月1日从独山子出发的，对外代号为天门"121"信箱。这两个代码，是三机人额头上永远抹不去的胎记。

1969年江汉石油大会战

江汉油田在哪里？新厂建在哪里？一路上大家在议论，在猜想。谁也没有想到的是，机械厂的先遣队到达湖北，具体厂址却还没有确定。这就是非常时期的非常做法，边搬迁边建厂。以党委副书记赵趁福和军代表为首、干部工人共40人组成的迁厂先遣队，先后察看了天门县的白茅湖、荆门县的沙洋镇、天门县的皂市镇以及孝感县，确定把厂址选在天门县城以北8公里的风波湖。

1970年3月，独山子南迁来的队伍落脚风波湖，这片低洼地不占用棉田，他们就在湖边的泥淖里安营扎寨。芦席棚里有了机器的轰鸣声。

红旗招展，人山人海，一个新的家园渐渐有了轮廓。

一场暴雨，一次山洪把风波湖的厂房和芦席棚给冲毁了。

黄鸿钧第一个跳进风波湖里，他的工具箱里有一张图纸，那是伊万手绘的大尺寸曲轴图，他珍藏了下来，图纸上的俄文都已擦掉了，谁也不知道的往事就让他烂在肚子里吧。三线建设是为了反帝反修，伊万会不会是修正主义者呢。他不是很会游泳，体力支撑不住了，段乙把他扶上岸。

"不会冲走的！按重力学和涡流的对冲，冲不远的。"技术员段乙分析道。

奇了怪了，第二天又去风波湖，如果说工具箱沉底了，但湖水并不深，可就是找不到，从此独山子带回的那个工具箱就蒸发在了风波湖里。不可能，怎么会呢，十多斤重的铁疙瘩工具箱，多大的浪才能冲走啊！冥冥之中的一次山洪，该冲走的或许是上天的护佑，在那个年代，一张"通苏"的图纸或许会招来杀身之祸呢。

天意，这是天意！

"我们是被逼上山的。"遭遇过那场洪水的三机厂老人都这么说。

龙尾山是大洪山的余脉。

大洪山古称绿林山，是中国历史上著名的第二次农民大起义"绿林起义"的发源地，也是东汉开国皇帝刘秀的发祥地，史称"光武中兴，兆于绿林"，素有"楚北天空第一峰"，盘基数百里，山势由西向东，横跨随州、京山、钟祥，如一条卧龙，尾巴给了天门，所以说龙尾山在天门没错，在京山更没错。两县交界，龙尾山由两县抢着占为己有。风水宝地呀！当地政府最担心这些石油人占用了他们的膏腴之地,一场山洪冲走了他们的心病!

也罢,风波湖,多不吉利的名字,龙尾山,怎么说也是一条龙,有龙尾,那龙头在哪里?

这龙尾山上飞来城堡,无疑成了外乡人的诗与远方。

从独山子寻根到了第二站——龙尾山,我们总也走不出大山的腰围和脖颈。

没有植被的山一定是营养不良,水分不足,就像独山子。而龙尾山地偏但植被青葱,库水净澈,仿若一面明镜把山搂在怀里滋养。

也许风波湖这地名对企业的经营不吉利。1970年3月份开进风波湖,没建厂房,车床不打基础就开始生产。可是一场大雨,发现这里地势低洼,雨水排不出去,想到江汉平原雨水多,长期下去恐后患无穷。加上天门县是人多地少,更满足不了后来工厂发展的要求。更为严重的,风波湖地区不符合当时建设工厂"靠山,隐蔽,分散"的战备原则,经请示江汉油田会战指挥部,风波湖建厂暂停,另选厂址。

龙尾山,位于天门县李场境内,是天门县与京山县的交界处。大洪山的余脉在这里连绵起伏,山峰和丘陵之间,有很多的大小湖泊,一年四季碧波荡漾,整个山区植被茂密,是理想的战备工厂地址。

江汉油田会战如火如荼,需要三机厂立刻投产参与配件加工。因为第一次选址耽误了半年时间,要求龙尾山加快建设速度把那耽搁的时间抢回来。三机厂按照指挥部新的部署,调整人力和各科室、车间的领导班子,展开基本建设会战,修路,盖房,通电,通水等大项同时进行。会战历时一百天,10月1日前通电、通水,开始逐步投产。指挥部调来3名同济大学建筑系大学毕业生,特别强调建厂质量,要百年大计,质量第一,顶住了建厂二条路线斗争的歪风。会战副指挥、江汉局局长马冀祥明确支持,到现场肯定了他们的方案。开会时,王玉峰明确提出建厂要按科学方法施工。

龙尾山茅草丛生,乱石成堆。随着地形测量人员上山,修路队开通了进厂的第一条马路。有了路建厂的工作才能全面展开。为了赶进度,修路队队员在山上搭芦席棚,吃住在野外。自己采石头,碎石子。队员们的家属仍然住在风波湖,离龙尾山约有30公里,他们不在家,家里安家的事家

属们作不了主，每天都有人捎信来让他们回去处理，队员们接到信没有一个人请假。大家的决心就是路不修好，厂不盖好，人不回去。

人拉肩扛抢通电

路在修，找水的队伍向四面八方出发。龙尾山下就有几个湖泊，但都达不到饮用标准，只能找寻更好的水源地。王玉峰和水电厂几个技术员，在附近京山、天门交界处，跑遍了周围的大小几十个山头。老百姓反映，有条小溪的水很甜，而且沿途有丰富的泉水。给局里汇报后，就沿着溪流往里走，走进十多里发现了溪源，打出一口井，日喷泉水4000立方米左右，泉水清甜，水质化验后达到饮用标准。就在此处又打了几口井，接着铺设了专用水管线。就是这几口井，三机人后来吃了三十多年。

最艰苦最劳累的是架通电线路。附近没有电网通过，最近的一条皂市镇变电所至龙尾山约13公里的10千伏高压输电线路，厂长和工人们一起用平板车，从30公里以外的天门城关往龙尾山运送水泥、电杆。没有吊车，用人抬，哪怕下着大雨，架线的工作也不停。原计划一个月的任务，用17天建成，把电送到了龙尾山。

全厂职工配合天门建筑队，厂房和宿舍一栋栋有序地建起来，土建工作主要是天门建筑队负责，而预制板制作和安装全是组织工人完成的。

到1972年，三机厂完成基建投资498万元，建厂面积为18361平方米，在用面积达到20221平方米，一个比独山子规模更大，设施更完善的三机厂出现在龙尾山上，实现当年建厂当年投产，两年逐步配套建成。生产三机配件和钻采配件243个规格40多个品种，第一年投产就实现利润4000元，超过迁厂前水平。

三机厂龙尾山最早的铸造车间

4000元在今天看来，微不足道，但对经历搬迁过程的三机人来说，比几十万，几百万还宝贵。因为，他们在这里有了自己的新厂，自己的新家。4000元，那可是他们为国家作的贡献啊。

三线，把共和国的长子放进时代的大熔炉里淬炼，溅出的火花永恒而又滚烫，三机厂就是那滚烫的火花，与龙尾山的映山红交相辉映。

6 工业和农业是这方水土的两种作物

一段视频《这方水土》在三机龙尾山群里不胫而走。五分钟的时长里交相辉映的油田和乡村，工业文明和乡村文明在这方水土里共生共荣。

这里是农村\却长出了工业的成色\这里是工厂\也能套种麦浪

和油浪的芳香\农业和工业是这方水土的两种作物\稻花和油花竞相开放\乡村是不穿工服的厂区\厂区是脱不掉工装的乡村\厂区是乡村打卡的城堡\乡村则是厂区的外环\他们把地平线编织成起跑线\也能把星光打磨得更亮\工业在乡村的土地上发育\他们习惯蛙鸣爬上扬花的夏季\听浓荫里隔音不好的蝉虫混声\习惯布谷兜着圈子刷清脆的流量\从三月的油菜花里提取鹅黄\习惯四月的群鸭戏水跟进涟漪\让稻浪拍打乡村的喜悦\长江来这里攀亲\汉水来这里相亲\这里的山山水水都是村民的亲戚\在乡村和城市之间\在农业和工业之间\在古老和文明之间\在故乡和异乡之间\他们在一条夹缝里筑窝\筑一个走不出的生命秀场。

好评如潮,点击量数千。

"当我看到现在如此之美的江汉油田,我脑海中浮现当年父亲响应国家的'三线建设要抓紧'号召,我们油二代子女和父辈们住的席棚房,革命加拼命外加流血流汗,加紧油田勘探开发。"

"这方水土是我们奉献青春的第二故乡。这里有我们的足迹、身影。五十多年的辛勤付出已经把江汉油田当成了自己的家。"

三线建设大军里有拖家带口的怎么办?他们许多都还不是吃国家供应粮的乡下人,许多家属原本就是乡村里的种粮能手,既然三五九旅都能"拿枪的手又拿了锄头,一手扣动扳机打了天下,一手挥舞锄头垦出了塞上江南的南泥湾"。何况,在那个年代不会干农活的人不多。他们大都是农民的儿子。无论是军人、学生、知识分子,往上数三代无一例外都是农民。其实,中国的农业和工业最早从一截木头和一块铁组合成锄头开始,先祖用五行中的金木打制出了中国农耕工具。别小看这把锄头,我们碗里的五谷丰登,囤积了延续五千年的华夏口粮,中国广袤的疆域被它挖成了丰饶。它挖过春秋井田制的阡陌,挖过文景之治的地,也薅过开元盛世的草,挖一条运河灌溉清明上河图。我们扛着这把锄头,点种先祖的口味和习俗。让每寸山河都留下锄头的深情,锄头和土地的交媾,就这样达成了从一而终的千年默契。

"一条大河波浪宽，风吹稻花香两岸。"这首国人耳熟能详的红歌道出了祖国的美丽富饶，它的底色是金黄。龙尾山有了工业版的农业底色：工业在农业的土地上发育，农业在工业的后花园里发芽。

亦工亦农能不能，行不行？"以油为主"干农业方向偏不偏？

其实这种担心是多余的。

1962年为了解决粮食不足问题，大庆指挥部机关45岁的家属薛桂芳带着五把铁锹到荒原开荒种地。薛桂芳等五名家属被称为"五个垦荒尖兵"，这种艰苦创业的精神被称为"五把铁锹闹革命"精神。

江汉油田拥有"两湖熟天下足"的万亩良田。而地处龙尾山的麻石荒坡，能养活多少三机厂的职工家属？

1972年春天，江汉石油管理局第四机械厂副厂长常秉旭接到调令，平调到三机厂当副厂长。四机厂在荆州古城，三机厂在偏僻的龙尾山，正常的干部交流把他从城市交流到山沟沟，一定是看中了他的特长。山西左权县出生的常秉旭，1943年就参加八路军抗日，干过地方部队，后编入正规部队，随晋察冀三纵队20团2营参加上党战役。担任过连队副指导员，1956年转业石油战线敦煌运输公司。江汉油田会战随敦煌运输公司整体搬迁到荆州四机厂。有过这样的经历，他对三机厂有一种似曾相识的亲情。作为第一副职，常秉旭接受党委的分工，分管全厂后勤工作。

拿到刚从部队转业退伍进三机厂的200多人花名册，常秉旭犯愁，这些退伍兵都是老兵，结了婚，老婆孩子多数在农村，不把他们的老婆接来安置，他们的心怎能在三机厂安下来，再说牵挂多了，厂里的生产也会受到影响。可是接来往哪里放，又有谁来管他们的饭碗。思来想去，常秉旭要了台吉普车出厂了。

他赶到局里向局领导汇报了三机厂的实际情况，请示局里从油田广华地区的20000亩农田中拨给三机厂一块地安置职工家属，也解决职工粮食不够吃的困难。他的这一想法得到局领导的大力支持，很快就在潜江县城边拨给三机厂1000亩。接着常秉旭又跑到天门县，正好接待他的是县委里的南下干部，也是山西人，老乡战友爽快地在天门县白湖农场给了他1000亩。常秉旭还不嫌足，又到三机厂旁边的农垦部所属的五三农场要地。考虑都

是中央企业，五三农场也给了几百亩地。土地是农业的命脉，他把三地的土装在一个瓶子里放在他的办公桌上，告诉他手下的人，以后三机吃喝拉撒就不愁了。

有了地就要舍得耕耘，常秉旭自己带着2名干部1名职工和12名待业青年来到100多公里外的潜江三机厂农田边，住进借来的小学教室里。白天是学生的课堂，晚上是他们的宿舍。他们自己犁地，自己育种。4月份插秧季节，常秉旭又带来30多名农业户家属，教室住不下了，他们就在农田边搭起了芦席棚，每天步行五六里下地干活。战晴天，抢雨天，插秧苗，种黄豆，摘蔬菜，1000亩地全种上了农作物。随着发展，三机厂在农场成立了党支部、团支部，开办了医疗室、广播室。待业青年在农场既有收益，也在劳动中接受了锻炼，职工家属在农场得到安置，小孩在附近上学，她们的丈夫在工厂也能安心工作，免除了后顾之忧。与此同时，三机厂在五三农场和天门白湖农场的耕地，在职工们的辛勤劳作下，变成了米粮仓，年年向厂里提供粮食、蔬菜、猪肉、禽鸡，成为三机厂过年过节的福利物资。

三机厂职工家属在农场收割水稻

天门县划给的白湖农场距厂只有17公里，是块肥沃的土地，三机厂党委就因势利导把这里作为生活建设基地，派3名职工带领民工队，在茫茫芦苇荡中定点规划，开垦拓荒。然后，利用周末时间全厂机关参加义务劳动，突击围湖。通过挖沟修堤，平整清地，厂里在这里建起了机耕队，盖起了家属职工楼，建小学，打水井，办食堂，成为三机厂的农业机械化程度高、交通便利、生活必需设施齐全、旱涝保收的农业生产基地。

据不完全统计，从1971年至1974年间，三机厂潜江农场收获粮食110万斤，五三农场收获粮食82万斤，天门白湖生产基地每年年产粮食50万斤，肉类、鱼类、禽蛋10多万斤。在农业生产的支持下，三机厂党委进一步调整思路，解放思想，成立厂农机大队家属管理站，对参加农村生产和工业辅助劳动、商业、服务行业的家属进行统一管理。后来又成立劳动公司，下属有几个农场、胶水队、副业队、商业公司、纸箱厂等多种经营单位。在统一管理、统一经营的模式下，这些单位创造着更大的效益，更实惠的是，三机厂职工腰包鼓了，菜篮子有了，生活得更美好了。数据显示：1976年，全厂养猪157头、产肉2200多斤，养鱼5亩，产鱼700多斤；1979年，养猪710头，产肉36500斤，养鱼50000尾。从1981年至1983年，除养猪、养牛、养鱼外，还养鸡。13年间，农副业生产的肉全部作为生活物资分给了职工。

龙尾山附近的乡民怎么也想不通，同一片蓝天下，同一方水土，这些工人家属们真像《幸福歌》里唱的那样：天天吃的白（那）米饭，谷子堆得如山坡。唱得河水上（那）山岭，唱得金谷接云朵。呀嗬伊嗬，呀嗬伊嗬，呀嗬伊嗬嗬。

到了逢年过节，分米分面分猪肉，分蔬菜、分水果还分酒分烟。

也就是在这个大背景下，龙尾山飞出了一只金凤凰。这只金凤凰就是三机厂职工家属上官梅玉。在三机厂党委的支持下，上官梅玉带领一批家属在龙尾山办起了纸箱厂。她白手起家，仅靠废品收购站买来一台扎纸机，慢慢办成以包装为主的纸箱厂，产品畅销十几个地市，每年产值1000多万元，利润达到100多万元，是湖北省包装行业先进企业，三机牌纸箱被评为湖北省优质产品，她被评为江汉油田十佳厂长。1988年3月8日，湖北电视台播出专题片《上官梅玉》，介绍她艰苦创业、搏击市场的事迹。

生活区一幢幢职工住宅楼，取代了昔日的芦席棚、干打垒、地窝子。

大礼堂，经常有电影放映、文艺节目演出。

厂区商店，百货齐全，厂区与地方的结合部，集贸市场，买菜十分方便。

医院、托儿所、幼儿园、小学、中学，三机厂在龙尾山自成一个社会。多年以后人们发现，一个在三机厂出生、长大，并从三机厂托儿所、幼儿园、小学，直至初中、高中全部读过的三机娃当上了TCL集团副总裁。这位副总裁说，我恐怕比别的小孩更懂工业，也更懂农业。他的母亲在工厂干过农业，他的父亲在乡村干工业，他就是工农的儿子。农业让他知道风调雨顺，抓机遇，辛勤耕耘，精耕细作；工业让他懂得锤炼、淬火，百炼成钢。

龙尾山也有了自己的一环、二环，大路边上立一块牌子：内有学校，车辆减速！他们笑称那牌子就是"红绿灯"，路口就是"斑马线"。

叶明山是三机厂走出的专业作家。多年后，他动情地说，没有三机厂的"格外"关照，他很难走出龙尾山。

1970年叶明山退伍后进了三机厂六车间。

在部队，他的文学天赋就崭露头角。

厂领导把他带到龙尾山山顶水库边的水泵房，对他说，你18岁就发表诗作，在写诗的同时，还写起散文、小说、特写、剧本，并且各作品陆续在《人民日报》、《解放军文艺》、《长江文艺》等报刊上发表。1965年，中央人民广播电台还专门介绍过你和你的作品。干你想干的事，干脆你就在这里上班，看好水库，按时给生产区、生活区开闸放水。从此，一个矮个青年，每天都在水库旁护水、巡水，手里拿一本书，读读写写。这期间，他没有急于发表作品，而是静下心来，发奋读书，潜心学问，阅读了大量中外名著和哲学书籍，特别是中国古典的、民间的东西，如饥似渴地吸吮着知识的甘露。不久，他迎来了文学的"井喷"期。他先后在《人民文学》、《当代》等全国五十多家刊物上发表了一百多万字的中、短篇小说。他的长篇小说《男儿女儿好看时》改编成电视连续剧，在央视黄金时段播放，获得第十六届全国电视剧"飞天奖"提名奖。他说，《男儿女儿好看时》虽是农村题材，如果没有他的农村背景和他在三机守水的亲身经历，就不可能有这部作品。作品中的主人公张划水中有关水的故事都来源于龙尾山看护山顶水库的那些日子。

建于19世纪20年代的汉宜公路，曾经是汉口至宜昌、四川唯一的陆上通道。这条路所在"121"路段，横穿三机厂厂区。一丛丛含苞欲放的月季如一个个心形的拼图托出生命的花苞，即便到了冬天红也不褪色。月季沿着汉宜公路，宛若一条流红的花带扎在龙尾山的腰间，腰间打结处正好落在三机的大门口。出门就是国道，一条国家的道路，三机人每天在这条道上出行，总会给人一种方位感、使命感，甚至仪式感。这是一条奔跑的国道、繁忙的国道，月季也最有资格在这条国道上盛开，奔放、热烈，舞动出红红的花瓣，为奔跑的国家和民族致敬。

岁月无情，但时间的链条上剥落的绝对不是锈蚀的铁屑，黄灿灿的，我们肉眼中的光芒，那是辉煌积淀的颜色。时间既不能埋葬也不会腐烂，对于时间的物质性我们没法把握。我们只有占用光明崇拜太阳。我们的每一张面孔在阳光下像成熟的向日葵，那种黄得滴金的色泽镀亮了每一个风霜雨雪的年轮。

阳光的亮度又让许多的眼睛惊喜。

三机厂，这朵来自天山北麓石油工业的"雪莲"，在龙尾山还能大放异彩吗？这里的映山红像落地的红霞。起伏的山脊线是大山弯下的腰身。映山红是绣在青山绿水间的胸花。还有一种色彩叫奋斗色，三机人和大山在一起，把自己也绣成了大山。

王玉峰离任的时候，他正在根据燃料化学工业部（73）燃制字第401号文件精神和石油工业1974—1975年配件制造计划，实施三机厂《1974—1975年扩建工程》。这个工程包括扩建和新建缸套、活塞环、曲轴、车轴五条生产线，并随之调整和扩大发动机壳体、附体、四泵的综合加工车间。他还未来得及完成这项工程，只得把它亲手交给他的继任厂长朱银良、书记任克俭。欢送完王厂长，三机厂又举行了一次特别的欢送会。165名中层干部和技术骨干离开三机厂支援中国北方辽河油田会战和江汉建南气矿开发。1969年离开新疆时，三机厂抽走了相当一批骨干支援大庆油田建设。至此，三机厂已经向克拉玛依，玉门油田、大庆油田、辽河油田等几个新油田输送了1000多名技术骨干和职工，为新油气田的开发建设输出了自己的宝贵血液。

一个人抽血过多会昏厥，一个企业的宝贵血液是一个企业赖以生存的

生命之源。龙尾山的数千职工家属又一次送走了他们的石油兄弟。那是一个映山红盛开的季节，映山红又叫红杜鹃，杜鹃叫得滴血：行不得也哥！行不得也哥！声声揪心。送行的人对送走的人说，要写信哈！

不要忘了我们。

一定的，一定的。

啥时来看我？

也是这个季节，映山红开了。

一对青年男女，就这样分别了，或许从此分手了。

永远的流动，家园还没焐热，又将去焐远方的冷炕了。冷了热，热了冷，没有怨言，就像农民扛着锄头从一块土地走向另一块土地，从一根田坎走向另一根田坎。

龙尾山厂区横跨两县的1.2万平方米装焊车间

《1974—1975年扩建工程》的另一个重点，是增加三机厂的毛坯生产能力。在铸造车间上新建清砂工房，增加清砂机械化设备，并在内厂组织技术攻关，优化改进铸造技术，制造旧砂回收装置，提高铸造质量，减轻了劳动强度，达到当时国内一流铸造车间水平。这个设计要求1974年立项，同年12月破土动工。经过两年的建设，新铸造车间正式投产，各类设备和整体设计达到或接近国内先进水平，三机厂的铸件年产量达到7000吨，而且绝大部分铸铁是稀土合金球墨铸铁，是全国石油机械系统最大铸造生产车间，从而使三机厂在全国石油机械厂处于优势。1974、1975年，两年的扩建工程，土建工程完成20996平方米，完成基本投资459万元，增加设备78台，生产能力提高12%以上。1975年，铸件产量提高到7555.8吨，配件品种增加到194项，141896件，石油工矿配件也相应增加，工程技术人员与职工比例达到1∶6。这些无不预示着三机厂向全国一流大厂、强厂的发展趋势。

1978年，党的十一届三中全会召开拉开了改革开放的序幕，也令长期在计划指令下生产经营的三机厂猝不及防。当1981年三机厂新一届党委班子调整时，厂长张培锦和党委书记乔占铨的处境是，石油部在石油机械行业推行以销定产的合同制。三机厂的产品从过去石油部计划分配转到现在自己找厂家，自己找用户。一方面生产规模扩大生产计划大额减少，另一方面市场经济的准备不足，没有去找产品销路，导致三机厂生产任务不饱满，订货量只达到生产能力的45%~50%。订货的品种多，批量少，新产品比例大，产品方向和生产手段不相适应，造成成本增高，全厂面临严重的亏损。

能不能完成从计划经济到市场经济的转型，能不能在市场竞争中保住前人创下的三机厂基业，这是对三机厂新领导班子的考验。许多企业就经受不住倒闭了，厂里也有不少职工流露出悲观情绪。所有这些使党委敏锐地感到，企业要发展，士气最重要。从工厂的两次搬迁，从小到大的发展上加深对市场经济的认识，领导统一了思想，决定在厂里来一次市场经济的大讨论，大发动，大提高。

这是一次真正的市场经济动员，市场营销发动，市场方法运作。全厂从机关科室部门到下面班组，从厂领导到普通工人，大家围绕市场做文章、出主意、献计献策，一时间"学会做生意"成了三机人的口头禅。首先学会做生意的是销售部门，他们首次主动走到全国各地的用户那里，征求对三机产品的意见，守在现场服务，在用户单位签订合同，在现场谈产品的改进，销售部门把这种做法称为用365天的订货保证365天的生产。技术部门着手根据地方其他需要，把供应石油专用的产品改为供石油和民用市场的产品。生产部门在加工工艺上提高产品的质量，以一流的质量吸引用户。

党群部门在党委的支持下，精简科室，精简干部，把搞技术懂生意的政工干部重新充实到生产中去。全厂重新核定了生产编制，以岗定人，按定员发奖金，建立了一系列的岗位责任制、经济责任制、成本核算制，按季考核，增加竞争活力。

听说石油部在南通召开钻采设备订货会，因为三机厂只做配件，所以这样的会过去是不通知三机厂的，三机厂一般不去。但是现在市场经济放开、部里也放开了，凡是石油机械厂都通知去参加，去不去是你厂里的事。接到通知，三机厂为去不去人有争论。很显然，第一次去，钻采设备的用户都不认识，订货希望很小，不去，就等于放弃这一次进入市场的机会。乔占铨书记说，就算赶一趟空集我们也要去，订不上货还认识不到人吗？把资料带上，我们一起去。

从1952年在东北参加石油工业战线当工人，乔占铨一路随石油会战转移全国，他从抚顺石油工人干起，1955年参加玉门油田会战，接着又到贵州、广西，1960年参加江汉前期勘探。在江汉油田，乔占铨当过油田钻井处党委书记、制造公司党委书记，虽然是书记，办起事来又有行政干部的作风，雷厉风行，干脆利索。受厂长委托，乔占铨书记带队去了南通。订货会上，果然受到冷落。三天过去，三机厂没有订上一台产品。调度室主任李致秀急了，怕乔书记尴尬，打算安排乔书记看看南通的名胜古迹。乔书记却在屋子里看三机厂带去的材料，他上任不久，对三机厂到底有多大的实力心里没有底。看完材料，他对自己有了信心，特别是对三机厂的铸铁产品，认为是最过硬的产品，人家所以不来，主要是我们宣传不够。眼看订货会要结束，东北人的性格按捺不住了，他找到了石油工业部制造局参加会议的领导，汇报了三机厂的情况。制造局考虑到三机厂的现实困难，决定给予大力扶持。这次订货会上，三机厂破天荒拿回了200台抽油机和几十台下灰车等钻采设备订单。但是用户要求当年试制，批量生产，按期交货。

产品为零，他们敢接订单，如果心里没有底气岂敢冒险？

机会总是为那些有准备的人提供的，现在三机厂闯市场的机会来了，在向市场经济转型的关键时刻，能不能抓住这次机会，能不能通过这批产品亮出三机厂品牌,从江苏打出新天下,将决定三机厂生与死。拿到订货合同的时候,还有20天过春节,党委向全厂发出"大干20天,拿下样机过春节"的动员令。围绕抽油机、下灰车、空压机这些过去从没有干过的大件石油钻采设备,三机厂仿佛又回到了新疆铸铁与配件加工的会战岁月,那两次会战完成了三机厂的重要转折,这次生死战无疑是三机厂发展史上的又一个里程碑。

技术科设计组是最忙碌的部门。没有图纸,乔书记带着技术员来到钻井处,了解下灰车的工作原理,带回一台下灰车当样板解析。他在钻井处当过书记,人熟说话好使,对方表示大力支援。设计人员通过对下灰车的解剖、绘图,设计出一幅幅图纸,抽油机、空压机的图纸也经过反反复复地设计修改,图堆起来有两米多厚,仅抽油机和下灰车的新增图纸就有1000多幅。设计图纸完成,马上进入车间试制。厂长张培锦、书记乔占铨等党政班子成员轮流在制造车间指挥,要人给人,要物给物,有问题及时现场办公。大家吃在车间,工作在车间,夜晚车间灯火通明,一派火热景象,硬是在春节前拿出样机。经过江汉油田机械制造公司鉴定,全部达到石油工业部颁布的标准。只有头一台下灰车因外观不好看,重新进行了整改,抽油机和空压机产品全是一次过关。当产品按期交付用户后,接下来抽油机、下灰车、空压机的订单都是各油田的用户主动上门来要,以后的几年三机厂主要以生产抽油机、下灰车、空压机为主,生产任务饱满,工业产值和企业利润创造历史最好水平。

两年后,乔占铨书记调离三机厂,临走时他感慨地说,三机厂到底是历史底子厚的中国石油老厂,从技术干部到工人们关键时刻都上得去,敢于吃苦,敢于打硬仗,这种精神令我感动。而三机厂的干部职工对乔书记说,你在我们厂时间虽短,但你是上帝派来帮我们找大订单的人。

优秀的干部都是相同的,但对工厂的贡献各有各的不同,乔占铨书记也许自己都没有想到,他这次出马订货是帮三机厂完成了一次历史转变——从三机配件到制造钻采设备的根本性转变,这个转变是三机厂在市场竞争中真正的自我拯救。

农业的春播秋收可以轮回,而工业的起承转合能轮回吗?

第三章
龙尾山，中国车间最耀眼的"红房子"

一块红砖砌进中国工业的肌理，在火红的年代里淬火，让中国车间带着火热的底色和热气腾腾的激昂，诠释一块砖的厚重和高度。这里的山花像落地的红霞，起伏的山脊线是大山弯下的腰身。那透红的映山红是绣在青山绿水间的胸花。还有一种色彩叫"大红花"，三机人和大山在一起，把自己也绣成了大山。

7 有一种辉煌成为岁月的河灯，依然闪闪烁烁

　　龙尾山脚下的石堰口水库在航拍的镜头里就像是一只眼睛，水库四周的柞树、松林宛如眼睑上的睫毛，风过处，睫毛闪动，大大的眼睛清透而又明亮。这条形若游龙的浅山，它的"龙头"朝着京山钱场，"龙尾"则留在天门皂市境内。石堰口水库莫不是龙尾山的眼睛。有眼睛在尾巴上的吗，或许龙头扭身扭在尾巴上呢。三机人的想象就这么丰富，一位从三机走出的演员大李就这样介绍他的龙尾山。

　　三机宾馆以奇崛典雅著称。宾馆依山而建，推开窗户就能看见这只"眼睛"，眼睛里映着蓝天白云，也映着龙尾山那条长长的龙尾巴。整栋楼嵌进山体，又不是洞穴，既敞亮又隐秘，树根就像是吊顶，根须自然天成。拾级而上，曲径通幽，山的骨骼做了墙，有气息。宾馆坐落在厂区内的龙尾山东侧，设计者是上海同济大学建筑系著名教授，据说，他曾经给林彪的儿子林立果设计过一处山庄别墅，既具有欧洲古堡的建筑风格，又有中国园林古典的元素，后来林彪叛逃国外，这座别墅没有实施，教授看到龙尾山和他那座别墅设计的地形惊人相似，就在这里借用上了那个设计图。多少年前，一次三机厂销售人员把一客户晚上送到了这家宾馆，对方怀疑是不是搞错了，不会是假的吧，一路月黑风高，不会害我们吧？在他们看来，这样的宾馆建在这样的荒山野岭，肯定是脑子进了水。

　　三机厂的辉煌写在龙尾山，也深深刻在中国石油工业的功名墙上。三机厂借龙尾山宾馆开业承办石油部组织的抽油机鉴定会。来自石油部和全国油田的领导嘉宾、客户代表，汇聚三机厂宾馆——龙尾山庄，那种高朋满座，胜友如云的盛况如实地反映出三机厂当年的兴盛。三机整体迁往武汉，一把锁把宾馆给锁了起来。从此，龙尾山宾馆风光不再，只留下"雨打风吹去"的颓废。闲置了 20 年的办公大楼，依然威仪耸然。正门通顶的蓝色玻璃，仿若把蓝天剪了一块作了装饰。数十级台阶把楼体衬得高大气派，

时过境迁，如今成了龙尾山社区办公地。这楼的确见证了三机的兴衰。

九十年代初建成的三机厂办公大楼

20 世纪 80 年代末，一位省作家走进了龙尾山，他是慕名而来为侯长保写传记的。他在文章中写道：早听说年富力强的厂长侯长保是位开拓创新精神很强的人物，并且很有号召力，凝聚力，手头上既有"秘密武器"，又有"魔杖"，所以，把个厂子盘得红红火火。当我们见到这位样子斯斯文文，说话和和气气的厂长，并向他"探秘"的时候，他爽快地回答说："是啊，讲环境，我们这里地处偏僻，交通不便，物质、文化生活和城市相比也差一些，我们虽不占地利，但总得要占尽人和呀，所以，我从 1985 年初上任当厂长以后，就一直致力于要在全厂创造出一种上下之间，相互之间的和睦融洽彼此尊重的同志关系，让职工们爱厂如家，乐于奉献，至于说到我手中'秘密武器'，'魔杖'什么的，其实就是指在龙尾山的团结和谐的氛围下，让人尽其才，物尽其用。这'秘密武器'嘛，就是指的人才，这'魔杖'就是指要始终坚持生产一代，试制一代、调研一代新产品！"

一席话，说得作家们的思想好开窍。循着侯厂长的这一思路，我们下车间、跑科研所，拜访了好几位在厂里数得上的人物，看看他们是怎样用钢铁脊梁，支撑起三机厂这座大厦的！

王林祥，体态微胖，笑容可掬，是厂里的总工程师。当初，这位风华正茂的大学生从上海交大毕业以后，告别双亲，投身到浩浩荡荡的石油会战大军的行列，这些年来，他不仅和技术人员一起设计、开发新产品，而且还带领技术人员和销售人员主动为用户讲明新产品的特点，应用推广新产品，在大庆，在胜利，在玉门，在克拉玛依油田都留下了他匆匆奔忙的身影，当人们习惯地夸他"是位有经济头脑的总工程师"之余，突然发现，他乌黑的头发里已经悄悄爬上几许银丝，并且变得稀疏起来……

是啊，为了开发石油机械新产品，厂里有多少工程技术人员在夜以继日，孜孜不倦地工作啊。听人讲，厂工艺设计所所长陶伦绪，是位女能人，作风干练泼辣，常年奔走在各油田，节假日还带着小孩在办公室里加班，在特种车的开发上已经颇有建树。当我们见到她时，给人的印象是既精明强干，又文静端庄，我们几次试图请她讲讲这些年来是怎么走过来的，但她总是把话题引开，滔滔不绝地谈及别人，唯独不愿谈及自己，搞得我们有些犯急了。也许，她从来都不愿意宣扬自己吧？根据她的提议，我们来到抽油机设计组的办公室。

抽油机设计组有4名工程技术人员，几年来，他们共设计出8种型号的抽油机，每一种产品光设计图纸就得有400多张。更何况还要统计计算那些数不清的数据。但他们早已把发展企业的满腔热情灌注在攻关的日日夜夜之中，干起活来废寝忘食，富于创造性，从不计较要多领取什么报酬。从白雪皑皑的北国油城，到偏乡僻壤的钻井前线反馈回来的信息表明：各油田需要深油层抽油机，于是设计组的工程师们决定研制这种深油层抽油机。攻城不怕艰，攻关莫提难。按照期限设计出来的指令，两个月后，一种专供深井用的抽油机诞生，送到胜利油田试用，结果大受欢迎，三机厂成为全国同行业中第一个生产深井抽油机的厂家。

锣鼓喧天，喜报送到了设计组，这些人一个都不在办公室。人呢，所里给他们放了一天"补瞌睡"假。

别敲了，别敲了，把他们敲醒了，要入睡，难啊！

订货单雪片一样飞来。深井的抽油机就只有三机厂能生产，他们成了香饽饽。

有点井喷，甚至刹不住车。厂领导乐得走路都想笑。

"啥喜事呀！"领导到油田开会，脸上挂不住笑，局里评优选模，他

们又拿回了模范奖牌。十大厂长评选，他们榜上有名；多种经营奖榜上有名；宣传思想政治工作还是模范。

石油部组织的抽油机鉴定会

1986年，他们研制出节能效率达15%以上的全新型节能抽油机，第二年就投入批量生产，节能节材，用调节气压来确定平衡的气平衡抽油机又随着问世。每当提到这些成果的时候，人们总要情不自禁地提到厂设计研究所的高级工程师彭如苗。他早年毕业于广东中山大学数学系，对高等数学、电子计算机都颇有研究。调进工厂、当中学教师、搞环境保护，都没有充分发挥他的积极性，加之深居简出、沉默寡言，被有的人看作没有多大用处的"书呆子"。但侯厂长不这样看，而把他看作是难得的人才，自己刚当上厂长就要老彭专业对口，回到工艺设计研究所去专门搞电子计算机。彭如苗选择了电子计算机辅助优化设计这一具有领先地位的课题，作为他对厂里的回报。由于他的数学功底深厚，工作极端认真，通过他进行的"计算机辅助优化设计"，达到了国内同行业的先进水平。厂里研制的各种型号的抽油机、下灰车、空压机，几乎都经老彭在计算机上进行辅助优化设计。由于设计数据极其精确，产品一经投入试制，一次就能获得成功。难怪全国一些具有权威性的石油机械研究所，也将有关的设计数据拿到老彭这里来进行优化选择哩。老彭知恩图报：在三机厂，有开明的领导、有良好的科研环境，我们怎能不大展宏图，用尽所长。

作家们通过在厂内的全方位采访，强烈地感受到龙尾山上还有一支能打硬仗、有高度主人翁责任感的石油机械工人队伍，艰苦创业、吃苦耐劳、团结奋斗、求实创新是他们铸造出的企业精神。在厂区西端的抽油机加工车间，他们见到了石油部劳动模范邓仁初。老邓是一位中年车工，不善言谈，还害怕"采访"。作家们通过各种渠道了解到有关他的一些情况，他患有肝炎、痔疮等疾病，但再重的活摆在他面前，他也从不叫苦叫累。就是上医院看病耽误了时间，他也想方设法补回来。他一直坚持一线生产，连年超额完成任务，单在上一年，他就完成定额工时7155小时，完成考核工时的3倍，还义务加班480小时。第二季度车间组织劳动竞赛，他又一鼓作气，完成的工时名列车间前茅，人们都说他是走在时间前面的人。其实，邓仁初只是三机厂几千名职工中普通一兵，许多三机人安于平凡，却又干出了不平凡的业绩！

原计划5天采访，作家们又多住了两天，8个车间还有两个没去。他们在厂轴瓦车间，还听说了这样一件新鲜事，傅先国、沈选民、史说兵三名青年班组长1988年7月份承包租赁车间以来，把个轴瓦车间搞得虎虎有生气。

在这之前，由于长期吃大锅饭，加之管理不严，轴瓦车间年年亏损，成为厂里的补贴大户，厂里甚至多次想解散这个车间。1988年初，厂里开出了一张在全厂范围内实行公开招标的药方，想能人出面治治"重病在身"的轴瓦车间。消息一传开，全厂顿时有5个小组投标。他们之中有科室干部、车间领导，也有工程技术员。经过一番激烈的竞争和较量，由小傅、小沈、小史三人组成的小组一举中标，成为车间的承租人。他们从端掉大锅饭入手，严格执行各项规章制度，把工人的劳动效益直接与经济收入挂钩。他们三人虽被工人戏称为老板，但他们始终把自己看作和过去当工人一样，不分昼夜地在车间干活，在实践中学会经济管理，其工作量比一般职工高出许多。在租赁的头一个月，就使车间扭亏为盈，接下来月月盈利，一发而不可收。年底，经厂审计科审计，轴瓦车间盈利近16万元。车间工人的收入比租赁前明显增加，月工资由人均95元上升到218元。见到车间蒸蒸日上的景象，过去一些想调离这个车间的职工，也都安安心心地留下来了。车间揽的活越来越多，业务量也越搞越大，租赁承包经营在轴瓦车间获得了成功。傅先国，沈选民，史说兵三位承租人疲惫的脸庞上绽开了会心的微笑。

这篇通讯很快上了湖北日报。龙尾山的高音喇叭也在正午时分转播湖北省广播电台播报的《企业的脊梁》：

江汉油田三机厂正是有着一大批被称作企业脊梁的脚踏实地开拓进取的管理人员、工程技术人员和职工，才使龙尾山的春色常驻、生机盎然。这个厂生产的抽油机、空压机、下灰车等产品，不仅销往全国17个油田和地区，而且还有5项产品获部、省优质产品证书。从1985年到1988年，三机厂完成的工业总产值比1970到1984年产值的总和还要多，四年间向国家上缴利税2500多万元。1987年与1982年时相比，经济效益提高了5倍，一个厂相当于过去的5个厂。与此同时，去年这个厂又跻身省级先进企业的行列：龙尾山开始腾飞了！

如今，在改革的舞台上，江汉油田三机厂的职工已经奏响了更加高亢激越的奋进曲！

明明是龙尾山，只留了一条龙尾在天门，龙头、龙身在哪里？

我们不妨读读又一位作家写的《龙尾山上一条龙》系列报道：

第三石油机械厂厂长侯长保其人其事

山不在高，有仙则名。

1970年初，代号为"121"的江汉油田第三机械厂突然耸立在这山石间，汽笛高鸣，机器轰隆，古老的荒山苏醒了，向外传开了。近几年，随着三机厂改革开放搞活，随着获得部优、省优的名牌抽油机、天然气发动机、空气压缩机，以及各种车型的特种车畅销全国各大油田，其中有两种打入国际市场，龙尾山更是名声大扬了，大批客户慕名而来，就连美国德莱赛兰公司、阿乐公司这样生产石油设备的大公司老总也漂洋过海，登上龙尾山坡。

三机厂，你是怎样带动龙尾起飞的呢！

人们说起了厂长侯长保。

有一次，在全国石油系统节能设备制造会上，国务委员康世恩说起他在加拿大的访问，他说加拿大的油田，天然气发动机普遍在使用，而我国国内搞了十几年至今还没有形成天然气发动机生产能力。国务委员的这一席话，给了侯长保加速制造天然气发动机的想法。开过会议不多时，三机厂的LE216SGT天然气发动机便通过了部级鉴定，为我国各油田恶劣的环境下的生产，特别是边远地区和供电紧张的井场提供了新产品。部、局领导多次赞赏三机厂的天然气发动机，并向大家作了推广。

侯长保用他的新产品为三机厂在市场赢得了地位，七种型号的抽油机形成系列，均获部省优质产品称号。特种车：有下灰车、重晶石粉车、压液罐车、油水车形成系列，其中重晶石粉车获部新产品优秀成果二等奖。同时，改装了二十多种不同车型，已改装的特种车有的已进入地矿部，订货已到170多台。四种系列产品的空气压缩机，一种型号在美国中标，实现了三机厂产品国外市场零的突破，获石油部科技成果二等奖。1981年至1989年十年间，三机厂共生产出28个品种新产品。1985年至1988年三年的时间里，平均40天推出一种新产品，实现生产一代，试制一代，调研一代。

龙尾山，侯长保要把你变成藏龙卧虎之地：

毕竟，侯长保上任厂长只有三年多时间，而三机厂有三十多年历史。旧的生产体制和经营模式在人们的思想里根深蒂固，按照现代化来管理工厂，他要承受巨大的风险，他敢吗？在厂里，定额、定量，把工资与效益挂钩！实行租赁：公开招标，厂内办厂，轴瓦车间租赁一个月，就扭亏为盈。建立了内部失业制度，成立失业人员待聘站，把解聘下来的人放在站里集中学习劳动，没有奖金，一个月拿工资70%、第二个月只拿50%。待聘站，可以是工人，也可以是干部，大学毕业生没有"铁饭碗"，他把这种方式叫作生产劳动调剂站。

为鼓励一线工人，他规定从生产一线退下来的，工资下降，奖金下调，而从后勤上一线的，工资上调、奖金加码，这样就缓解了前线工人往后勤跑的矛盾。

他在厂里推行了垂直直线领导，同时提出了"生产为中，协商沟通、掌握标准，逐步上升"的十六字工作方针，把全厂部门、各单位之间的矛盾纠纷，放在有利于生产点上，有了共同点，思想一致，工作好做。

一系列改革，理顺了内部关系，生产潜力和劳动效率在提高。

1987年，三机厂全员劳动生产率达到19000元，第二年又达到22100元，远远超过国家二级企业的标准，在石油部行业居前。职工的收入逐年增加，福利增加，干得好的工人一月的奖金就有300多元。

三机厂虽然偏僻，但企业强大的凝聚力把职工紧紧地吸住，要求调出山沟的人比过去少多了。有一回胜利油田夺产急需抽油机，侯长保立即在厂下达任务。干部工人齐上阵，昼夜生产，当月就多生产出30台抽油机用车送到了山东。

当侯长保开始进行改革时，一些工人都感到担忧，以为要了他们的饭碗，现在他们理解，侯长保是为企业，为工人。

1986年，三机厂被石油部命名为文明工厂。1987年，侯长保被评为江汉油田十佳厂长，湖北电视台给他拍了专题电视片《侯长保其人》。

侯长保又应邀参加武汉全国著名企业家座谈会，受到省领导接见。

传说，龙尾山过去有条龙，谁要是吃了它的肉长生不老。财主想自己私吞，以花言巧语骗了龙心，痛得龙在地上打滚。从此，留下了龙尾山。

如今，这条龙又复活了，龙又抬起了头，这就是三机厂；龙头，就是侯长保。

在苏州，我们采访侯长保时提到这篇文章，他摆摆手说，我哪是龙头啊，哪有一个人能把龙舞起来的？有天时人和，谁当厂长都能把龙尾山这条龙舞起来。他唯独把"地利"给省去，因为龙尾山是不占地利的。

8 考勤簿上有他的名字，用黑框框了起来

这夏天，这早晨，这奔跑的阳光
一切都呈现忙碌和生命疯长
我们的歌声和姓名
便和隆隆的机身一起流淌

> 那些长高长大的车间
> 正和白云一起擦肩而过
> 心中的梦想旗帜一样飘扬

车间总是占据最高地点，俯瞰是一片层林叠翠，令人向往，也便于攀登。龙尾山有自己的风景，去的人多了便成了景点。

空山洞是学生春游的打卡地。

京山温泉是伴侣周末的爱池。

石堰口水库泛舟、绿林寻古，出门就有随手可及的映山红，龙尾山是一个不要门票的免费春博会！

龙尾山老厂区大门及办公大楼

"我们愿意这样慢节奏、慢生活，一个不花钱的地方，或花钱不多的地方，有一份工作，啧啧，这生活多惬意！"云姐很满足，也永远走不出她心中的龙尾山。她是工会干部。工会工作，其实最接地气。她告诉我们，虽说正是寒风凛冽、滴水成冰的隆冬时节，但文体活动的阵阵热潮却让三机人感到了早春气息的悄悄来临。当你循着建设者的足迹踏访这片热土时，当你置身在这块青翠欲滴、绿色葱茏的境地时，你会强烈地感受到：这里不仅仅是一座现代化的石油机械制造企业，更是一座百花盛开的艺术之宫。

第八届"龙尾山之春"职工文艺会演的帷幕刚刚拉开，舞台旋转灯那闪烁不定的五彩光环，把人们带入美和欢乐的境界。这些节目都是全厂 28

个单位的356名职工利用业余时间自编自排出来的。职工运动场接力赛跑、竞走比赛"加油"声此伏彼起，喝彩声一阵高过一阵。全厂310名男女运动员在雄壮的《运动员进行曲》中一展英姿，生机勃发。在厂工会办公室，一本文体活动记录簿这样记载：2月10日，举办了大型"元宵"灯会；3月14日举办"第六届春季运动会"；4月17日，在全厂开展"职工健身七项锻炼达标"活动；5月1日，举办三机厂群众文体传统项目……据统计，1990年全厂共举办群众喜闻乐见的活动207场次。跌宕起伏的探戈，轻盈流畅的华尔兹，欢快激越的迪斯科，舒缓平稳的慢四步，把青年男女、工厂领导、退休老工人融合成一幅如画如诗的清明上河图。还有一块令人陶陶然、悠悠然的领地，那便是退休工人的活动场所。清晨，他们在晨曦中或舞棍弄剑，运气习功，或挥臂扭臀，尽情摇摆，运动着那不老的青春。路灯下，一字排开的几张木桌，又成了扑克、象棋爱好者的天下。看他们那怡然、快乐的样子，你能想到，他们是过了花甲之年的老人吗？百花盛开靠什么？靠阳光、水和空气。但更重要的在于园丁的精心培养和护理。厂长、党委书记、工会主席等领导，对精神文明建设十分重视，尤其关心职工的业余文化生活。1990年厂里挤出资金，新建和改建了运动场、职工之家等活动场所，建筑面积达25600平方米。1991年夏，三机厂破天荒地招来了52个大学生，其中有北大、华科、川大、兰大、西安交大等国内名牌大学的高才生，三机的求贤若渴可见一斑。而这些时代骄子敢去偏僻的大山里，可见三机的魅力足够强大。

"从1989年到1992年连续几年，三机厂每年招聘入厂大学生都在20人以上，这些人才是三机的宝啊！有了他们的加盟，日后建成中石化压缩机国产化制造基地就有了底气。他们是三机不可或缺的中坚力量。"时任厂组干科科长的翟和应带着尚方宝剑，到名牌高校识马、相马，听了他的介绍不去三机厂是你一生的遗憾：三机，新中国成立初期是毛主席首次访苏带回的企业之一，又是他老人家谋篇布局的三线建设石油专业化企业。厂长是湖北省十大厂长之一，企业是湖北省的明星企业。收入会低吗？

"要出国去江钻，要挣钱去三机。"这是当年流行于油田的一句口头禅。江钻引进美国休斯敦成套的技术、设备、管理，江钻人出差就去美国。

而三机抽油机的黄金十年，职工的收入也水涨船高。工厂大门口是鳞次栉比的早餐美食店。下夜班的工人可点上一碗鸡汤，面窝、油条、松针包子都是上好的主食，抹抹嘴抖抖精神，一溜烟的摩托消失在晨光之中。由此，三机厂往日辉煌光环依旧。80年代末一篇《龙尾山下一条龙》的长篇通讯，更是让人觉得三机厂就是龙的化身。

三机厂第十三届文化庙会舞龙表演

  三机厂子弟学校语文老师在讲解"富在深山有人访"这句古诗词，就拿身边三机的例子当佐证。陶渊明的《世外桃源》也不过如此。当年龙尾山这个地处偏僻的卧龙岗也曾引起了美国德莱赛兰、阿乐这些世界超级石油设备公司总裁们的浓厚兴趣，他们漂洋过海，站在龙尾山上，用惊奇的目光打量这个极受地理限制、代号为"121"的中国石油机械龙头企业。

  中国人的传奇大多源于山，比如愚公移山，比如红旗渠。从三机配件到转产抽油机、空压机、特车及泵类产品，抓住了机遇的三机人在此后几年大出风头。1988年，该厂全员劳动生产率达22000元，远远超过国家二级企业标准，在石油系统同行中名列前茅。钢筋水泥构建的大跨度、大空间、大气派的现代化厂房掩映在绿树繁花之中；气势恢宏的办公大楼傲然耸立，宽阔平直的水泥路网状式直通厂区和生产区，这一切的一切，无疑给人发出了不可等闲视之的三机独秀。三机厂，这个以地域"龙尾"和企业"龙头"融构的潜龙在天门的西北角已呈腾升之势。三机厂成了当时石油部抽油机的定点厂家；三机厂在石油机械的大舞台上成了高潮迭起的主角。

诗与远方的建设者们，哪里知道波谲云诡的市场经济将打破这里的平静。

"三十年河东，三十年河西"是规律吗？黄河多次改道，但总有一条属于它的奔腾线和生命线。黄河的规律与山川形胜、自然跌宕、时过境迁不无关系。

最初，外国人到龙尾山谈合作找不到路，地方太偏了。到一个县，还不是县城，还不是乡镇，距离最近的皂市镇还有十几公里路。那真是前不靠村后不靠店的两县交界地。周边满打满算十二户人家，干脆就叫十二户村。

天时地利人和，这三者共同构成了一个企业生命的三足鼎立。缺一足都是跛腿。一位部级领导到龙尾山调研后，感慨万千：你们这是"部落"啊，这太难了。环顾四周，办公楼偏偏落在平顶山就像一个孤岛上的瞭望塔；豹子山上的铸造车间地跨两县全国独一无二；地处桃花山的医院门前就是车水马龙的国道，甚至连接一区与二区的那条路斩断了"龙尾"叫炸山口。这一孤一跨一道一炸把三机拢成了货真价实的"石油部落"。有时他们私下称自己是山民，把厂长叫"山大王"。可这里恰恰不是部落，是央企旗下的处级单位，他们可以豪情万丈地唱《三机之歌》，但主旋律一定是《我为祖国献石油》的石油神曲。

负责油田机械板块的副局长有了危机意识。

油田机械行业下滑明显。

在计划经济的蓄水池里，他们可以悠闲地鱼跳水翻，身处世外桃源可以高枕无忧。当市场经济的浪潮拍打着工业的墙体，显然，他们就是一条搏击风浪的船。

1989年4月28日，厂长领着美国库伯石油公司亚太经理格林到龙尾山的三机考察。一望无际的江汉平原到了天门不再向前延伸。拔地而起的龙尾山呈扁担形构成了平原西南的巨大屏障。路是碎石路，一路颠簸。

"还有多远？"

"快了！"

厂房就在不远处，曲里拐弯走了近一个小时。

什么三线？格林大惑不解，这么偏的地方能办厂吗？在这个问题上美国人更看重地利。在中国，尤其在那个特殊年代，战略家考虑的是政治的，军事的，其次才是经济。厂长告诉他，中国人信奉一句话"人无远虑，必有近忧。"三线建设是给"逼"出来的。布局上的"羊拉屎""瓜蔓式""村落式"，甚至"洞中方数月世上已千年"的隐世是那个时代中国工业选址的首选条件。格林听得一头雾水。一路升高，好景色也有了层次，春天的龙尾山杜鹃红扑扑地扑面而来，扁担形的山脊像一条舞动的红飘带。

"人可以住在山里，但企业不能办在山里！"格林还是走了。

一个时代的到来，必然有一个时代的结束。

三线是时代的产物，当年的"地利"成了限制发展的最大瓶颈。一个企业虽有冲出桎梏的想法，但自己主宰不了自己的命运。这么大的一个企业，职工家属有近万人，船大难掉头，等着吧。

进入90年代，三机厂这个备受青睐的宠儿开始被市场经济所冷落。

1993年，三机仅盈利2万元。

至此，三机厂已走上了风光不再的亏损之路。

1994年，亏损1800万元。

1995年，亏损2000万元。

1996年，亏损2700万元。

1997年，亏损2294万元。

亏损额如此巨大，可谓触目惊心。而潜在的危机更是令人担忧，资金枯竭，生产经营难以为继，资金负债率已高达90%。生产经营所用流动资金完全依靠负债，形成了负债越多，亏损越大，亏损越大越要借债的恶性循环，职工工资难以保证。

油田职工在惊呼：三机厂怎么啦？

三机人痛心地说："抽油机救了我们，也害了我们。"此话不无道理。如今群雄竞起、诸侯分割，早已把市场弄得支离破碎。仅靠门槛低的产品打天下只能是一厢情愿。因此，三机厂的辉煌定格在过去的时代遂成必然。其实，三机人也看到了这一点。1985年，他们曾提出引进固压设备，但未被批准。机遇一经错失，痛惜终究已晚。1988年2月，他们总算挤上了引进的末班车，花30万美元局部引进了压缩机技术。这种引进的不彻底性，

导致了三机厂替代产品的滞后。假如当初狠一狠心，多交点学费，三机厂就决不会陷入窘境。假设终归是假设，沉痛的教训但愿能记取。"这些年三机背了黑锅！引进费用是上面定的，三机只能照办！"三机人道出个中缘由。这一年，一条消息震惊了油城：江汉的拿手产品抽油机订货曲线陡然下降，仅拿到上年订货量一半的合同。市场的突然变化带着一场危机，把忧虑罩上了人们的心头。是质量不好吗？显然不是。江汉抽油机素以质量过硬受到全国各个油田的欢迎；是服务态度不好吗？也不是，江汉机厂有一支精干的技术服务队，常年在各油田上门服务。那么，问题究竟出在哪里呢？江汉立即派人赶赴各个油田、探寻个子丑寅卯。信息很快反馈回来了，原来是实力雄厚的军工企业转民用，进入石油机械制造业；遍地兴起的乡镇企业，跻身石油机械市场；再加上地方有100多厂家步步紧逼，竞争更加激烈，市场更加难以把握。在商品经济、市场竞争的大潮中，企业犹如一条在风浪中颠簸的小船，一不小心就会偏向，漏水，翻船。

《江汉石油报》社论指出：油田机械行业形势是相当严峻的，但对此抱有悲观情绪也是不可取的。首先，应该坚信石油机械市场是相对稳定的。因为石油工业是国民经济的支柱产业，从国家"九五"规划中可以看出，石油工业将会得到长足发展，因此，石油机械制造行业将会随着石油工业的发展而发展。其次，应该坚信石油机械制造行业会有更多的用武之地。过去，油田寻找的多是富集的储量，而现在寻找的多是难采的储量，因此，设备的消耗将会有所增加，目前石油机械市场的萎缩只是暂时现象。就江汉局机械制造行业而言，对石油机械市场缺乏信心的问题已初见端倪，应引起企业决策人的高度重视。在花大气力开发社会市场乃至国际市场的同时，切不可忽视国内石油机械市场。毕竟江汉局机械制造行业是依靠石油起家的，经过近30年的建设，已具备相当大的规模，完全有实力在国内石油机械市场一争高下。明确了国内石油机械市场是相对稳定的问题后，江汉局机械制造行业的决策层一致认为，石油天然气总公司有关部门应采取得力的措施，加强石油机械市场的管理，一是要避免重复建设，制止个别单位的盲目上马行为；二是要给予一定的行业保护，适当控制一些地方企业渗入石油机械市场，江汉局机械制造行业将采取何种对策呢？管理局明确表示：一定要以更强的实力占领更大的国内石油设备市场。

三机厂——龙尾山下一条龙，难道是一个美丽的传说？

也就是说，大背景下的三机和所有大三线企业都要面对同样的命运。

一地定终身的"地劣说"有望破冰。

血，总是热的。三机人过山车似的跌宕起伏，曾经的平静和不折腾成了他们记忆中的幸福生活。此后的十年，他们活得很苦、很无奈，总是在动荡中适应新的挑战。90年代中后期，我第一次走进三机，并留下了当年的采访笔记：

走近那群朴实无华的人们，聆听一句句朴实无华的话语，追寻一串串同样朴实无华的足迹，我们仿佛听到三机人那怦然有力的心跳。那哗然作响的血流，突如其来的"厄运"，过惯了舒心日子的人们变得极度困惑，以致焦躁不安。这是面对亏损的最初一段时间里，三机人所出现的情绪异常。然而，三机人毕竟是三机人，毕竟是以高度的主人翁精神创下大家业的一群人。很快，厂里复归平静。上上下下冷静面对现实，决意拧成一股绳迎接挑战。离厂两年的老厂长侯长保1994年又回来了。他是被厂里几千职工召唤回来的。面对熟悉的一草一木，面对一双双信赖的眼睛，侯长保动情地说，"厂里要是搞不好，我决不出山。"这是军令状，也是最真诚的承诺。回应他的是响彻全厂的欢呼声。见此，侯长保信心更足，胆气更壮，提出勇闯三关走出困境。其中一关就是勒紧腰带过苦日子。

厂领导带头每月少拿工资，办公费最大限度压缩。出差不报差费，从厂领导开始动了真格，真可谓卧薪尝胆舍我其谁也！全厂职工开始尝到了苦滋味。1995年是三机人最为艰苦的一年。厂里推出了职工下岗、轮岗举措（这在全局还是第一家），全厂下岗、轮岗达1600多人次。下岗、轮岗者只发160元生活费，在岗者只能领取80%的工资，至于奖金，那只是奢望。1996年夏天，动力分厂承揽了武汉泰合广场高层建筑的电器安装工程。几名职工吃住在第43层施工现场。楼上没有水源，电梯还没启用，他们就拎了塑料壶一步步走到最底层，取了水后又一步步爬上楼来。就这样坚持了一个多月，他们的施工质量赢得了用户的好评。三机厂的"伤筋动骨"，却没有引起大的震动。这不禁让人对三机人肃然起敬。如果看了下面列举

的事例，你也许会再添一份敬意。

一部分职工下了岗，就自谋出路。有的蒸馒头做早点，满街吆喝；有的给老乡打工，做起了农活；有的到农田拣拾落地的谷穗，有的到五三农场捡落地桃，还有的含泪走出了大山，临走还扔下这样一句话："在外面即便混得再好，只要三机厂要我，我立马就回来。"

王仕佑，压缩机分厂的划线工，刚满50岁，便过早地走了。他工作一直勤勤恳恳、兢兢业业，有病也不愿住院治疗，拖成了肝癌晚期。劝他，他总是说："我那病啦，是大病，就算华佗也奈它不何；我这病是个无底洞，单位花了不少钱，花得我心疼；大伙轮岗、待岗、下岗，不就是单位缺钱嘛，我不忍啊！就这样了，眼下厂子有困难，我们每个人都得分忧，我哪有心思躺下来休息。三机，那是毛主席从苏联带回的企业，是毛主席三线建设的企业。"他央求车间主任给他一次上班的机会。

"最后，就最后一次！"他拖着瘦如枯槁的病体走向车间大门。他的生命倒计时不是论年，也不是论天，而是论小时。一个普通划线工提出这样的要求过分吗？班里的工人兄弟给他搬来躺椅，就让他坐在车间的大门口，眼睛能看到车间地面上的那条黄线，给他一个哨子，发现有人越线了就吹吹哨子。

他没有躺在靠椅的后背上，端端地坐着，眼睛直愣愣地盯在黄线上。

他没有吹响他的哨子。

那是个春天，太阳柔和而明亮。车间大门口的那几棵法国梧桐是他进厂后植下的。树上有几只鸟儿对着他叽叽喳喳叫，他无力地努努嘴，蜡黄的脸上漏出一丝很浅的笑意。下班的广播响了，车间的铃声响了，徒弟把他扶回了家。

第二天，王仕佑走了。

他一定很欣慰。

那一天车间考勤簿上有他的名字，唯一的区别是，他的名字用黑框框了起来。

他的"最后一班"故事曾被"弄丢了"。不需问为什么，王仕佑真有其人，也真有其事。工人的境界有时会超出许多人的想象。

物资供应公司女工俞新芝，1994年4月下岗，远走他乡，3个月后又回到了龙尾山，带回了价值99万元的抽油机订货单。这是她走南闯北、风里来雨里去、拉关系、找熟人、坐冷板凳、吃闭门羹，用汗水和泪水换来的。

写不完一个个感人的故事，描不全一幅幅动人的画面。凭了少有的热情和敬业精神，三机人在坎坷的山路上艰难地跋涉着。在他的前方，一定会出现希望的曙光。

谢荣是班长、生产骨干，本不该下岗，厂里推出了职工下岗、轮岗制度，他不能做局外人。按厂里规定，他们班要下岗两人，可想来想去，还有一个指标落实不了，他便落实到了自己头上。下岗后，他通过了纸箱厂的招工考试，成了集体企业中的一员。由于他踏实肯干，又有一定的管理能力，很快被提拔为该厂主要车间的副主任。

售货十三年不赚一分钱的黄鸿钧是位老劳模。参加江汉石油会战转岗成了三机厂加工车间的统计员。退休后，仍然留在车间工作。1978年，他当统计员时，看到职工们上班的地方离厂区较远，工友们想抽烟，要跑到远离车间的厂区中心商店购买；单身汉们饭菜票花光了，要请假去兑换，碰得不巧，还会空跑一趟；想上厕所，别说找卫生纸，就是连张包装纸也难得找到。黄鸿钧想，自己现在虽说大事、重活干不了，但为职工们做点小事还是可以的吧。他萌生了当个义务"货郎"的念头。从此，人们看到这位身材瘦小的老工人，在出色完成统计任务后，每天利用休息时间手提肩扛，从厂中心商店购回一些日常生活用品，在车间办起了"义务售货点"。办公桌的一半成为营业柜台，工具箱成了"小仓库"。一晃13年过去了，他的售货点越办越红火，从当初代卖香烟、火柴等10多个品种，发展到现在的牙膏、牙刷、汽水、糕点、食盐等近百个品种；营业额也由当初的每月几百元发展到现在的2000多元。由于他采取"按进价出售，有钱当时交，无钱记个账，月底再收款"的灵活经营方式，车间职工再也不用为一些生活琐事而耽误影响工作。为了避免差错，他的购物记账、收款登记本就有9大类账70多本，全部做到了账目清楚，无一差错。社会上"经商热"、"一切向钱看"的不正之风刮来，有人便劝他："黄师傅，您要是干个体户，早成万元户了！"可他从未动过心。他总是那句话："我是名老党员，为

大伙尽点义务心里踏实。"也许有人要问，开店经营不赚钱，那磕拉碰、霉变鼠耗的损失咋办？这事黄鸿钧想得周到：他利用空闲时间，把烟纸、包装盒和散落在车间的塑料膜等收集起来卖给废品收购站。他把赚来的钱，除补贴商品的自然损失外，剩余的钱，又给职工买了排球、羽毛球等文体用品和针线、纽扣等生活用品。车间领导见他辛苦，要按一线工人给他分发奖金，也被他婉言谢绝了。黄师傅全心全意为职工服务的精神受到领导和群众好评。他多次被评为局、厂优秀共产党员、劳动模范和学雷锋标兵，还曾被全总授予"全国工会积极分子"称号。

原本干到退休后，就歇息，没想到企业遇到暂时困难，职工收入减少，他这个不赚一分钱的"货郎"又重操旧业，担不离肩。老劳模想得很简单，职工少掏一分钱，也就是企业多给他们发了一分钱的奖金，日积月累这"奖金"也不是小数目。一次会上，厂工会主席夸黄鸿钧一心为公、一心为民时，把老劳模的这句话讲给大家听，一阵掌声赢得满堂彩。

一分钱能解决多大的困难？但人人为企业分忧，有多大的坎不能跨过！

龙尾一脉潜沟壑，几多欢乐几多愁。三机厂曾经辉煌过，三机厂正在扭亏解困。三机厂就像龙尾山，既有隆起，又有低谷。它的大红大紫，它的低眉汗颜，从独山子到龙尾山，三机会不会迎来又一座山呢。

但愿这座山能登高望远，开启三机的三级跳。这一跳，跳出龙尾山，走出那个曾令三机人进退维谷的山沟沟。

龙尾山里传出了小道消息：他们将迁往武汉吴家山，从此一个压缩机国产化基地将在武汉经济圈中显山露水。

9 春雷阵阵，"隆中对"里的"出师表"

时尚短发，发型有个性，就像一片树叶长在天灵盖上。

李怡然，电机研究所主管师。

他说，没有压缩机产业，他可能还是电工，或者连电工都不是。

他是随压缩机成熟而成长的。总机械师陈应华告诉他，电工是低端活，电气才是技术活。啥意思？他有两个专业，一是钻井，二是矿机，技校毕业又上了大专，他专业一直很对口，学钻井去了井队；学矿机去了总装车间。什么都没学倒干起了电工。陈总的一席话，让他掂量出了电气的用武之地。他这个电工可是压缩机安装调试的专业电工。电工和电气是通的，后者更专业。他开始学压缩机的基本原理，其中就包括压缩机的电气原理。从蓝领到白领，他一步一个脚印。

李怡然是复合型人才，压缩机技术服务需要的就是这样的人才。李怡然要去新疆了，这是三机走得最远的地方。父亲告诉他，一定要找个机会去独山子看看，三机是从那里起步的，他们虽然不是独山子人，企业的根也是他们的根。

"去了吗？"

"哪能呢！"独山子在北疆，而他们技术服务的地方在南疆，相距一千多公里呢。独山子还在那里，丢不了！

1997年三机生产的天然气压缩机在塔里木油田大显身手。三台机组，两台增压，一台注气。住野营房，与华北、胜利等油田队伍为邻，那一年才算真正把压缩机吃透了。沙漠里的火炬一天烧掉70多万块钱。心痛啊，就想能不能把烧掉的气回收利用？谁不心疼，可不烧不行，里面含硫。冬天，各种候鸟南迁，风向一变，火苗把鸟的羽毛烧了，纷纷掉了下来。其中两只鸟，死了一只。伤的那只就敷药养好了。鸟不走了，到处串门。那鸟是野鸭子，灰扑扑的，一对大脚丫子，都叫它丫丫。放飞后，不走。待了大半年，其他候鸟来了就放生，跟其他候鸟一起走。沙漠没有蔬菜，出门就拣点叶子菜，给丫丫。死了的鸟都埋了。沙漠里有活着的红柳，梭梭草，骆驼刺，可就是没有禽鸟。沙漠里没有乌云，突然飞雪了，原来是天山上的雪被风吹来的。

技术服务第一单，挣回了30多万元。

新疆那年，第一批17人。经理让他扛旗。为什么？说他人长得精神，形象好，故事多，身份也多。

"那扛旗的是谁？"甲方指着他的经理问。双专业，大学生，差一点是高干子弟。

说来听听。

经理介绍,他父亲是60年代二炮学院情报专业的高才生,留校后当老师,后来二炮学院停办就回老家进了121。学院恢复招生要他回校当老师,他有想法,最后还是舍不得三机。要是回去了呢,军衔你们想去!老人倒不后悔,儿子后悔,至少自己也是个"官二代"吧!做梦去吧!父亲是子弟校的校长,问儿子,我靠谁了?没出息!

别人第一次看见火炬又激动又拍照,而李怡然心痛不已。尤其是井站放空燃烧的火炬让他对自己岗位更敬业了。从此,凡是需要他扛旗,他毫不含糊。扛旗的人总是走在队伍前面。在他看来,旗帜是用来飘扬的,旗帜是用来召唤的,旗帜是用来鼓劲的。几个人在一起,那叫一群人;几个人和一面旗帜在一起,那就叫队伍了。

从压缩机技术引进到能挣回30万元技术服务第一单,三机人走了整整十年。

1987年仲春。龙尾山的映山红、野山桃高调地炫耀它们的红颜。

这是龙尾山踏青、赏花的最好季节。

布谷声里落下的不仅仅是悠长和脆生,还有被人们破译出"阿公阿婆栽秧插禾"的俚语。有人听出了"催耕",也听出了一片金黄。

这个春天,正在热播电视连续剧《三国演义》,三机厂班子也有了自己的"隆中对"、"出师表"和"三分天下"的雄心大略:

同属"一母所生"的江钻、四机赶上了石油工业部引进的头班车。休斯钻头、固压设备等一众美国石油产品技术落户油田的潜江、荆州。据传,四机拉回来的图纸重达2吨。江钻的水杉种在了休斯敦总部,而休斯敦的夹竹桃在油田广华正浇着水呢。美国人怎么啦?你买我的产品,我还给你图纸;产品买得多,图纸给得多。美国人的思维东方人百思不得其解。千载难逢啊,引进专列就像一柄梭子忙碌着,一首歌《金梭和银梭》,人们只听出纺织女工的自豪感,这金银梭里织出的远远不止一匹布料。

三机呢?挤不进头班车,至少得赶个末班车吧。

会开了整整一天。

到了傍晚,春雷阵阵、大雨滂沱,轰隆隆的雷声滚过龙尾山的平顶山,那是冲着我们来的呀，那是春雷呀，那是吉祥之声，春雷过后就是春雨，春雨之后就是春光。他们从会议桌各自的位置上都移向了窗边，让暴风雨来得更猛烈些吧！他们干脆把这次务虚会称作"隆中对"——一次轰隆隆的春雷会议。有了"隆中对"，这个"对"就是对策；还得有"出师表"，即行动，引进什么，怎样引进，我们为什么要引进，我们的优势在哪，尽快拿可行性方案。

剩下的一定是难啃的骨头。也罢。查查石油行业压缩机技术有谁引进过？没有！班子成员里大多是工科男，虽处偏僻的龙尾山，但他们始终放眼世界，是离世界行业最近的人。西安交大、南京大学、华科、中国科技大学等这些学霸型的领导自身素质和天分决定他们理性判断科学而又敏捷。从一部三国里的三分天下获得启示，能不能把龙尾山压缩机，不，不，太小了，做成中国压缩机，让出两分，给别人一口饭吃，共分天下。似乎是玩笑话，但一点都没走腔跑调。

会议达成了共识，引进天然气压缩机，服务油田，这主题、方向没偏吧。要问有多大的市场，就看我们地底下的资源量有多大，就看我们的产品受多大程度的欢迎。楼层高了，水上不了高楼，就得增压。天然气开采，尤其到了后期，地层压力小了，气出不来，是不是也得增压？我们过去生产的空压机与压缩机技术接近。我们有门类齐全的铸造、机加工、装焊、热处理等生产、辅助车间，有科研人才、检验检测机构、物流等等。不但理由充分，而且何其充分。

工科男们从水压想到气压，从液体想到气体，甚至想到了固体。他们利用轴承、活塞原理七嘴八舌各抒己见。毕竟，国内还没有一台天然气压缩机出自中国人之手，他们看到了前景，豪情万丈。

抽油机门槛太低，更不能吊在这棵树上。他们哪里知道，这次普通的务虚会似乎太前瞻。市场在哪里，寻找天然气的石油人还在上下求索，没有天然气的量就做不出压缩机的市场，中国天然气的春天还远在天边呢。他们相信这个市场到来的那一天，也正是他们十年磨一剑的亮剑之时。他们似乎有点"操之过急"，是先有河，还是先有船？有了船，还愁没有河？春雷阵阵，似乎给了他们答案。

大格局必有大视野,"机遇总是给有准备的人"这句话送给他们再恰当不过。

见过独山子的天山雪,豪饮过戈壁滩狂野的风,也见证过风波湖的"逼上梁山",一个优秀的企业在顺风顺水的时候总能保持理性的冷静,知道前方的风浪和暗礁,也知道航船如何避风避礁。正当人们认为三机厂会把抽油机这些钻采设备牢牢抓住不放的时候,1987年春,三机厂又做出了一个令人意想不到的举动——引进美国德莱赛兰(D-R)公司天然气压缩机制造技术。关于这项引进的意义,无论当时还是后来,无不认为这是具有超前意识超前市场的决定,特别几年后当三机厂陷入低迷濒临苦苦挣扎的时候,这项引进成为支撑企业的精神支柱,然后又神奇一跳,死而复生,柳暗花明。

从三机配件到转型抽油机的上马,他们迎来了"辉煌十年"。

1989年3月,美国德莱赛兰公司里洛依分部经理弗雷特·摩根来厂洽谈引进事宜

三机人总是用带有前瞻性的忧患意识打造"饭碗"。20世纪80年代末期,处在企业发展高峰的三机厂,在研究如何继续发展,开拓市场的时候,看到了一个让他们大出冷汗的现象,全国各地的抽油机,下灰车,特种车等制造设备厂家越来越多,一根无形的绳索套上了他们的脖颈,三机厂深深地感受到越来越多的来自全国各地厂家产品竞争的威胁。竞争对手的产品因为具有从国外引进的先进技术,比三机厂更有优势。再看看周围的机

械厂，河南第二石油机械厂引进了国外的修井机制造技术，江汉油田第四机械厂从国外引进了修井机、水泥车技术，江汉钻头厂本身就是引进美国休斯的先进技术，现在他们又在进行新一轮引进，而三机厂仍然还只满足于全力开发自己的新产品，这种新产品只是相对于国内而言的，比起国外的先进技术仍有较大的差距。从全球经济角度看，引进吸收国外先进技术这是中国企业缩短与发达国家的距离的最好办法。从中国企业的发展看，引进国外企业的现成技术已经成为国内的一大趋势。于是，三机厂决定利用本身的技术优势，并针对国内压缩机都是国外进口的稀缺产品，选择国内还没有的天然气压缩机，选更高的高峰攀登，通过调研考察，他们看中著名的天然气压缩机制造商——美国德莱赛兰公司，简称 D-R 公司。

新任江汉油田局长王显骢一行 8 人来三机厂调研，三机厂在工作汇报中首次提出引进美国 RDS 压缩机的建议，这建议与三机的"隆中对"不谋而合。在王局长的支持下，三机厂开始着手引进技术的一系列准备。工艺研究所立项，生产部门准备厂房，厂领导和技术部门的一班人一次次来往于潜江和龙尾山之间。上级部门每提出一个"假如"，三机厂都要回到厂里解决具体方案，给予满意的回答。经过了管理局这一关，还要到北京石油部报批。石油部机械制造司具体负责引进项目，三机厂排不上号。这不仅涉及巨大的投资经费，而且也关系到整个石油工业的战略布局。有些引进是部里定的，有些引进则要通过国家经委、中机公司，三机厂的引进报告报上去，最初石油部似乎不感兴趣。石油部的态度给送报告的一行人浇了一盆凉水，向厂里汇报怎么办，侯厂长说，这恰恰说明引进的事一刻也不能停。驻京办的人在等厂里的指示，三机厂党委一班人在开专题会，分析从北京传来的消息，结论是志在必得。若是这趟赶不上，以后搭车就不容易，决定厂长亲自出马。这是决心与耐心的竞争，侯厂长和项目组的同志在北京动用一切可利用的人脉资源，上上下下，反反复复，找相关领导人员汇报情况。在制造司组织的听取意见的汇报会上，侯厂长讲三机厂的实力，讲三机厂在偏僻的龙尾山艰苦的历程，当然也不会忘记亮出三机厂是中国石油最早的机械厂这块金字招牌，还有 1961 年石油部在新疆独山子机械厂组织的那场著名的球墨铸铁和配件加工会战。最主要讲三机厂的技

术实力，尤其是空压机和压缩机有相似之处，所以有一定的基础，引进能够填补国内天然气压缩机的空白，为国家节省外汇，最终打动了与会的各位领导和专家。

精诚所至金石为开。人家讲得在理，一个被困在山沟沟里的三线企业，一个"好人好马上三线"的优等生，一个为石油工业南征北战的老牌企业，不能不给一个发展的机会。于是，三机厂终于等来了绿灯，他们总算搭乘上了技术引进的末班车。

一份来自石油工业部的红头文件签发到了江汉石油管理局：

石油工业部文件 77（87）油计字第 708 号
关于引进往复式天然气压缩机技术改造工程设计任务书的批复

江汉石油管理局：

你局江字 87187 号文《关于引进往复式天然气压缩机组关键制造技术和建立生产线的请示》收悉。经研究，批复如下：

一、同意你局三机厂采用技贸结合方式引进往复式天然气压缩机组制造的关键技术。

二、同意利用国外技术改造三机厂。改造规模为年生产压缩机组五十台。

三、新建加工车间和组装车间一万二千九百六十平方米，喷漆车间和实验车间二千五百平方米，合计建筑面积一万五千四百六十平方米。

四、总投资控制在一千五百五十万元以内。其中外汇一百万美元，折合人民币四百六十万元。工程进度在年度计划中安排。

五、请抓紧编制初步设计，报石油规划设计总院审批。

中华人民共和国石油工业部（盖章）

一九八七年十一月二十六日

抄送：湖北省计委、经委、城乡环保厅、建行，石油规划设计总院，本部：开发司、天然气工业司、制造司、外事司、供应局、财务司、基建局、计划司（4）存档（3），共印 20 份。

1987年无疑是三机厂压缩机的纪元。

这个纪元为中石化压缩机国产化制造基地奠基。

大洋彼岸阿拉斯加南麓的熊山将与东方天门龙尾山的三机厂结缘。

看世界地图，我们发现墨西哥湾的蔚蓝色比其他海域要深一些。

覆盖石油的海更接近石油的底色。

他们要去的休斯敦是美国四大城市之一，是美国南部最大的炼油、化学、机器中心。棕榈树沿80公里的通海运河栅栏一样形成百里防风带，山姆·休斯敦将与墨西哥湾连为一体。180多年前，休斯敦地区是卡伦卡娃印第安部落的居住地。1836年，地产商艾伦兄弟购下2690公顷土地开发建市；同年，山姆·休斯敦将军率领得克萨斯州军队击败墨西哥人，取得决定得克萨斯州独立的圣哈辛托战役的胜利，艾伦兄弟即以休斯敦命名新城。美国25家最大的石油公司，有24家在休斯敦设有总部或分公司。美国人崇尚征服，华盛顿开了以人名命城的先河。据说那些棕榈树是山姆·休斯敦登陆得克萨斯州时留下的剑戟，风退走了，就连喧嚣的海潮也温柔得像瑜伽的推拿轻轻地漫过浅滩留一些海草和贝壳，又回到了海里。

世界上少有的良港。休斯敦就是这港湾上的桅杆，来自世界各地的石油大亨占据着这座城市的制高点，五花八门的公司旗帜就像桅杆上的帆，在这座"吃水"很深的经济海域里永远处于扬帆的姿态。从城中海湾、壳牌、德士古、埃克森等七大摩天大楼的名字就可以知道石油在这座城里占据着何等重要位置，以休斯敦为中心东至博蒙特，西至科帕斯克里斯蒂是美国最大的石油工业地带，休斯敦又被誉为"世界能源之都"。

午后

来自墨西哥湾的风

用滚烫的雨

了解一个城市的耐心

品味冰镇的百世威熔浆一样的热度

老牌的库伯公司被筛选掉了。

德莱赛兰压缩机胜出。

据说库伯的名气比德莱赛兰要大一些，为什么是德莱赛兰，而不是库伯呢？库伯从民用到电气到石油，一只脚踏几只船；而德莱赛兰的优势在天然气压缩机，专业性似乎更强。

他们的话题从休斯敦的熊山到天门的龙尾山。从熊到龙，从德莱赛兰的火箭熊吉祥物到龙尾山的元宵舞龙，虚虚实实、神神秘秘，东西方文化从民俗到土著，从英雄崇拜到图腾崇拜。德莱赛兰技术总监乔治把龙尾山客人带进了公司的生产基地。车间就像一个偌大的展览馆，红、绿、黄、黑、灰、白，几种色彩搭配在一起，动态地在流水线上完成不同工序，没有轰鸣，没有噪声，每一种颜色都很直观，含义及功能一目了然。"我们的车间要能建成这样，那一天不知有多远？"同行的三机人发出这样的感喟。谈了7天，双方都比较满意。部里给的资金有限，只能引进部分技术，引进回来的技术图纸1000多张，一个小袋子都能提回家。你就那么点钱，就只能给你这点货。

"用技术换市场"，美国人总是踌躇满志，在他们眼里，那些技术总有一天会淘汰的，给你技术你也翻不起多大的浪，就是让你亦步亦趋，你总是在他身后，成不了他的老师。

他们一点都不担心你抢了他们的饭碗。

三机厂 RDS 天然气压缩机引进工程项目投产剪彩仪式

1988年3月29日，美国D-R公司专家一行3人，来厂商谈RDS天然气压缩机有关事宜。5月3日，侯长保在北京与美国D-R公司进行压缩机谈判，三机厂从德莱赛兰公司引进压缩机的项目终于尘埃落定。

石油部部长王涛特地为这次引进题词："引进、消化、吸收，创新"，更增加三机人的信心。

投资3000万元引进的天然气压缩机生产技术落户龙尾山，再一次改变了三机厂的生产结构，并从某种意义上说，这次改变带有革命性、前瞻性。从1989年破土动工的那一天起，三机厂就把它当作宝贝儿子一样倾注了心血。石油部批复的是技贸结合生产，就是说引进的只是美国核心先进生产技术，他们在生产中要通过消化、吸收，实现压缩机的国产化。为了做到这一点，全厂技术人员围绕引进的压缩机进行技术攻关，他们把图纸进行分解，对照引进的机组部件，现场指导工人们组装。许多技术员是第一次接触压缩机，因此天天在现场，日夜钻研压缩机的技术，许多工人经过压缩机专业培训，掌握了生产操作要领，能独立上岗。技术员按照石油部重大装备办公室的指示，对压缩机曲轴、连杆、十字头、机体、气缸、活塞等关键部件技术进行重点攻关，全部检查校正，确保一次组装试制成功。

这次引进为三机厂找到了安身立命的饭碗。

它的门槛太高，技术含量让许多民营企业望而却步。

全国高校仅有西安交大、华科大才有这专业，而且这两所学校都是985高校。恰恰这两个专业的毕业生三机厂都有。至少，这专业在当时是冷门，专一而又单一，高冷而又令人望尘莫及。若能登顶这个高峰，那就是另一番境界，它又能触类旁通可以变戏法派生出新工艺、新领域。它游走于气体、液体、固体之间，用于常规、非常规场景，在气田、油田、输气管网、储气库等，甚至在炼化行业都能点石成金。二十多年前看准、选准这个项目，要有多大胆量冒多大的风险啊。毕竟当年中国能源结构还是"一煤独大"，谁是市场大潮的弄潮儿，谁弹着铜琵琶唱大江东去，谁对沧海一笑看潮涨潮落？

三机厂这一步迈得很大。

龙尾山啊，你不仅仅藏龙卧虎，你本身就是一条龙。

1991年，第一台2RDS—1/2V19Z07天然气压缩机样机诞生，并通过石油部组织的鉴定。1993年，获美国德莱赛兰公司颁发的生产许可证。首台4RDS—I/JB710压缩机发往大庆油田，接着吐哈油田、中原油田、胜利油田都用上了三机厂生产的天然气压缩机。订货源源不断，抢先占领了这一块市场高地。1994年，压缩机产品列为国家级新产品，在全国各油田与其他进口压缩机并网运行。为了与引进美国D-R公司天然气压缩机制造技术配套，三机厂1991年投资597万元续建了大件加工车间和加工试验车间，购置了检测仪器等关键设备。1992年以后又投资近千万元，进一步完善配套技术设施。就这样，三机厂从钻机修理为主，到配件生产为主，到钻采设备制造为主，不断地转型都是随着石油工业的发展和国家经济体制的变化而变化。尤其压缩机的引进，填补了国内空白，使三机厂在激烈的市场竞争中有了立足之地。10年以后，三机厂遭遇国企改制，压缩机车间作为中石化集团的一支精髓专业队伍被保留，这才有了今天武汉的中石化压缩机制造基地。不然，中石化凭什么保留三机厂，又凭什么把你搬到大都市。

企业的命运和人的命运相似。关键时刻抓住机会，该转身的时候华丽转身，这也是市场博弈的法则。谁更有智慧，谁对企业更有责任，谁拥有对企业更忠诚的员工，谁就看得更高更远，三机厂做到了，因此他始终像一艘无往不前的巨轮，哪怕狂风暴雨，哪怕荆棘坎坷，劈波斩浪，勇往直前。

"最美的大海风平浪静，也潜伏着翻江倒海的危机。颠簸是大海最好的状态，至少它不波峰浪谷、摧枯拉朽。"三机厂为数不多的"独三代"薛臻刚从海上平台技术服务回来，对大海的脾性摸得透透的。他似乎告诉我们，一个能征服大海的人，还有什么样的对手不能征服的呢？

第四章

吴家山，水调歌头里的"龙抬头"

独山子是三机人遥远的童年记忆，龙尾山是三机人起起落落的苦乐年华。而吴家山的武汉呢？长江是一根铮亮的纤绳，拉不走码头但拉得走城市的阡陌。武汉是个大码头，跟长江最亲，也只有她才敢叫江城。武汉是一座火城，煅烧这座城市的炭火是夏天。武汉人就像出炉的烙铁，他们会跳进水里淬火，淬过火的武汉人就是一块钢。

10 龙尾山啊，原来有一只浴火重生的火凤凰

我是天山雪
我是瀚海浪
我是大漠孤烟黄河的桨
我们来自五湖四海
一浪一浪追赶长江长

　　还记得独山子泥火山上的那只石油"天眼"吗？那是一口油井的端口，这口油井就像我们的奶娘，喂养过晚清民国直至新中国初期，凡被喂养过的沧桑岁月都已旧貌换新颜了，直到耗尽最后一滴油，安详地享有这块石油圣地，用另一种乳汁喂养更多的儿女。那只是一只眼睛，一只流淌着泪水的眼睛，我枕畔的这些水分就是挂在它心间的一面湖水。我们愈加发现那是一只凤眼，凤凰的眼睛。这眼睛似乎在哪里见过，龙尾山的石堰口水库更像它的另一只眼睛，只可惜，中间隔的不是鼻翼，而是万水千山。其实，龙尾山还有一个通龙湖，清澈而又顾盼生姿，两只眼睛都有了，两个山头上的铸造、总装车间不就是凤凰的翅膀吗，龙尾山就是凤凰的身子，山花儿红了，秋叶儿也红了，这春秋里的凤凰就等一次涅槃，浴火重生的涅槃。

　　国家一级作家叶明山最后一次到龙尾山是2001年的清明。他要去看一个人。那人姓刘，都叫他刘大个子。炸山口要修路，炮声隆隆。那或许是第一炮，片石乱飞，基建工程如火如荼。正午时分，工人们正在炸山口附近的临时食堂打饭。在他前面突然一个高个子插队。叶明山有点恼怒，一看那块头，也就忍了。又是一个猝不及防的"突然"，那个高个子突然倒在了地上，排队打饭的人乱作一团。

　　死人啦，死人啦，石头砸死人啦！
　　高个子被抬走了。

追悼会那天，他去了，送去一个花圈。幸运啊，老天本来要他命的，而那块飞来的"石头"给了刘大个子。如果不插队，叶明山就该站在刘大个子的前面，自己的命是刘大个子给的。刘大个子就葬在龙尾山的山岗上，距离铸造车间不远。后来听人讲，刘大个子是司机，那天打饭插队，是为了要出车，担心赶不上时间。他话少，又少与人沟通，干啥事风风火火，以为人人都知道他要出车，让他先打饭又怎么的？给人解释一下，就少多少误会。叶明山把这个故事写进了长篇小说《天堂西》。

于和平是三机厂改制企业的老总。生于独山子，长在龙尾山，也干在龙尾山。他在龙尾山生活、工作了50多年。他是搞运输的，公司目前就三人。有活了，他一个电话调度车来车往，公司就在龙尾山三机厂办公大楼的后边。那时的人实在，虽有央企身份，毕竟还是山里人，耿直、忠厚，换一个角度，假如是奋不顾身、见义勇为的壮举呢，那瞬间，他或许用自己的身体挡住了飞来的横祸。是呀，人们都没往那里想，叶明山对自己当初的"恼怒"负疚而自责一生。甚至多年后才提及此事，听说三机厂要搬出龙尾山，搬迁前来探望、祭奠他的救命恩人。

"如果，刘大个子还在，肯定也改制了，也协解了，日子过得也不怎么好！"于和平带着叶明山寻墓地。杂草丛生的山岗坟堆倒不少，有碑铭的，有无字碑的，刘大个子的碑恐怕就是一块石头，那石头嵌进了山体，那碑啊就是一整座山。一个英雄就这样给埋没了，给误解了。人们只记得他"插队"，愤怒的眼睛里贮满了火。

20世纪90年代正是三机厂最困难的时期。新疆舞的伴奏曲子从运动场的草坪处传来。轻盈、欢快，领舞的舞鞋是樱桃红，红舞步踏上绿草坪有节奏地把小草也带活了。红绣鞋就像金鱼儿在绿浪中游弋，中老年女子扭动着脖子和腰，脸上洋溢出劫后余生的意外之喜。

"经济滑坡，精神盈利！"我脱口而出的一句话道出了他们现状和心态。为什么是新疆音乐呢，我想他们走不出独山子给他们的人之初，那人之初里没有烦恼，没有跌宕起伏的人生，没有抓阄上岗，没有担心生计的朝不保夕。旋律里每粒音符都能激活你的细胞，充满生机的细胞昂扬向上。

为了三机厂轻装上阵，协解人数高达77.6%。

龙尾山厂区 20 吨锅炉车间

高音喇叭响了，上班铃声响了。老钳工徐炳银翻爬起身下床，关上门往车间里去。有人打招呼："徐师傅，去哪？"他停下脚步愣愣地不走了。站在路边，把路让给别人走，远远地望着炸山口那条熟悉的缓坡路，走过去意味着上班。他再也走不去了。

"邓昌权也买断了。"

"他有技术，也有背景！他都买断了，还有啥说的呢？"

邓昌权的哥邓昌友，时任空军政委，十六届、十七届中央委员。九八抗洪，中国青年报头版刊文介绍他哥：《共和国将星璀璨》。那一年，同事拿着报纸看长相、看出生地才知道邓昌权有个当大官的哥。

夫妻俩共同买断，签字、办手续，卷被盖走人。

细细品味《从头再来》，他安慰妻子说，我们在龙尾山也就十年，看看我的师傅老倪一家，两个儿子都在轴瓦车间，买断了咋过呢？我有技术，还年轻，回遂宁去！

朋友曾给他出主意：到北京找你哥去！

给我挖坑是不是？他压根儿都没有想到找他哥"帮忙"。买断以后，离开龙尾山才给哥通报了一下。哥曾说，等退休后到龙尾山看弟弟去。

"我回四川遂宁老家了，老家见！"

在他看来国家的大背景才是真正的背景。减员增效，车间要整体买断，他这个车间副主任只有带头的份,没有"特殊"的份。他是1991年招来的大学毕业生,赶上了压缩机设计、样机的生产全过程,唯一遗憾的是"中国压缩机"还需要一代人的奋斗,在这条奋斗的路上他无奈地要离队了。每每想到人生的"半拉子"工程心有不甘。那一年妻子从四川老家也跟了过来,先在生活科,又办餐馆,小日子过得红红火火。大学毕业,工作了十年,如今跟普通工人一样有着"从头再来"的悲情人生:

> 昨天所有的荣誉,已变成遥远的回忆。辛辛苦苦已度过半生,今夜重又走进风雨。我不能随波浮沉,为了我挚爱的亲人。再苦再难也要坚强,只为那些期待眼神。心若在梦就在,天地之间还有真爱。看成败人生豪迈,只不过是从头再来!

龙尾山啊,近万人的石油部落坐拥七沟八梁,谁能拉得动这辆辎重上路,不改不行啊!三机人在改革的浪潮中呛的水不比别的企业喝的水少。特车维修工文永光在油田美食一条街开了一家小馆子,那一年他才35岁,协解了,他把最心爱的海鸥相机卖了做学费,回四川老家学厨子。

"一艘船只能载50人,现在船上有100多人,怎么办?维持现状船就要翻。"那就下一些人吧,下船的人还有补偿,还能重新就业。减员增效就能扭亏解困,企业就能轻装上阵。于是"协议解除劳动合同(协解)"成了唯一救赎的良方。按政策双职工买一个就可以了,可这个老哥子两口子都协解了。企业有困难,这个时候不豁出去,还等何时?咱年轻,不是说条条大路通罗马吗,哈哈,咱到罗马去!

沧海横流方显出英雄本色!他们就这样带着梦和自信,也带上一把钥匙走出龙尾山。为了退路,手里的那把钥匙没有丢,还紧紧攥在手里。万一呢,再回龙尾山窝还在。

文永光回到四川老家。"咋啦?犯错误了?"铁饭碗给弄没了,咋解释都没人信。学厨归来,川菜做得好,尤其是"太安鱼"做得远近闻名。有一阵子笔者老去他的馆子,他也知道我是照顾他的生意,他反而哭了。"你是同情我,你是同情我,越同情我越难受!"说着说着,泪水涌了出来。以后,我再也没有见到他,小馆子转了出去。听说他又买了一台相机,不

知是什么牌的，我想一定会比海鸥要好，他曾经玩摄影，有了相机他的爱好就丢不了。那把钥匙还在手里吗，千万别丢啊，丢了连个窝都没了。为此，我为他写了一篇文章《文永光的山海经》，那个山，就是龙尾山；那个海，就是商海；那个经，或许就是那一代人的经历吧。

艰难时期，没有倒下；换了一个岗位，只是不在体制内。在体制内不愁没有事做，你把事做好了就是先进，就是劳模，就有进步。而体制外呢，你要找事做。找事做该有多难，还必须做好，做好了才有饭吃。

国家血统，毛主席访苏带回的企业，三线建设石油装备专业性企业，究竟发生了什么？那个带有三线建设烙印的121究竟在经历一次怎样的阵痛，或浴火重生？

2001年5月22日，一份《关于三机厂领导班子成员协议解除劳动合同的请示》呈送到江汉石油管理局改革领导小组。协解刚刚在油田各单位推行，一个二级厂处以党委〔2001〕5号文件形式率先作出了表率。要求员工买断，领导班子成员怎能作壁上观？请示曰：减员增效是实现集团公司、管理局"十五"发展战略的一项重要举措，是我厂调整机构、精干主业、提高效益、自求生存的难得机遇和必然要求，事关我厂改革、发展和稳定的大局，关系到每个职工的切身利益。按照管理局的统一安排，以及送审的《三机厂2001年减员增效工作实施方案》提出的全员协议解除劳动合同具体措施要求，为确保我厂减员增效工作能够平稳、有序、顺利地进行，经厂党政领导认真研究，特向管理局请示如下：

1.为有利于推动三机厂全员协议解除劳动合同工作，厂领导班子全体成员同时协议解除劳动合同，以身作则，带头做好职工身份置换的改革工作。

2.为保证生产经营的连续，队伍的稳定和改革工作的顺利进行，现任党政领导班子不推卸历史责任，局里可原班聘用，继续负责三机厂的领导工作，作为过渡，以后适时进行调整，当然局里也可考虑其他的领导班子方式。

3.在当前国有资产产权未发生变化，实行公司制改制前，仍保持现有管理体制不变。

三机厂领导班子全体成员将以强烈的事业心、历史责任感、共产党员的党性来推动和完成这次减员增效及后一步的改革工作，采取有力措施，尽快使工厂扭亏为盈，走出困境。

翻阅尘封的这份文件，我们为当年那一届领导班子油然而生敬意。只是他们的请示没有获批，但他们的担当，他们坦坦荡荡与员工同甘共苦的"率先"垂范留下了极为耀眼的一笔。那么大范围的协解买断，又地处大山沟里的偏远和行路难，而没有发生集体越级上访，这本身就是奇迹，而书写这奇迹的人就是三机人。为了丰富史料，我们不妨读读三机厂建厂60周年出的一部纪实文学《挥手岁月》，书中写道：

> 1994年，党的十四大提出建立社会主义市场经济，新一轮企业改革全面展开。石油机械行业在这一轮改革中受到严峻考验。民营企业大量进入抽油机市场，钢铁涨价，而抽油机价格原封不动。与国际石油市场比较，进口原油比开采还要划算。这样一来抽油机限产，包括三机厂在内的抽油机订货骤减，不到以前的一半。其他三机配件也因为民营企业的冲击，减少了订货。龙尾山的闭塞和特殊性，形成了小而全的石油部落，医院、学校等社会包袱沉重，又远离中心城市，远离火车和码头，运输成本昂贵。"靠山、靠水、偏僻"适合战备的选址原则，在市场经济中，恰恰成为企业发展的硬伤。靠1988年的那段辉煌，三机厂还支持了两年。到1991年，全厂利润只有12.5万元。1993年实现利润2万元，那么大的企业只有两万元的利润，就是一个笑话了。1994年三机厂突然"跳水"，亏损1846万元，1995年进一步增加到2491万元，最严重的时候，资产负债率高达90.77%，债务沉重，资金循环慢，变现能力差，流动资金已濒临枯竭。生产处于停产、半停产的状态，情况到了相当严重的地步。

在市场的旋涡里，如果你随波逐流，必然沉沦到底，如果你奋力划桨或可转危为安。三机厂40多年的基业毁在谁手里谁都将成为历史的罪人。

面前真的无路可走？一系列的提问拷问着三机厂的职工，更在拷问三机厂党委。面对当时各种悲观情绪，甚至散伙情绪，党委把稳定人心，稳定人才，稳定生产放在首要位置。采取了不让干部职工下岗，人才政策不变，以厂多种经营补救主业生产等一系列措施。总之一句话就是，企业生产状况差，精神状态不能低落，物质待遇少，企业精神不能丢。也就在这特殊的时期，党委经过讨论推出了具有这一时期蕴意的三机厂企业精神，就是："团结拼搏，负重奋进"。团结就是人心不散，拼搏就是干劲不减，负重奋进就是战胜逆境，迎来企业美好的明天。在企业精神的推动下，厂党委从自身做起，对全厂党员干部提出了困难面前走在前，生产任务干在前，经济效益创在前的号召，开展了"勇闯三关"，即订货不足关、货款回收关、产品开发关的具体活动，号召全体职工家属与三机厂生死与共，浴血奋战。为了维持生产，寻找生机，突出重围，从1995年起，三机厂全厂职工只发70%的工资，奖金比当时管理局其他二级厂处少得多。许多工人干了活拿不到工资。这种情况下，职工们不弃不离，有了生产坚持争着上。为了把有限的资金用在生产上，厂里给各单位都下达了节约指标，从一点一滴做起，堵塞了各种漏洞，从劳保、办公、修理到杜绝长明灯长流水，人均节约要达100元以上。在那几年困难的时候，三机厂百元产值直接成本比形势好的时期反而下降11.6元，百元销售产值成本下降0.9元。

  沉重的负担，让三机厂看到唯一可依赖的是现在较大存量的资产和压缩机、减速器两个希望产品，尽快打开压缩机市场是当务之急。同时，重组资产和人员，精干主体，轻装上阵，建立起公司制和法人治理结构，以适应市场经济的要求，这是冲出目前的危困，救活三机厂的真正出路。按照这一思想，三机厂党委向局党委和局领导集体汇报。要求三机厂进行产权制度改革，以产权改制拉动体制和机构改革。这一举动，肯定要牺牲一部分的利益，但为了三机厂的明天，这条路非走不可。1998年6月19日，管理局正式下文批复，同意三机厂作为油田产权制度改革的试点单位。按照三机厂的产权制度改革方案，以压缩机、减速器两大系列产品为主的产品组建三机厂有限责任公司，轴瓦、钎具、运输、铸造、物业、纸箱、低压电器设备、职工医院、招待所等单位选择适合发展的产权模式，改制成独立法人，自主经营，自求发展。学校、幼儿园、离退休管理站、社会保险站交管理局实行系统化管理。方案出台，全厂轰动，像炸了锅，说什么的都有。赞成的，说这是大势所趋。反对的，说三机厂从此四分五裂，更想不通的是，大量三机厂的资产为什么要给个人经营。面对各种思想，三机厂先做人的工作，统一思想。组织管理人员、工人代表等到附近京山县的上市公司京山轻机学习参观，回厂再组织大家听经济学家的录音辅导报告。结合党中央的一系列文件，分析三机厂的现状，打消大家改制不是改社会主义的性质，不是改党的领导，不是改人民当家作主的制度，改制是市场经济的必然趋势，晚改不如早改，早受益，打消了种种顾虑。1998年11月1日，三机厂三个基层单位分别通过集体买断、个人买断，集体租赁等形式，改制为"江汉油田三机轴瓦有限责任公司"，"湖北省天门县天龙钎具厂"，"江汉油田龙尾山庄"。这几个单位成为独立法人，按照新机制运行。上交系统化管理的4个单位办理了正式的移交手续。整个改制和移交，公正透明，没有遗漏和流失，对移交资产的修缮和因资产形成的债务处理妥善。同时，划转的流动资产和债务也与三机厂办理了正式的借贷手续。最后，经审计，改制过程中，国有资产不流失，达到保值、增值。国有企业这一块负担得到减轻，仅4个单位上交局系统化管理，三机厂就减少费用支出100万元。

随着国企和中石化系统改革的深化，最大的阵痛终于来临。2001年，三机厂1277名职工自愿与管理局协议解除劳动合同，其中在职职工797人，退养、下岗及其他离职职工480人，是江汉油田协解人员最多的单位之一。正是由于上次改制的思想基础，这次全厂历史上最大规模的下岗分流，职工买断，波澜不惊，按时完成。金属结构件厂、减速器厂、工具工装厂、运输队、水电服务公司、物资公司等6个单位和厂控股的铸造公司，根据大多数职工的意愿，提出集体协议解除劳动合同，以收购原单位国有资产的方式改制为民营企业。

什么叫浴火重生、凤凰涅槃？什么叫破茧为蝶？三机人在向市场经济的转变中，从彷徨到认清方向，从犹豫不决到投身改革的先行一步，亲身经历痛苦，但无怨无悔。在买断的1277名干部职工中，有的是随父辈从新

疆来到龙尾山，有的参加工作就在龙尾山一直没有离开，龙尾山的一砖一瓦，一草一木都渗透着他们的心血汗水。但是，为了企业的明天，为了三机厂能够继续生存发展，他们在改制中勇敢地作出了牺牲的抉择。据说，有的工人在协解合同签字的那一刻流下泪水。有的签完字后，还一次次到车间和岗位流连忘返，依依不舍三机厂。干部职工离不开三机厂，三机厂同样离不开干部职工，考虑到三机厂远离管理局，远离城市，干部职工协解后就业困难，三机厂还在改制中就成立了再就业办公室，开展职工培训，通过各种渠道为下岗职工提供再就业机会，使改制后三机厂再就业率达到66.7%。对已改制成民营的企业，三机厂在改制的时候就在上级政策允许的范围内给足了政策，甚至包括允许他们继续使用三机厂的品牌，为这些民营企业的发展创造了非常好的条件。十年过去了，2001年改制的三机特车、铸造等几家民营企业，经营越来越好，其主要领导和职工的收入超过现在三机厂的领导和职工。提起这些，他们都感谢三机厂对买断职工的关怀。

听说我们要为三机厂写书立传，于和平从油田广华开车把我们接上了山。生于独山子，长于龙尾山，也给三机厂跑运输，运送压缩机最远到新疆。

三机厂再就业岗位供需见面洽谈会

"有一种回家的感觉。离开新疆只有几岁，印象最深的是雪山。雪白的山，从春白到冬，流出一条条河流，可那雪没见化过，真神奇啊！"于和平就住在龙尾山，他说，他对龙尾山的熟悉，就连办公大楼左边的那棵香樟树有多少片叶子，他都心中有数。

有人说，协解给许多共和国的长子带去了两代人的痛，其实岁月也知道痛！

去枝留干，当你成了企业的枝叶时你就必须给"去枝"。作为主干保留下来的天然气压缩机这一块主业，三机厂在原来的市场布局上重新调整方向，分质量技术部，专攻压缩机国产化，保证产品过得硬；分市场销售部，专攻揽活，为产品寻找销路；分材料采购部，专攻成本比较，优质供货；分后勤保障部，专攻为生产服务。因为改制，压缩机的销售耽误过时间，由厂主要领导带队，兵分几路，走访用户，了解压缩机运行情况，对反映出来的问题，记下来回厂认真解决。压缩机还没有进入的油田，组织专人驻防，拿到订单才罢休。主干留在哪里，枝叶往哪去？诗与远方啊，诗在哪里，远方在哪里？

要搬迁了，这一次的落脚地是省城武汉东西湖区吴家山。

又是一座山！绕不过的山，永远的山。

一首童谣在当地流传：从前有座山，山里有座庙，庙里有个和尚，和尚在念经。念的什么经？念的从前有座山，山里有座庙，庙里有个和尚，和尚在念经。念的什么经？念的……就这么念下去，重复念下去，没完没了。

那山也有庙吗，也有念经的和尚吗？命运不是圆，不是重复的圆，应该是一条直线，因为到达远方的一定是一条像直线一样的路。那里有长江，更多了一条路。想想未来的日子，搬迁武汉的三机人总是带着梦想上路。

2005年的春天，一个播种的季节。

没有敲锣打鼓，没有挥手从兹去，有的是苦情重诉，泪眼欲落还住。搬迁路上仅有轻装上阵的300多人，前前后后搬迁了三个月；队伍也陆陆续续走了三个月。这个"三"啊，就跟三机人死磕到底了，连搬迁都少不了个"三"字。武汉在建厂，建了多少，龙尾山的设备就搬去多少。油田担心三机厂会出事。4个人中就有3个人协解了，协解初还有补偿金可以让生活运转起来，几年下来就清仓见底了。

老厂长回忆那段经历时说：按照管理局的统一部署，当年我们厂与全局其他单位相比，协解的绝对数和相对数比例都是排在前列的。整个工作

过程中没有发生集体越级上访事件，实现了平稳过渡。协议解除劳动合同工作的圆满完成，使三机厂经历了一次脱胎换骨式的巨大阵痛，是三机厂改革史上最大、最深刻、最彻底的一次革命，将成为三机发展史上一座里程碑。

八大车间及三个辅助单位，仅保留了压缩机车间，三机厂的饭碗就押在压缩机上。三千多人搬家，有搬武汉的，有回迁油田的，退休1000多人，协解1000多人，家属大几百人。厂子搬走了，主心骨也就没有了。厂长病倒了，党委书记一肩挑两担子。成立两个居委会，稳定民情，政策到位。把改制企业扶上马，送一程，给政策优惠等。有人担心，三机厂搬家是个火药桶，必须搬，但困难大。一辆车一辆车搬走，不要刺激他们，触景生情容易生事。油田每天一个电话，最可能出事的反而没有出任何问题。

的确是披星戴月地走，也的确是偷鸡摸狗地走，只能这样，必须这样。这一走人心里空荡荡的，曾经的万家灯火，一下就黯然失色了。人烟啊，少了人就少了烟火气。

"轻轻的我走了，正如我轻轻的来；我轻轻的招手，作别西天的云彩。那河畔的金柳，是夕阳中的新娘；波光里的艳影，在我心头荡漾；软泥上的青荇，油油的在水底招摇。"这里不是康桥啊，这里是龙尾山。

你们怕什么？担心我们闹事吗？既然敢义绝买断就没指望"破镜重圆"。没人送你们，多孤单。那年离开独山子，我们哭了，送我们的人也哭了。离开龙尾山，还回来吗？盼你们回来，又是一个完整的家。怕你们回来，回来就意味着你们打道回府，混不下去。有人轻轻唱起了《十送红军》，虽然歌词不搭边，但那曲调很深情。走的那天，映山红漫山遍野，深情地张望，为他们送行。

11　一朵花在武汉，也能享有都市给它带来的红利

三机厂给武汉带去了一份"见面礼"。

如果没有这份见面礼武汉的天空就没那么蓝。

2004年4月11日,《楚天都市报》头版头条刊发消息:"武汉江钻天然气分公司成立湖北省第一家天然气站"。据官方披露,江钻天然气分公司加气站推出的公交"油改气"深刻改变了城市的环保出行。殊不知,在这荣誉背后真正的操盘手是天然气压缩机。

当初人们并不在意,当看完了十分钟的电视片《"气"势不凡》,才发现生产天然气压缩机的企业就在武汉东西湖区的吴家山。人们第一次对头顶上的那片蓝天和身边清澈的湖水与眼前一辆辆穿行大街小巷的槽车连在了一起。我们不妨看看这个脚本,虽然它的真正主角是江钻天然气分公司,但幕后英雄却是三机厂。

这是人与自然的天人合一。
这是一座城与清洁能源的相融与共。
这是上游板块与下游板块的两翼齐飞。
这是能源饭碗与端在自己手里的颗粒归仓。
这是开拓者与"一片天"的能源新"气"象。
这是中石化回收利用处理天然气产业的国家队。

他们从大国重器石油装备制造方阵中走来。
他们从大都市的车水马龙中走来。
为落霞与孤鹜齐飞、秋水共长天一色的那片肺叶。
他们守护着这片九省通衢的净土。
率先改变了一个城市的环保出行。

他们建起了湖北省第一家天然气站,为武汉15000辆公交车、出租车油改气,形成武汉三镇的供气格局,至此武汉衣食住行中的"行"真正进入了天然气时代。

武汉四分之一的市民乘上了清洁环保的"气"车,武汉每年可减少二氧化碳尾气排放量1000多万立方米,相当于为武汉植树100万棵。

武汉国家级文明城市的创建,他们立排头、不缺位、站C位。
他们连续三届荣获湖北省企业年度二十件大事之一。

功不在我，功必有我！

茫茫九派穿南北的江城武汉。

见证了这里的绿水青山、蓝天白云。

多少事，从来急，天地转，光阴迫。

生态文明、绿色开发催生了国家天然气的大发展。

新能源、清洁能源的气壮山河也催生出了天然气的回收、利用、增产等新产业。

从天然气下游板块到上游板块的并驾齐驱。

他们不断拓展中国能源的"气"路。

依靠中石化机械公司雄厚的技术、装备、人才、管理优势，坐拥光谷高新科技园和武汉高校院所的研发高地。

他们拥有了科技禀赋及科技赋能就有了问鼎天然气新产业的先天下之忧而忧的底气，就有了赢在起跑线上的高起点、高发力和高作为。

从城市环保守护神到国家天然气开发的端口。

他们立潮放歌率先进入国家天然气主战场大展宏图。

油气井产生的伴生气不再点"天灯"烧掉，他们利用新技术、新工艺、新设备回收利用"变废为宝"，让每一缕天然气颗粒归仓。

管道尚未建成又急需把气运走，或边远井不走管线，他们利用新技术、新工艺、新设备主推LNG和CNG业务，拉长产业链，让安全储运成为一道流动的风景线。

提升低产低效井增气上产，他们针对单井综合治理的各类工艺装备，实施单井混输增压、气举以及增压＋气举一体化等综合治理措施，为国家再造了一个亿万方的气田。

低产低效综合治理——移动回收。

低产低效综合治理——单井增压混输。

低产低效综合治理——井间循环气举。

低产低效综合治理——放空气回收。

油田伴生气／套管气轻烃回收等自主产权的新技术、新工艺、新装备。

在西南地区主要通过 CNG 销售、管输销售、LNG 销售等方式开展井口气的回收与利用，并开展页岩气增压气举业务；在西北地区先后开展钻机动力"气代油"业务、跃进 3-1XC 井口气试气采项目；在华北地区主要开展井口气回收、单井及平台井增加集输服务、集气站综合治理服务。

他们在武汉地区共有一个母站、10 座加气站，共有 35 个场站，其中井口气回收项目 17 个，管输服务项目 4 个，天然气增压技术服务项目 8 个，天然气发电项目 3 个，LNG 项目 3 个。

这支中石化天然气新领域的"国家队"正以人无我有，人有我优，人优我特的高质量发展，成了这一行业的领跑者，行业标准的制定者，制定了井口气回收标准。

他们的前身是"大庆钻头连"。

从大庆到江汉石油会战。

他们有着大庆基因、江汉骨骼。

扛起了"清洁能源"的帅旗。

他们转型发展又一次站在了国家能源的最前线。

帆起江水阔，化作一点鸥。

当你拥有一片江，你就是江鸥。

当你拥有一片海，你就是海鸥。

当你面前是一片气海，你就是一只搏击气海的海鸥。

画面大气、高端，原本是一个企业的宣传片，倒成了这个城市的风光片。

李怡然看到这个片子应该要开怀畅饮。那个白白烧掉的"大漠火炬"以另一种方式转换成新能源。当地的环保官员一定指着天空说，这就是我交出的答卷：蓝天白云。老厂长没能见到这个美轮美奂的画面，他早已退休了。他把一个厂带进了武汉，奠基、建厂，他却悄然离开了武汉。

"那飘逸的门梁有啥含义？"我们不止一次伫立在武汉新三机大门前，茫然不知老厂长给我们留下的抽象之谜。那流动的横梁是波涛在后岸在前

的彼岸、是独山子山像扁担一样能挑起社会主义的这副担子，还是龙尾山那条卧龙腾飞的灵动？

2002年的春天，他第一次这么深情地端详武汉。

他回想15年前的那个春天，龙尾山的"隆中对"，他们赶上了技术引进的末班车。那一声春雷把他们给炸醒了，他们手上不缺勺子，能舀汤汤水水，但真正缺的是安身立命的饭碗。

武汉的春天真美！

樱花爬上枝头\亮出武汉春天的家底\这些樱花\跟武汉人一样性急\提前半月\用早产向这个城市报春\"樱"你而来\磨山涂口红等一个香吻\龟山抹胭脂羞红顾盼\双眼皮的东湖点了金粉寻寻觅觅\粉嘟嘟的珞珈山画大妆拥你入怀\武汉是樱花搭的戏台\樱花谢了\武汉才算卸妆

一朵花在武汉就能享有都市带给它的红利。不像龙尾山的山花，自开自谢，孤其一季，无赏花之人。风过处，弃一地落英不带走花骸残香。一位穿红袄子的姑娘站在花树下，想：自己是那树上的哪一朵呢？爱美的女孩穿上红衣裳，那花不谢就是春天；一株杏花不红有桃花红，一棵桃花不白有杏花白。一朵花美不美不重要，在哪里开就有不同的命运。

西部大开发与西气东输是最引人注目的点面结合。这里至少透露出一个信息：天然气的春天来了！换句话说，天然气压缩机的春天来了。过去，也有市场，但小打小闹不成气候，这一次有一种扑面而来的感觉。

中石化要建二个基地：二机、四机。

三机呢，三机呢？

在南阳二机开会，老厂长侯长保是与会代表，不是主宾，他急了。他把带去的资料见人就发，担心遗漏，还往代表房间里塞。

见到领导就双手作揖：我们压缩机也不错呀。

老侯，好好好，说说看。

老侯说话可不习惯穿靴戴帽，这一次，他必须穿靴戴帽，他的高站位你不得不服：

随着国民经济快速增长，对石油和天然气能源的需求量也迅速攀升。这为中国的石油、石化工业发展提供了良好的机遇。"十五"期间，国家已把石油石化工业作为国民经济支柱产业，加大了投资和建设力度。但应该清楚地认识到随着中国加入WTO，中国经济融入世界经济一体化即将实现。国内石油石化工业的发展仍然面临巨大的压力，而这种压力主要源于制造企业历史包袱沉重，工艺装备简陋，管理手段落后，生产效益低下。为了增强与国际同行业的竞争实力，尽快发展我国的石油工业，提高石油装备的技术水平，组织石油装备的国产化生产是国内石油企业降低生产成本，提高经济效益，增强市场竞争力的重要途径。因此，加大对相关石油装备制造企业的技术改造更新力度，显得尤为必要。

中国才刚刚迈进WTO门槛，侯长保的国家意识、全局意识由远而近进入主题。

面对机遇，如何在这一市场的竞争中占据有利对各压缩机厂家是一个严峻的挑战。RDS、CNG系列压缩机机组属大型设备（RDS重30～50吨、CNG重10～20吨），其部分购置设备、整机销售运输条件要求高。现厂址地处龙尾山，位置偏僻，信息不灵，交通不便，致使销售成本高，极不适应市场经济竞争。搬迁武汉建设压缩机生产基地，可提高原材料采购与产成品的运输效率，降低运输费用，有利于降低生产成本，提高产品的市场竞争力。

三机厂能不能建基地，难说，而侯长保又把武汉给点了出来。侯长保意识到有点得寸进尺，抬头看了看领导。

领导听得认真，拿着本子记，让他接着说。

这样可以改善目前人才不足与人才难留的问题，实现"产、学、研"联合开发。目前开发、制造、销售的两大类三大系列压缩机产品为技术含量较高的产品，急需科技人才、信息资源作保证。2001年招入大中专学生16人，而流出专业技术人员（下海、辞职、调出）达46人。搬迁后，由于工作、生活条件的改善，有利于人才相对稳定，以弥补目前人才的短缺。搬迁武汉后，能在产品结构调整上更好地走"产、学、研"联合开发之路，充分利用拟搬迁地的政策、信息资源优势，实现产品跨越式技术升级。

三机厂又一次抓住了机遇，这个机遇好悬，稍纵即逝！

2002年8月16日，中国石油化工集团公司文件《关于江汉石油管理局第三机械厂天然气压缩机基地建设项目建议书的批复》签发生效。

听说三机厂要到武汉东西湖吴家山建基地，荆州率先伸出橄榄枝，只要落户荆州，什么条件都给。四机厂在荆州，钢管厂在荆州，三机厂若来了，荆州建石油装备集群并着力打造中国的休斯敦！是的，这里没有海洋，但这里有长江，知道吗？

武汉，就武汉！

武汉东西湖吴家山，这里将是三机人的基地和家园。老厂长第一次端详、打量吴家山，用官话讲，他此行的目的是为在东西湖建设天然气压缩机生产基地进行实地考察。老厂长还有两年就退休了。他不禁想起曹操的《龟虽寿》：老骥伏枥，志在千里；烈士暮年，壮心不已。独山子是三机人遥远的童年记忆，龙尾山是三机人起起伏伏的苦乐年华，而吴家山将是三机人的"大江东去"。这里湖光山色，这里是台商产业园区，精明的台商都能看中这里，吴家山一定是块宝地。老厂长把这块风水宝地交给三机厂，把基地建起，然后就悄悄离开了武汉。多少风雨，多少期盼，多少艰辛，多少委屈。太阳快要落山了，落得很低调，滑过城市的楼群，像一颗红樱桃落在了大地的托盘上，等来日再拿出来给众生仰望。这似乎是一枚果品，其实是一种象征，或道具。

三机厂，我们魂牵梦萦的三机厂啊！

从技术员到厂长，侯长保已经在三机厂工作32年。而三机厂仍然在困境中，他心里焦灼、不安，两次因高血压严重上升，住院进行抢救。难道我就这样把三机厂交出去？难道三机厂就真的在龙尾山上困死。想起这个同新中国一起成长的工厂，想起三机厂在新疆的20年，又想起三机厂搬到龙尾山以后的30多年，50多年的拓展，三机厂为中国石油工业做出过不小贡献，书写了辉煌的一页。历经几代人的努力，拥有国际先进水平的压缩机生产技术，只要进一步解放思想，大胆迈步，三机厂有实力有能力把"中国压缩机"托举在三机人手里。

一定要在武汉扎根，哪里也不去！英雄所见略同，他和党委一班人想到了一块——搬出龙尾山，到武汉去建厂。通过在武汉申报享有国家优惠政策的高新技术企业和中小企业基金，也通过武汉这个大都市完成压缩机生产向高附加值转变。管理局对三机厂搬往武汉，也早有过考虑。随着中国进入WTO，高新企业向大中城市集中是经济全球化的一种选择。大城市便利的交通运输，畅通的信息平台以及接近中枢神经的资源优势，成为提高产品的科研开发和销售，增强市场竞争力，创建民族名牌的有利因素。江汉油田已有多家二级厂处搬到武汉。比起来作为中石化唯一的压缩机生产引进企业，产品科技含量高，市场前景广阔，具备在武汉国家高新技术区安家的条件，也许，压缩机的引进，三机厂的改制就是为了这一天的到来。之前，局长常子恒在龙尾山调研后就指出，卫星是在沙漠上发射的，但研究卫星和制造卫星都是在城里，三机厂的情况是历史形成的，但现在不能在这地方继续耗下去，这么昂贵的运输费用，这么偏僻的生活环境，你有压缩机人才也留不住。他个人同意三机厂往城里搬，希望三机厂加紧准备汇报材料。随行的局主管机械制造的副局长钟国强，也赞同把三机厂搬到武汉。

没有想到，武汉建厂的事一波三折。想搬到武汉的机械厂家、二级厂处也不少，搬厂需要投资，需要布局，需要批准。不是说搬就可以搬的。局里同意，还要中石化批准，于是，三机厂再次拿出当年申请压缩机引进那样的劲头去争取武汉基地。武汉基地梦得到了集团公司领导的支持。当年，这些老领导在胜利油田时，因为抽油机的关系他们对三机厂的情况都了解。听说三机厂计划搬武汉，他们个人表示支持，并愿意帮助做好工作。正在申报时，听说总部一位领导到江汉视察工作，厂领导急忙赶到江汉，请他到厂里作指示。他来到三机厂听取了他们全面的汇报，高度评价三机厂几十年来对石油工业所作的伟大贡献，以及这些年在龙尾山为扭亏解困做出的成绩。在中石化集团公司领导支持下，2003年1月20日，中石化集团〔2003〕30号文件正式批复三机厂压缩机生产基地建设可行性研究报告，明确选址在武汉东西湖吴家山台商投资区。

武汉，认定了，咱不走了。地处京珠高速，沪蓉高速，武汉天河国际机场交会点上的东西湖吴家山成为三机厂的唯一首选。

2003年11月28日，三机厂在武汉东西湖吴家山台商投资区正式奠基，看着新厂房的基石下土，三机人的期盼萌生出对新厂的憧憬，有人计划在武汉买房子，有人着手送小孩到武汉读书，武汉新厂尚建一半，龙尾山那边的生产却出了一起震惊全厂职工的严重质量事故，销往大庆的一台压缩机因一个部件断裂而毁机。

　　这得了！拿一人开刀，不如拿人人"开刀"。我们的"反面教材"太少，这一次非得"小题大做"。自建厂50多年，这样严重的事故还没有发生过。大庆油田不仅退回压缩机订单，还根据合同提出赔偿。事故要处理，事故责任人要追究，对大庆造成的经济损失要赔偿，但比这些更要引起警惕的是，职工为什么在这时候放松对质量的要求，为什么要进武汉了产品质量出现下降，是不是工厂建在武汉就等于进了市场的保险柜，如果以这种心态进城，三机厂依然死路一条。于是厂党委决定，以这次事故为教材，在全厂开展搬厂前的产品质量提升活动。厂里成立了质量事故处理组，负责调查原因，奔赴大庆处理事故。全厂停产整顿，每个人敞开思想挖根源，结合工种岗位摆现象，对照标准订措施。通过对质量事故人进行处理，赔偿大庆油田的经济损失，挽回了质量事故造成的不良影响，保住了大庆油田订单。对同批发送各油田的压缩机，厂里派出技术人员对压缩机用户进行现场检查，坚决杜绝重大事故再次发生。

　　坏事变成了好事，这次教训反而给他们又开辟了一个新市场，即技术服务。产品卖出去技术服务队伍要跟上去，做压缩机的终身"保健医生"。

　　成功的企业并不是不犯错误的企业，而是不犯同样错误的企业。事故让大家切身感到质量重于生命，品牌就是荣誉，进城只是为提高产品质量打造品牌创造了硬件，最根本的因素还是人起作用。这次事故也让三机厂看到了产品设计、国产原材料部件的不足，重新调整产品结构，确定搬迁之前，完成三大类压缩机产品系列开发，并确定两年内完成10个项目。其中单螺杆压缩机要在新购置的加工中心完成新样机试制，在试验定型的基础上完成鉴定工作。加快完成CGD22、37、132、250等八种压缩机型的试制，尽快形成小批量生产，导入市场。在RDS天然气压缩机方面，完成新型高效节能天然气压缩机的试制并达到国际最新技术水平。

永远记住：我们进城是赶考的！

万事开头难。借武汉基地新厂向高新技术制造产业腾飞，三机厂一方面在基地尚没投产时要在产品研发生产上不中断，一方面还要加紧东西湖基地新厂房建设。厂房建多大，设备搬多少，销售跟生产矛盾，生产跟机器矛盾，搬家和稳定矛盾。这忙坏了一个人，党委书记何礼祥。由于侯长保厂长正常退休，新厂长没有到来之前局党委决定何礼祥全面负责主持三机厂工作。从1976年入厂，何礼祥亲身参加了三机厂在龙尾山上的一系列建设，他自己也从一名普通工人成长为领导干部，在三机厂面临转折的重要关口，局党委把这副重担交给他，他必须挑起稳稳迈大步不闪腰。一个何礼祥没多大的能耐，但党委班子成员都是何礼祥的力量。本该是二人转的，他却演了独角戏。那段时间，他经常是晚上在龙尾山开完生产会，布置好第二天的生产，连夜往武汉赶。到了武汉又连夜开会，解决基建施工中的问题，有时要开到深夜一二点。凡是与武汉地方政府的协调，他必须亲自出马。需要行政出面的他不能缺，党委工作必到场，不亲临对方认为你不重视。他想得细，布置周密，工作扎实，新厂基建按期竣工。

武汉新基地机加工车间　　　　　　武汉新基地总装车间

2005年5月8日，三机人把拆下的设备陆续搬到武汉生产基地，而改制后的民营企业继续留在龙尾山。随着8月最后一批设备离开龙尾山，三机人向他们工作、生活了35年的龙尾山挥手告别，将他们无比眷恋的龙尾山的一山一水、一草一木深深地刻在记忆里。

何礼祥是最后一个离开龙尾山的人。

武汉东西湖吴家山，即将迎来来自龙尾山的新三机。

12　龙尾山的"困龙"终于在水之湄的江城舞动了起来

新旧两重天，果真是这样的吗？

当三机厂的第一根基桩嵌进武汉都市圈东西湖的围堰之地上，有人担心，这片填平的湖底会不会坍陷？大国重器的基石一定要稳啊！

7万元一亩的土地征用费，不是清仓大甩卖就是脑子进了水。基地坐落在武汉东西湖区吴家山台商投资区，该区是武汉四环发展战略的经济走廊，它东邻汉口火车站，南依汉水，西靠京珠高速和107国道，北有天河机场，四通八达，水、陆、空立体互动，天时、地利得宠于一身。可明眼人一看就知道，这是当地政府在放长线钓大鱼：落户的企业是要交税的；再说，大几百人的企业，吃喝拉撒都得消费，天长日久，这笔账算得人心花怒放。可有人提醒，来的这个企业名号大是大，穷！

吴家山在武汉有些边缘化了，珞珈山有武大，喻家山有华科大，桂子山有华师大，而吴家山呢，东西湖填湖造田，湖给弄丢了。有三个山头，东部山头孤立突起，山峰浑圆，名为道冠山；中间山头为主峰，名为吴家山；西边还有一座小山头，与前两个山峰合称吴家山。

三机厂到了武汉的吴家山，挥之不去的还是山，而且还是三座山。

有人烟的地方必有传说，而且这里的传说也有山。

传说一：相传，很久以前，这里丘岗湖泊星罗棋布，就是没有山峰。夏秋涨水之季是天水相接白茫茫，冬春落水时节是百川争流黄花地。人们靠丘岗围垸而栖，靠种粮和渔猎为生。但是，泽国水乡就怕涨大水，要是大水一来，连个逃生的山峰都没有那麻烦就大了，要是在这千里平川的泽国水乡，有几座成片相连的山峦就好了。如果大水来了，丘岗围垸被淹，还可以乘船逃到山上去。说来也巧，这大水真的来了。一年夏季，乌云密布，接着雷鸣电闪，狂风暴雨，接连三日，昼夜不停，湖水猛涨，一场特大水灾来临。房屋被淹，死者不计其数。船上难民正在绝望中，只见云雾中一位白须老道骑着一只仙鹤下来，那白须老道摘下帽子抛向湖中。瞬间，湖水中呈露一座浑圆的孤山。后来人们把东边这座浑圆的孤山叫作道冠山（道观山）。接着，老道又将随身携带的茶壶盖投入湖中，渐渐地湖中升起一座形如茶壶盖的山峰。后来人们就把中间最高的山峰叫壶盖山（亦名湖盖山、吴盖山）。紧接着，白须仙道又从茶壶里取出几片茶叶撒入水中，只见湖中又升起几座山丘，后来人们把这山丘称为小山头。一会儿，云开日出，风平浪静，渔船靠岸，炊烟四起。白须仙道眼见民众得救，便乘仙鹤远去。据说那仙鹤去了蛇山，被崔颢看见了，便有了《黄鹤楼》千古名篇。

传说二：相传很久以前，这吴家山并没有名字，有一天，一位姓吴的道人为寻仙境宝地，下峨眉，出三峡，顺流东下，来到这个山丘。登高远望，只见紫烟四起，沃土千里，顿时决意留在这山上修身养性。后来在中间一座山峰上留下一块放过雨伞的石印和一双登天的脚印，从此，这座无名山以道人的姓起名为吴家山。仙道在东边山顶修建了一座道观，后来人们就把这座山取名道观山。

传说三：相传大禹治水来到云梦泽畔。突然，乌云压顶、狂风大作、暴雨倾盆，湖上驾船的难民眼看要遭劫难。只见大禹将一个茶壶盖向湖中扔去，茫茫湖上立刻出现一座壶盖形的山峰。难民们纷纷泊船上山，躲过洪水灾难。大禹心想，湖上仅有泊船靠岸的山包还不够，还要给乡民们有个遮风避雨的地方才行。于是，大禹索性把自己携带的雨伞也变成了东边的一个山包，后人为纪念大禹治水的功绩，就把这座山峰取名为壶盖山（吴家山），把东边的一个山包取名为道冠山。

后来人们又演绎出了传说四，与前三个有重，"三座山"、"三传说"更为合理。征地、跑手续时，当地一位吴姓的文化人闲白出了关于吴家山的传说，那意思是说，仙道呀，大禹呀，都是外来的救星惠及了当地百姓。弦外之音，你品去吧。

困难都是暂时的，武汉首义革命军困难不困难？你们这算什么，困在山里就难，走进了武汉经济圈天地宽了！既然敢引进三机，那一定是看好这支潜力股。

数千平方米的大厂房里机声隆隆，出入厂门的几乎是重型大卡车。车

间里的灯光彻夜通明，吴家山的夜数三机厂的灯最亮。压缩机？不懂，没关系，告诉你，一台大的得大几千万元。中石化，这牌子大吧，这牌子硬吧，地方更有信心，三机人还能没有信心？

机加工车间抢产保供

搬迁后没几个月，三机厂要重组了，这一重组就形成了"两岸三地"，汉江两岸，吴家山、龙尾山、油田周矶。大哥莫嫌二哥，合伙过日子吧。

穷咋啦？穷则思变，负负为正。

三年过去了。重组后的三机咋样啦？

2008年，笔者以记者身份到新三机厂采访，写下了《潮起潮涨"龙"腾时——武汉经济圈里的江汉三机发展启示录》：

三机厂迁址重组前亏损了10年。2005年12月与原总机厂部分重组入户汉界。之前两家亏损额高达2000多万元。2006年一举扭亏为盈并上缴利润50万元；2007年增至200万元；产值由过去的不到一个亿到去年突破2.8亿元，实现利润比上年增长300%。压缩机国产化生产基地项目被列入2007年武汉市"全市工业30项重点技术改造项目计划"。工厂先后被湖北省和武汉市认定为高新技术企业。2007年该厂通过湖北省国资委"文明单位"验收。

从天山脚下到天门的龙尾山再到武汉东西湖区的吴家山，三机人一直在"山路"上寻找生存和发展的息壤。三机厂的两次战略大移位，其跨度长达三十多年。第一次的"被动"，基于特殊时期的备战考虑，中国三线建设的重心移向了以山壑为屏障的偏僻之地。三机厂便应时而生。"三线"建设，一个时代的符号深深烙在了当时中国工业的走势图上。地域上的僻远日渐成了今天市场经济先天不足的劣势。2005年下半年，三机厂冲出地域重围"主动"在武汉华中板块的经济循环圈里安家落户。新户开张，千头万绪，他们又正好赶上机械重组的头班车：原总机厂部分并入三机厂，一个合并同类项的新三机厂在武汉吴家山"呱呱坠地"。从天门到武汉，这不仅仅是空间大移位，而是一次生存的大"突围"。从乡镇到都市，从三机厂到中国石化压缩机基地，这条龙尾山上的"山龙"在九省通衢的长江边上能否显现真形？3月12日的厂职代会厂长报告传捷："企业整体效益创历史新高。全年实现收入28241万元，比上年增加3514万元，增长14.21%；全年新增订货31012万元，完成了订货目标的119%，累计签订合同总额44743万元，其中RDS压缩机59台，合同价值33876万元，创历史新高。"

启示之一："负负得正"，解题看思路

　　天时不如地利，三机人终于告别"老屋"乔迁"新居"。走出去寻找地利，为了生存和发展他们"走为上策"。基地坐落在武汉东西湖区吴家山台商投资区，该区是武汉四环发展战略的经济走廊，它东邻汉口火车站，南依汉水，西靠京珠高速和107国道，北有天河机场，四通八达，水、陆、空立体互动，天时、地利得宠于一身。三机人总算在九省通衢的大武汉分享到了交通资源、信息资源和经济生态。走出大山，抢占市场高地，缩短市场距离，融入大武汉的经济圈地。

　　地缘优势只是寻到了一个"旺铺"。从旧三机到新三机，他们的立足之地变了，基地多了，家也大了，有人担心，困守在大山几十年的三机人乍到武汉会不会"水土不服"？两个亏损了十年的穷家庭"重组"会不会闹矛盾？负负就真的得正了吗？穷，有时也是一种资源。

穷则思变，思也是思路。整合资源，融汇资源，共享资源，聚力集约，两个地域不同、产品不一的亏损企业重组整合后，新领导班子站在历史的新起点上，围绕"实施四大战略、实现两个翻番、建设两个基地"的工作思路，依托两个生产基地及区位优势，进一步调整和优化产品结构，做大做强企业。天然气压缩机是他们的当家产品，他们并非另起炉灶，而是添薪助火。三机牌RDS压缩机被湖北省名牌战略推进委员会、湖北省质量技术监督局授予"湖北省名牌产品"称号；CNG压缩机为国家重点新产品；抽油机荣获国家优质产品银质奖；KQL—60过滤器获国家技术装备成果二等奖；宝涛牌水处理过滤器被授予"湖北省名牌产品"称号。经济板块重心甫定，他们加强对市场的跟踪与预测，实施攻关突破战术，密切跟踪目标，接连打破美国、加拿大、新加坡等国外公司的技术和市场垄断。积极开拓市场，精心组织生产经营，抓住市场机遇，深化企业内部改革，及时调整产品结构，抢占市场商机，拓展市场空间，实施走出去战略、名牌战略、创新战略、人才战略，并根据市场反馈信息，对科研单位及管理部门重新整合和布局，改进现有产品设计，新增产品配置，不断满足不同客户的需求。

迁址重组后的第二年扭亏为盈上缴利润50万元；2007年增至200万元；2008年将达到500万。产值由过去的不到一个亿到去年突破2.8亿元，实现利润比上年增长300%。产值和销售额均已翻番。今年初，局长张召平在三机厂调研时对该厂取得的成绩给予了充分的肯定："近两年来，三机厂各项工作不断向前推进，经济效益每年都有较大的提升，产品销售、工业产值、产品研发以及稳定等各项工作，都取得了很好的成绩。"

启示之二：核心竞争力是企业发展的双刃剑

在被誉为"楚天第一道"的金山大道上，有一块"中国石化压缩机国产化制造基地"的标识格外醒目。从"江汉工厂"到"中石化基地"，这一"名号"的升级版赋予了三机厂的历史地位和使命。这一"地位"和"使命"并非空降。经过近二十年的压缩机经营，迄今为止，该厂是石油石化系统中唯一采用国外引进技术生产制造大中型天然气压缩机的生产厂家。如何确保"唯一",企业的核心竞争力成了"基地"的发展双刃剑。1988年从美国引进天然气压缩机技术后,他们不断消化、吸收、创新,并形成了自己的拳头产品。他们战略转移并非劳务"进城",而是技术"移居"。武汉城市圈被确定为"全国资源节约型和环境友好型社会建设综合配套改革试验区",他们踩着节点成了试验区的新盟。大气魄要有大远见,大起跳要有大蓄力,面对发展的黄金期,他们"以新制新"、"以新拓新",构建核心竞争力体系以及可持续发展的"一二三工程":即实施"一个调整",完善"两大系列",抓好"三项开发"。他们不断提升产品竞争力,在增强企业发展后劲上下功夫,加快产品国产化进程和研发速度,在地下储气库注气压缩机研制、RDSC型天然气压缩机研制、洗井车等10多项新产品开发中取得新突破。其中RDS系列天然气压缩机组是引进美国技术、并结合各油田天然气气质和实际工况而研制的,广泛应用于气举油田、天然气集输、充气和注气、气体贮藏、轻烃回收、脱硫增压、气体处理等领域。去年该厂开展科技创新攻关10项。CNG母站已试制出厂,并交付使用;CNG子站完成全部设计、工艺,已进入组装阶段;RDSC压缩机项目已完成总体方案,主机处于组装期;15兆帕空气钻井用压缩机完成了设计及配套,正在试制;井口天然气增压机呼之欲出;六列压缩机和2300千瓦压缩机分别在港仓线和长呼线得到现场验证;大功率洗井车、冲砂洗井车完成了设计;RDS系列压缩机组研制项目达到国际先进水平,并荣获集团公司科技进步二等奖。落户武汉三年,共生产发运压缩机70多台,这一数字是过去十年的总和。随着清洁能源天然气的市场涌潮,三机人迎来机遇、抓住机遇、创造机遇,并在这一潮头上成了真正的弄潮人。该厂呈现出了压缩机生产成三倍的增长势头,产能已到了极限。目前,压缩机国产化生产基地二期工程已开工建设。

启示之三:多元接轨才是真正地融入了经济圈

一份"绿卡",他们终于在都市"定居"。这仅仅是空间的融入。

观念与都市人接轨了吗？过去不敢买房，买不起房，怕债务，现在敢买，敢"按揭"。湖北社科院的一位研究员把这一现象称之为"观念革命"。这种观念的突围源于对企业的自信度。从过去单纯关心自身利益向现在关心企业发展转变。重组后的首次职代会，共收集职工提案89条，经过归纳合并，整理出提案29条，其中有关生产经营方面的提案10条，工厂建设管理6条，职工生活福利13条。从职工反映的意见建议看，职工的民主管理意识逐步强化，仅铆焊车间控本降耗的合理化建议就增创效益37.2万元。

市场是经济的土壤，与市场接轨才算真正融入经济圈成为可以裂变的经济单元。他们重点抓RDS压缩机和CNG压缩机的巩固和拓展，以及三个新产品的市场导入。三个巩固、四个拓展、两个突破，实现海洋与出口的突围战。他山之石，与智接轨，该厂与国内多家科研院所、高校、企业以及著名专家建立了技术合作关系，形成了"产学研用"一体，结合创新的四轮驱动，研发周期大为缩短，研发水平迅速提升。与名牌接轨，实施品牌战略。该厂以"质量改进年"贯穿始终，挑质量毛病，与国外品牌机组对比找差距，对照问题和差距改进设计工艺，严格加强过程控制，不断提升产品内在和外观质量。

与生产接轨，同时还与生活接轨。从关心职工现实需要入手，该厂实施"稳心工程"，创造良好的生活环境。办实事，做好事，千方百计为职工排忧解难。工厂搬迁武汉后，购房、子女上学、城市生活开销加剧，给职工造成巨大的经济压力，工厂增加了职工劳动保护费用、开通了职工通勤班车、解决职工工作餐、职工宿舍和其他公共设施改造等。"进城"后，厂方与当地教育部门协商，共为近200名职工子女办理了转学手续，为参加高考的高中段学生解决了学籍接转的问题。企业重组后，人员分布三地，加之常年亏损，困难家庭较多。厂里将他们一个不漏地纳入"包保"范围。还多方拓宽就业渠道，通过发展生产、开发公益性岗位等方式，帮助67人实现就业再就业，其中解决"零就业"家庭人员就业23人，扶持创业户7户，8户特困家庭通过培训就业实现了脱贫。

压缩机组安装调试现场突击

  天行健，大道至简，克盈无形。龙尾山的这条"困龙"终于在水之湄的江城舞动了起来。这个擅长舞龙的三机人，把自己也舞成了龙。

  没有龙尾山的矢志不渝，没有龙尾山的苦乐年华，没有龙尾山的坚韧和砥砺奋进，就没有浴火重生的涅槃。121的番号可以没有，但"三机"这块承载着厚重历史、具有的国家基因已经融进了三机人的血脉中，这块牌子丢了，魂也就丢了。一代一代三机人不信邪、不信命，倔强地将命运之头从岁月之河里摁下又昂起，抖抖时光残片，自信地唱着那首遥远的《伏尔加船夫曲》：齐心协力把船拉，拉完一把又一把。

第五章

执铜琶铁板唱大江东去

一个真正的石油石化人将经历三个层次，或三种境界：从现实主义、浪漫主义到英雄主义。现实主义，即职业；浪漫主义，即赋予职业理想和情感的色彩；英雄主义，即"我为祖国献石油"，一个"献"字，它压得住岁月，抵得上黄金，可以成就事业的亮度和精神的高度。有的企业，用壮大就可以了，但三机可以称作"伟大"。

13　就像是一次伟大的长跑接力赛，每一棒都能出彩

那一年，父亲把他们兄弟仨送回了山东老家。

父亲告诉他，独山子机械厂要迁往湖北，父亲没有说去干什么。当时的三线建设还是秘密。

我们就不在一起了？

父亲无语，摸摸他的天灵盖。等安定好了，我会接你们去湖北。

是那个"洪湖水浪打浪"的地方吗？

应该不会远吧。

他到学校跟老师告别。

从工人新村到东方新村，过一条马路，他就读的学校克拉玛依二小就在反修馆的后面。给老师的礼物一定是最珍贵的心爱之物。他把毛主席像章送给老师，老师把它别在一块红布上，那红布上已别了十几枚像章。

老师姓邬，是个女教师，这次南迁将有十几个学生随父母离开独山子。

她真有些舍不得。"等你们会写信，一定给老师来信！"邬老师能歌善舞，她一边拉着手风琴，一边唱着歌："革命人永远是年轻，他好比大松树冬夏常青。他不怕风吹雨打，他不怕天寒地冻，他不摇，也不动，永远挺立在山顶。"学生还小，哪能听懂"革命人永远是年轻"的青春之歌。在那个年代大多唱语录歌，老师的这首歌也是革命歌曲，真好听。

40多年后，那个送像章给老师告别的小男孩，第一次去了他的克拉玛依二小，找邬老师。这次他送去的不是像章，而是他给老师写好不知往哪投的信。"等你们会写信，一定给老师来信。"40年，一棵树上的叶子枯了黄，黄了枯，人就难说了。石油人四海为家，不知老师去了哪个油田。

这个小男孩叫刘志民，时任分公司党委书记，他带去了十台压缩机去乌鲁木齐城市天然气公司交货。他想，要是能在克拉玛依二小找到邬老师该多好，他始终没有忘记老师叮嘱的那封"信"。假如，邬老师在乌鲁木

143

齐呢，就算找不到老师，三机生产的压缩机为城市的供暖能提供源源不断的暖流，也算学生送给老师最暖的心意。

其实那封信啊，是他这些年的一个思想汇报，从车间工人、青年突击队长到厂团委书记一路走来，那首"革命者永远是年轻"的旋律永远激励着他前行。遇到困难的时候唱唱这首歌就有力量。他带着青年突击队到中原建铁皮房，他的专业是干水电的，建铁皮房得懂设计，懂机械原理，得有一身的力气，得把钢板切割成型，得铆、焊、钳，通水通电是结尾工序了。中原会战，铁皮房供不应求，他们就上了。既然是队长，时时事事必须带头，还得是突击队里的主心骨，自己给手腕上定疤痕指标：身上的伤疤少了就不配做这个队长。酷暑的中原大地没有避阴的树，把衣服脱了顶在头上遮阳，光膀子比学赶帮超，荣誉的标记是数身上有多少伤疤。一块钢板怎么划线不浪费，剩下的边角料也能派上用场，从干石油到干民用，水泥板、病床等等，什么都干。这些汇报，老师看了一定心疼。没地方寄出也好。人的成长，点拨你的或许是一句话，而刘志民的成长在一首歌里。

刘志民的手机响了，《让我来跳新疆舞》的彩铃声把我们带到了独山子那个遥远的地方。每个人都有一个遥远的地方，那个遥远是路的两端，一端连着天地，一端连着心里。

"王总，你爹坟上长树了呢，得去打整打整！"小车队的陈队长给时任总经理王一兵带话。要知道，树长大了，那根就长进坟里，把坟堆裂开缝总不是一件好事。王一兵第二年清明带着一大家子给老爹上坟时把那棵杂木给拔了。

那片坟地是厂里跑天门民政局才给办下来手续，大概有几亩地，就在龙尾山的山洼里，厂里的老人前前后后有好几十人都葬到了那里。这些石油人总是在第二故乡生老病死，最后落叶归根，真要把他们送回老家？当然愿意回家的，也送送。厂里给终老之人一个去处。从此，三机搬迁到了武汉，每年都有人来，尤其是清明，远的在国外也赶回龙尾山。王一兵，是三机厂子弟校培养的大学生，大学毕业回到油田，最后还是回到武汉东西湖吴家山的中石化压缩机基地。

2011年底，江钻股份租赁三机厂资产成立武汉压缩机分公司，王一兵任总经理，刘志民任党委书记。2015年，压缩机分公司从江钻股份独立出来，成立中石化石油机械股份有限公司压缩机分公司，2017年更名为中石化石油机械股份有限公司三机分公司，简称石化机械三机分公司。

国产首台文96地下储气库压缩机

他比刘志民小十岁，他算是"独二代"，父亲做过厂生活科科长，当兵出身，希望儿子也能子承父业，"一兵"的名字就这么来的。"我是一个兵，来自老百姓"，多么熟悉的旋律，他与刘志民这个"兵民"组合既赶上了中国天然气的春天，也遭遇了全球能源的寒冬期，他们在"春天"里播种，在"寒冬"期里缝制"御寒衣"，加大压缩机系列开发，文96地库压缩机项目获2016年度集团公司科技进步三等奖，在行业中树立起中石化压缩机品牌，为文23储气库压缩机研制奠定了基础。顺利完成大牛地项目6RDS压缩机研制，将压缩机产品应用的最大功率扩展至3000千瓦，并通过国产化攻关，提升了压缩机整体技术性能及市场竞争力。自主攻关研制的国产首台35兆帕高压注气采油压缩机，在中原文72注气站完成安装调试并投产运行，标志着高压注气采油压缩机国产化取得重大突破，分公司压缩机应用市场得到进一步拓展。"井口气回收用4FBC压缩机先导试验"课题顺利通过了中石化工程公司组织的专家验收，大安寨、华北局4FBC压缩机顺利投运，焦页1HF井日产量达6万立方米，加速了压缩机产品进入页岩气开采领域进程。其后撬装移动式功能的压缩机成功投入中国首个涪陵页岩

气田，产品占有率达 70% 以上。据涪陵页岩气田三机分公司技术服务中心经理胡亚龙介绍，过去一台压缩机"从一而终"，即一台机子固定一个井站，现在根据井站产量变化，可把其他井站的机子灵活调换、移动，做到"机"尽其才。

就像是一次伟大的接力赛，三机的领头人在企业发展的长跑中，每一棒都出彩。请记住他们的名字，无论是短暂的、过渡性的，他们负重前行完成历史赋予他们的使命。从第一棒开始，他们有：安德留休克、张虹、王辉、李树荣、李久轲、赵趁福、王玉峰、寇铁池、任克俭、朱银良、张培锦、乔占铨、侯长保、陈政、孙文昌、胡东成、何礼祥、谷玉洪、曾庆忠、黎明、王一兵、刘志民、熊东旭、肖海燕、刘国成等。

1955 年 1 月 1 日，第一任厂长安德留休克在离开独山子时深情地对他的员工说：是你们给了我生活的方向，给了我一项愿意为之奋斗的事业，这事业一年比一年丰富，它使我得以置身于前进中的亿万人民的行列，这一切多么意味深远。

老厂长张培锦从独山子到了龙尾山，他在龙尾山从副厂长、厂长到正处级调研员整十年。1951 年夏，他是最早一批随上海机械厂数百名工人"到祖国最需要的地方去"的内地青年，他们的西行被诗人贺敬之写进了《在西去列车的窗口》一诗中：

在九曲黄河的上游，在西去列车的窗口……是大西北一个平静的夏夜，是高原上月在中天的时候。一站站灯火扑来，像流萤飞走，一重重山岭闪过，似浪涛奔流……此刻，满车歌声已经停歇，婴儿在母亲怀中已经睡熟。呵，在这样的路上，这样的时候，在这一节车厢，这一个窗口。你可曾看见，那些年轻人闪亮的眼睛。一群青年人的肩紧靠着一个壮年人的肩。他们呵，打从哪里来？又往哪里走？

这首诗是那代青年壮行战歌。从大都市的上海到"沙飞朝似幕，云起夜疑城"的大西北，一代人的英雄主义就此开启了他们伟大的事业。在独山子矿务局机修总厂，他从车间工人干到生产科、技术科技术干部，参与了石油工业部组织的球墨铸铁、三机配件大会战，又响应党的号召参加五七石油会战到了龙尾山。80年代初，他出任三机厂厂长，从三机配件转型到生产抽油机的转身，他经历过三机厂至暗时刻到三机厂高光时刻，"转型前，张厂长吃的苦最多；翻身后，张厂长吃的甜最少！"日子好过了，他就把甜日子交给继任者，他这一棒交得可以直起腰来。段乙老人回忆往事不无感慨。一场大病，他就瘫在床上数年。走了，厂里的人都给他送葬，葬在了龙尾山。三机厂搬迁到了武汉，子女又把他的坟迁到了武汉东西湖吴家山的睡虎山陵园。子女说，这是老人的遗言，他一辈子都要跟着三机厂走。武汉搬迁，他没能在搬迁的队伍里，魂归武汉这算不算一次搬迁？再说，子女在武汉，让老人"回"到儿女身边，不"孤独"！

一个人的谢幕，只是一出伟大的正剧换人或换景，这个时代不缺主角，老人一定这样在想，当他看到吴家山下那片80亩的三机厂基地神奇般地高歌猛进，看到拔地而起的现代化厂房大门车水马龙，一台台压缩机从这里运往中国能源的主战场，这是无数代人的事业，这是一寸寸长高的企业，老厂长在天之灵一定"泪飞顿作倾盆雨"。

给你一个支点就真能撬起地球？

给你一个地利真能坐享其成？

刘国成从内蒙古赤峰考入东北石油大学。大庆，那可是铁人王进喜的精神高地。从此，他把自己看成是"富二代"，这个"富"是精神富有，每天听课路过铁人的雕像，从铁人碑座旁走过的人，身后一定有厚实的精神靠背。大庆，那个大字，

是松辽大盆地的那个广袤，是大风雪把旗帜展开成那片宏大，是一团篝火燃烧了一个多少个风雪的燎原，是一座井架立起来就不再放下的丰碑。那个庆字啊，是第一列油罐车拉出的欢呼，是共和国部长为英雄牵马绕行的礼遇，是把贫油的帽子甩进太平洋溅出的澎湃，那个庆，广字头下还是一个大字，共和国工业的老大。

司机把他们拉到龙尾山。一路上，司机告诉他，这个三机厂呀，好几年都招不到大学生了。为什么？企业不景气，工资发不全，奖金全莫得。到了最高处的豹子山，刘国成反而看到了希望，那些用红砖砌出的厂房，把龙尾山衬托得更巍峨更有气势，更硬朗。如果气势如虹，如果效益好，

还要我们来干啥？享福，是不是早了点。人生如果没有创业，没有吃苦的过程，一定不是完整的，一个人的履历最耀眼的是创造，连这些人生最珍贵的你都没有，你只能告诉别人你太幸运！这些积淀啊，或许就是一笔财富。他和女朋友一起到了三机厂，他可以去更好的地方，既然把爱情带来了，最有发言权的应该是女友。

他们扎下了根，有了爱情的结晶。

既然选择了三机，何悔之有、何怨之有？

一个刘国成没有什么了不得，但有无数个抱有"效益好了还要我们来干什么"的刘国成就不得了。一个企业正在艰难地爬坡上坎，这个企业是多么地需要一股往上推的力啊！

致敬，那些在三机厂最困难时加盟的三机力量。

致敬，那些走遍万水千山用信念和坚韧登临每一个高地，也把企业托举得更高。

倪靖可能是最懂山的人。他是独山子第二代，父亲倪孝元从独山子到了龙尾山，曾担任铸造车间党支部书记，中国石油天然气总公司优秀党务工作者。他这个"红二代"一定要交出红色的答卷。焦石，一个把石头烧焦的地方，那一定是一个大熔炉。焦石的黑石头，那石头像书页层层叠叠像一部书，而参加气田的建设者无疑是这部书的书写者。涪陵页岩气田已建成一期50亿产能，二期100亿产能将大上快上，他就把自己铆在了武陵山脉。这可是中国首个页岩气田，把这个市场打开了，叩开的是中国页岩气的珠峰。

苍山如海，焦石坝曾经是一片海。

如今，这里是一艘由焦石驶出气海的中国页岩气航母。

按说，搞销售没有酒量是最大的短板。而倪靖一瓶啤酒就成了昏昏然的醉关公。怎么办事，你说你很真诚，"感情深一口闷！"喝给咱看看。哈哈哈，吉人自有天照应，他赶上了好时代，好世风，国家示范区是拼酒的地方？对销售商，拼的是产品，拼的是服务。他就用好产品开路，用好服务赢得用户。

2019年1月21日，销售市场又传出喜讯，再次成功拿下涪陵50台往复式压缩框架项目，三机分公司成为该项目的主供应商。接连的捷报，令石化机械三机人群情振奋。此刻，该分公司销售公司西南片区经理倪靖，眼眶有些湿润，脑子里不由得浮现出涪陵焦石坝漫山遍野的焦石，那仿佛是他曾经用深情温暖过的石头。焦石传出的喜讯，叩动着三机分公司领导和员工向往的心弦：把产品推向这里，与"航母"远航。

2016年阳春三月的一天，倪靖带着分公司上下的重托和期盼，既兴奋又忐忑地奔向焦石坝。初到此地，无人相识。有的业主听说他是来推销三机分公司的压缩机，态度如同刚刚看见的焦石，冷冰冰的。原来，早在2010年，三机厂曾向江汉采气厂提供过两台压缩机，效果不好，负面影响使业主产生极强的不信任感。尽管曾预见过困难，还生出过不小的担忧，但没想到业主的回绝是如此的干脆。焦石坝的成功与否，关系着三机分公司的命运兴衰，责任如同沉重的焦石。即使被焦石碰得头破血流，也要用真情去焐热它。

不信焦石就没有温度。

沟通，是主客双方消弭误解、情感交流的支点。

近一个月时间内，他和技术人员一道，访遍了重庆涪陵页岩气勘探开发有限公司、中石化节能环保工程科技有限公司等多个部门的负责人，介绍本公司研发制造能力和产品机型。

随后，他还向业主列举了三机品牌压缩机在中石化华北、西南油气分公司等市场的优良业绩，并邀请业主到现场调研，亲自验证其良好的运行状况。

有形和无声的沟通，让业主的重重顾虑在慢慢消融。

接着，他们又马不停蹄地上井场了解工况条件，察看气井生产情况，与客户进行技术交流。匆忙的身影在供应处、设计院和业主办公地之间无数次穿梭，足迹遍布焦石坝那条街道的角角落落，汗水挥洒在涪陵的山山水水。

几个月过去，倪靖以真诚、细致和周到的敬业精神，与业主建立起了良好的客户关系。从最初时的坐冷板凳，到现在成为言谈自由的朋友。从刚去时在住处吃方便面，到现在被业主邀请去食堂就餐。角色也在发生"变

化",用户诙谐地称之为"名义职工"。

而这些,是以牺牲自己的小家换来的。

因为长期驻守焦石坝,他很少回家。当年6月7日,儿子要参加高考了。这之前,他没有多少时间关心儿子的学习成绩,到高考前,才想起要回去看看。

回家的时间一推再推,到了6月3日准备回去了,但因工作太繁忙,又推迟到6月4日动身。但就在这一天,利川一带的铁路被塌方阻隔,又退票从丰都到重庆,然后坐飞机赶回武汉的家。

其实,他牵挂的不只是儿子,他的岳母也身患癌症刚做手术不久,在他家休养。这些日子,他没有时间照顾老人,爱人埋怨他,甚至跟他吵架。但他只能愧疚地面对家人,心里感觉沉甸甸的。即使如此,等儿子高考刚完,倪靖不等分数下来填报志愿便心急火燎地返回焦石坝。2016年,他12次奔赴焦石坝,在那里累计度过148天。

近几年,涪陵页岩气田的气井随着采出程度增加,压力、产量逐渐降低,急需采用增压技术提高采收率。为此,他们决定在焦页49#平台修建首个气井增压站,配备一台增压机,作为先导试验设备。这对三机分公司来说,既是机遇,更是挑战。如何让焦石坝动情?亲近它,才能感动它。

2017年1月,倪靖又来到焦石坝。

此后的日子,他紧盯49#平台气井增压站工程,工作节奏清晰有序,但工作过程复杂艰难。在最初的立项和可行性研究阶段,他和技术项目负责人一道在业主和设计院等单位之间不停地奔走,掌握项目背景,紧紧跟踪每一个过程和环节,搜集各方情况,并及时反馈回单位,供领导决策。在方案初步设计阶段,由于进出口压力和排量等数据经常无规则地变化,每一次小小的变动,方案几乎要推倒重来。倪靖跟着业主时刻捕捉着其中的瞬息万变,不停地向单位传输、反馈。整个过程,经过7次修改初步技术方案,才固定成型。在制作技术规格书阶段,倪靖做好纽带和桥梁作用,协助技术人员进行技术对接,以"引导式"的销售方式,建议业主更切实际地选用三机分公司FBC压缩机系列产品为井口二次增压设备,并为其设计思路、站场建设及设备选型提供依据。但此时,业主对三机分公司还是半信半疑。毕竟是大规模的关键工程，事关全局，业主领导谁也不敢轻易拍板。经过苦口婆心地解释、说服工作，打消用户的顾虑，并全力做好技术交流，方案推荐沟通协调工作，三机分公司与业主的要求渐渐符合，情感慢慢贴近了。

而在招标阶段，又是一波三折，劳神担心。

2017年4月下旬，招标公告发布后，仅三机分公司一家投标。第二次招标，有两家应标，仍不足三家无法开标，按规定转为联合谈判。2017年7月17日，在北京的联合谈判中，经二轮报价，因交货时间问题，仍未最终确定供应商。

倪靖的心悬了起来。他立即反复向业主陈述自己的优势，得到业主的认可。

2017年7月下旬，涪陵页岩气公司向中石化物资装备部上报压缩机采购意见：三机分公司第一次应标后就主动与业主进行了技术对接交流，其他公司没有；三机分公司有页岩气开采工况下的业绩，其他公司又没有；三机分公司在焦石坝配置有服务站，能提供压缩机一体化服务和解决方案，其他公司还是没有。这一分量很重的采购意见，使倪靖得到无限宽慰。但最终花落谁家还没有最后定论。

三机增压压缩机助力重庆涪陵页岩气田稳产上产

2017年8月16日，决定性的时刻来到了。

艰辛的努力最终让焦石坝为之动情。结果是：石化机械公司三机分公

司被确认为中国石化重庆涪陵页岩气勘探开发有限公司涪陵49#集气站压缩机项目供应商。

2017年12月25日，中国石化新闻网发布快讯："12月21日，涪陵页岩气田首个气井增压站——焦页49#增压站的3口气井，日总产量从增压前的8万立方米提升至11.3万立方米。该增压站自12月11日投产以来，连续10余天生产平稳，运行良好。"

为保证增压站正常运转，倪靖和驻站服务人员配合采气中心技术员驻守现场，每隔一小时定时巡检，对相关生产数据开展抄录，便于后续动态监测分析。

此后，气井经生产分离器进入压缩机进行降压开采试验，日产与预测值相当吻合，为涪陵页岩气田下一步应用降压开采的采气工艺，提供了可靠的资料依据。

当时，中石化、江汉局等各级领导都参观过这台压缩机的运行情况，一致认可，并高度赞扬，称焦页49#集气站为"样板工程"。

过硬的质量和精心的呵护，让三机品牌压缩机在焦石坝声名远扬，为日后更广泛地进入涪陵页岩气市场奠定了坚实的基础。

随即，业主启动了2018年江汉45台往复式压缩机框架项目的招标。大规模的订货，业主总是慎之又慎。项目审批程序复杂，手续繁多，方案多变。在家里，倪靖日思夜盼等待着招标的消息。然而日子一天天过去，还是音讯全无。这对他来说，无疑是一种度日如年的煎熬。他坐卧不宁，焦虑地对同事们说："待在家里心里太不踏实了。"说完，背起行囊再次踏上焦石坝的征途。这次的行程显得格外漫长。他是在感冒发烧的情况下启程的。通往焦石坝的山路，据说有一百几十道弯。一路颠簸之中，他浑身滚烫发热，脑袋昏昏沉沉，四肢软弱无力，肠胃翻江倒海，还是硬撑着到达目的地。一到驻地，他不顾旅途疲劳和患病在身，直奔负责招标工作的江汉供应处涪陵项目部，了解招标信息。获取信息后立即返回三机分公司汇报情况，并与技术、质检、设备、采购等相关专业人员一道，连续三次召开投标前方案评审会，制定投标方案。招标前，他和销售部门领导一起逐一摸清对手情况，分析双方优势、弱点，确定合理价格，以充分的准备面对挑战。

2018年6月28日，投标的时刻终于到来了。

倪靖和投标团队以既自信又不安的心情来到招标现场。

会议室里灯光耀眼，气氛紧张，仿佛划一根火柴，被浓缩挤压的空气就会轰轰燃烧起来。开标现场好比高考考场，不仅要检验企业的综合实力还要考验投标人的心智和心志。倪靖的心跳加快了，脸上火辣辣的，如同被灼烧的感觉，手心里渗透着汗水。他把眼睛微微地闭上，内心祈盼着，结果会是什么呢？千呼万唤的结果终于等到了。三机分公司以综合评分第一的成绩中标！顷刻间，倪靖和同伴们热血沸腾，心潮澎湃。

灿烂的阳光照射得焦石一片灼热。倪靖抚摸着热腾腾的焦石碑，无限感慨。近三年来，他42次奔赴焦石坝，驻守近450天，与焦石冷暖与共，情感相连。他深深懂得，焦石是有灵性的，只要对它倾注真情，它就会给你送来温暖。

吴家山赶考，他们交出了一份满意的武汉答卷：

2005年11月，RDS压缩机组国产化研制项目达到国际先进水平并获湖北省采用国际标准合格证书和标志证书。

2007年3月，压缩机国产化生产基地项目被列入2007年武汉市"全市工业30项重点技术改造项目计划"。8月，被武汉市认定为高新技术企业。第100台RDS压缩机发运出厂。12月，RDS、CNG天然气压缩机通过湖北省名牌产品复审。同月，通过湖北省国资委文明单位验收。

2008年3月，CNG子站、母站压缩机在现场完成工业性试验和检测，各项指标达到设计要求。

2010年6月，与美国一家公司签订了出口卢旺达的2台RDS天然气压缩机组订单，开拓海外市场方面迈出了坚实步伐。

2011年4月，召开中原储气库注气压缩机开工会及预检验会，国产RDS压缩机打破国外垄断，首次进入地下储气库市场。11月，三机天然气压缩机产品荣获"全国用户满意产品"称号。

2012年3月，《钻采压缩机车》行业标准列入国家能源局立项计划。10月，首台撬装式抗硫压缩机发往新疆。12月，分公司正式推行项目管理模式，保障新疆和田河、天津BOG和华北大牛地等重点项目按期交付。

2013年7月，2台大牛地项目首批机组正式发运，同时也是分公司销往市场的第200台RDS压缩机组。

2014年1月，作为第一起草单位制定的石油天然气行业标准—SY/T 6961-2013《油气田用车装往复式压缩机》通过国家能源局审批并正式发布。

2015年1月，《海洋大功率往复式压缩机研制》国家级项目启动拉开序幕。同年9月，申报《页岩气回收及专用井口装置研制》课题，参与国家"十三五"科技重大专项立项成功。

2016年8月，文23储气库先导试验注气压缩机国产化研制项目技术方案通过集团公司专家评审。

2017年3月，首次以"中国石化机械三机压缩机"品牌亮相第17届国际石油石化装备展。4月，承担的工信部"海洋大功率往复式压缩机研制"重大项目分任务设计方案顺利通过论证。4月，更名为"中石化石油机械股份有限公司三机分公司"。8月19日，自主研制的高压力大排量天然气压缩机组在中原油田文23储气库先导试验工程增注站内成功调试运行，最高压力达到35兆帕，日排量达到100万立方米，为我国中部最大储气库的设备国产化提供了有力支撑。

2018年8月，单月完成10台机组的生产发运，完工产值达到5000万元，刷新了厂史月度压缩机生产发运纪录。

2019年3月，三机分公司压缩机亮相央视CCTV13台"早间新闻栏目"中的《文23储气库项目一期工程首座井场成功注气》报道。

2020年5月，三机分公司全面承揽文23储气库14台压缩机组保运服务和配件供应业务。三机百台压缩机助推涪陵页岩气突破300亿方。12月，高含硫天然气增压压缩机研制项目国产化机组厂内试车见证圆满完成。

2021年3月，三机分公司自主研发的国内首台套高含硫天然气增压压缩机发运出厂。

2022年1月，由三机分公司自主研发制造的国内首台高含硫天然气增压压缩机组在普光气田顺利完成72小时工业试验。3月，三机分公司成功进入CCUS压缩机市场。三机分公司启动油气田增压采收压缩机产线智能化升级改造项目。三机分公司自主研发的国内首台高含硫天然气压缩机组，在四川普光气田101站完成500小时工业试验，最大排量达41万立方米每天，最大可实现每日新增气8.65万立方米，各项数据优于设计要求，打破国外垄断、填补国内空白。三机分公司研制的52兆帕压缩机组在山东菏泽白9块凝析气藏提高采收率协同储气库，圆满完成72小时试运转，最高注气压力40.14兆帕，创国内之最。由三机分公司自主研制的2台天然气压缩机在江汉盐穴天然气储气库注采站正式启机，助力湖北首座储气库建成投产。三机压缩机首次中标国家管网中原储气库项目。

2023年2月，三机分公司"往复式天然气压缩机研发团队"受到集团公司2023年科技进步工作会议表彰，获得"中石化优秀创新团队"荣誉称号。8月，压缩机产线智能化升级改造进入全面施工阶段。

2024年1月11日，从中国能源化学地质工会全国委员会发文《全国能源化学地质系统优秀职工技术创新成果评审结果》中获悉，三机分公司科技成果"页岩气高效采收系列压缩机"荣获创新成果一等奖。1月27日，三机分公司以评标综合得分排名第一，成功中标长城钻探苏里格气田分公司2024年RDS压缩机组一体化服务项目，进一步巩固和拓展了中石油服务市场。3月4日，三机分公司供普光气田首台国产高含硫压缩机组登上中国石化新闻联播，该机组从调试成功至今已运行超过1万小时，为普光气田累计增气共2125万立方米。4月10日，油气田增压采收压缩机产线智能化升级改造项目中交。5月16日，在"2024第三届石油石化装备产业科技大会暨科技创新成果展览会"上，三机分公司科技成果《高含硫天然气压缩机》荣获2024年度石油石化装备行业新产品、新技术、新材料"杰出创新成果"奖。5月17日，三机分公司收到尼日利亚三套燃气压缩机整机合同，首次获得尼日利亚天然气压缩机订单，迎来海外市场新突破。6月13-14日，由中国石化油田勘探开发事业部主办、石化机械承办的"中国石化上游设备精益管理研讨会暨天然气绿色智能增压开采技术研讨会"在武汉市东西湖召开。来自中国石化、中国石油、中国海油、国家管网等业内专家和院校专家共计170人参加会议。会议重点聚焦天然气绿色智能增压开采装备的需求与挑战，通过搭建技术交流共享平台，推动油气清洁高效开发。

这是一份沉甸甸的礼单，为中华人民共和国成立75周年献礼，也为即

将迎来建厂75周年的丰厚礼单,这是几代三机人在武汉东西湖区吴家山捧出的一份答卷。吴家山,是一块风水宝地,但真正的风水宝地永远镌刻着这样的字:奋斗不息!

一代人有一代人的担当,一代人有一代人的使命,一代人有一代人的作为,一代人有一代人的奉献,每代人的付出就能成就一项伟大的事业。这就是我们所说的:历史长河里的每滴水都是流淌着的姓氏和传奇。姓氏在伟大事业的"花名册"里永远会占据一栏;地址是永远搬不走的地基,基石是地基之魂;有一种精神就像太阳一样,我们离太阳很远,但我们距离阳光很近。这光芒既能为我们照行,也能为我们辨方位,能点亮心灵空间的唯有精神之光。

天然气绿色智能增压开采技术研讨会在武汉召开

14 "把不可能变成可能"奖,国内独一无二

毛乌素在哪里?在鄂尔多斯盆地。

有人说,那里是沙漠;有人说那里是沙地;有人说那里是中国治沙治得最好的地方,中国即将消逝的第一处沙漠。

从鄂尔多斯往北到毛乌素沙地,我们在路上颠簸了近4个小时。走三边，进内蒙古、入山西，沿途的山峁、沙地不经意闪出一座座银灰色的罐塔。天苍苍野茫茫的自然荒凉承载现代的工业文明，正是这象征着工业文明的有限符号才能挤走无限的西部沧桑。从沙地到沙海，一路上尽是一丛丛趴地柳、臭柏，还有一行行白杨树固沙、挡沙。我们已经到了毛乌素的过渡带。毛乌素，这个蒙语为"无水"的地方，大约自唐代开始积沙，至明清形成沙漠。

人进沙退，石油人在治沙，当地人在治沙，滴灌治沙，引灌治沙，就连那些断头柳宁愿交出"头颅"也不与沙争水。

"这里是中石化华北局采气一厂的主战场。"负责鄂尔多斯盆地大牛地压缩机运维的赵军经理这样介绍，"这里的天然气开发有十多年了，地下气压不够气上不来，就得增压，我们的压缩机派上大用场了。"一路上，我们聊沙柳，聊这些毫不起眼的矮茎植被，也聊《楚辞章句》中"尧时十日并出，草木焦枯。尧命羿射十日，中其九日。日中九乌皆死，堕其羽翼，故留其一日也。"九个太阳去哪里了？

一个黄沙漫漫的鄂尔多斯盆地盛满了苏里格的气，也盛满了大牛地的气，一个鄂尔多斯就是一盆气，让长庆油田的油气当量跃居中国第一，也让华北局"牛"气冲天。据说后羿射下的那九个太阳落在了中国几大盆地里。中国的盆地大多是金钵钵，藏有太阳。石油人就是打捞沉落地底太阳的人，他们把太阳拖出地平线给共和国一片能源之光。而三机人生产的天然气压缩机硬是把太阳托举出地平线。这片荒凉的土地有了井架，有了压裂施工场景，有了扎根的采油树，还有和采油树一样扎根的石油人。赵军到大牛地的乌审旗有好几年了，他们团队负责几十台天然气压缩机的运维，这里的偏远井多，修管道不经济，增压需要压缩机，放空回收需要压缩机、液化后车运需要压缩机，他说，我们有时就是一台能移动的"压缩机"。在这里得有一种沙柳精神，其实根扎得最深的还是沙柳，大漠中的生命植被。风走了，水走了，连沙子也跟着跑到了遥远，即便要落脚，有收留沙尘暴的吗？谁去陪伴大漠沙丘啊，是风么，一次次搬移和造型，总不会两手空空。沙跟风跑了，是去寻找更风景的异乡，成为泥土，为秀林安放根茎。谁来陪伴大漠沙丘啊，是沙柳。那匍匐的矮茎植被，活着比死亡更难受，斑驳在大漠深处，为无家可归的沙浪留住了根。大漠只有风才能剪裁

出线条，这片沙丘是地平线吗？所有的地平线收拢，都托不起大地的沉重。单调的沙丘，只选了一种植物，和一种色彩，为大漠缀上无数美丽的胸花。风要把沙拽走，沙柳把沙拖住，千百年来，他们就这样经历着一场较量。离能源近的人，打捞沉落地底太阳的人，有气势，更有想象。

赵军是大牛地最忙的人，从春忙到冬，尤其冬天更忙。

"最近，华北受冷空气影响，大范围降温，部分北方地区进入供暖季。"三机分公司技术服务公司鄂尔多斯服务中心经理赵军又忙碌起来，全身心投入到大牛地气田今冬明春天然气保供中。自 2019 年担任该中心经理以来，赵军以服务大牛地千万吨级大油气田建设为工作目标，自我加压，克难奋进，站排头、勇担当、优服务、拓市场，带领团队出色地完成了 67 台压缩机、70 台空压机的运维服务，连续 2 年获评"优秀设备维保单位"，收到客户锦旗 7 面，中心业务收入增长实现了"三级跳"。大牛地气田位于鄂尔多斯盆地北部蒙陕交界地带，是中石化重要的天然气生产基地，连续 10 年稳产气超 30 亿立方米。承揽其核心设备——压缩机运维服务，责任重大。

这些活跃在黄土地上的"散兵游勇"，都有一套治站绝活：一切从客户需求出发的工作理念，突出专业、高效的竞争优势，为客户提供全方位、一体化增值服务。重点围绕减少非计划性停机、提高压缩机综合利用率，着力加强项目部管理，进一步规范施工作业，积极开展机组节能降耗、工艺优化工作，着力提升技术服务品质。作为一名党员，他充分发挥"一名党员就是一面旗帜"的示范作用，工作冲在前、干在先，带领团队抓实抓细 33 个集气站机组巡检服务，每月定期对所有站点进行巡检 2 次，与场站负责人对照巡检表共同逐项点检，发现问题及时处理反馈，从而保障压缩机组平稳运行。建立服务快速响应机制，实行 24 小时值班制度，定人定岗，分班出勤，正常情况 1 小时内抵达现场处理问题。设立党员安全监督岗，对现场作业人员的违章违纪及时提醒、制止，实现责任区内无违章，无违纪，无事故的目标，确保了班组安全生产目标。结合维保过程中遇到的难点，适时组织学习掌握压缩机的新规范、新标准，要求现场服务人员严格按规范进行操作。通过师带徒等方式，讲解压缩机理论测试、设备问题处置讨论会、各零部件原理分析等课程，加强员工技能培训理论培训和实践培训相结合，促进了团队技能水平提升。初到大牛地时，保养项目只有4000小时二保，8000小时三保，40000小时大修业务，无24000小时中修业务。赵军设法与客户建立良好的工作沟通互动机制，发挥专业制造厂家的能力和实力，成功开发24000小时中修业务，为项目部后期收入增长奠定了坚实基础。通过不懈努力，又将业务范围扩展到了发动机大修、承接其他厂家设备维修等领域，不仅创造了良好的经济效益，还擦亮了"三机服务"品牌。

2022年，为拓展业务，赵军带队到长庆油田进行21台压缩机安装调试、售后服务、维修工作，千方百计克服机组数量多、时间跨度大、现场条件差等困难，及时完成现场工作并交付客户，顺利收回项目尾款和质量保证金。同时，赵军主动对标示范化服务场站要求，按照企业标识、规章制度、日常管理、操作规范、办公食宿的"五个一"标准化模式，率先在项目部设立办公区、配件库房、食堂、宿舍等设施，实行定置和分区管理。将各项管理制度、企业文化理念等统一上墙，建立设备巡检档案和安全管理、车辆调度及油耗、设备保养及检修等基础台账，实现了人财物动态管理。2023年以来，赵军和团队先后完成了压缩机二保7台次、三保22台次、中修24台次、巡检986台次、零星维修132台次，使压缩机运行时率达99.72%以上。"这些市场来之不易啊！根扎下去了，你就是那里的主人！"似乎是自言自语，似乎是说给那些采气树听的，但我能听出一种使命，一种来之不易的承诺。

离天最近的那弯山脊应该是阴山；

离阴山最近的那抹地平线应该是敕勒川；

离敕勒川最近的那片沙地应该是毛乌素。

数万平方公里的大牛地采气树成林，输气管道就像毛乌素的动脉血管将源源不断的国脉输往西气东输主干线里。如今华北局天然气年产量超过了40亿立方米，6年前的那份军令状作为佳话流传至今。

2018年仲春，中石化华北局、石化机械公司两边擂台，一个要增产，一个要保供；一个在催命，一个须赴命。李建山代表中石化华北油气分公司和代表中石化石油机械股份有限公司的谢永金在《压缩机生产保供责任

书》签字。

那份责任书共6条，其中第六条曰：中石化石油机械股份有限公司承诺，若达不到以上责任要求，自愿向集团公司党组领导作出未能完成责任任务的解释说明，并自愿承担一切后果。

开不得玩笑，白纸黑字！

有下级给上级签军令状的，但很少有生产方跟用户签军令状的。签，也是签合同！也就是说，没这么签的，即"并自愿承担一切后果！"

告急！华北告急！

责任书上明明白白写道：为贯彻落实集团公司年度工作会议精神，完成集团公司下达华北油气分公司产量45亿立方米、同比增加7.73亿立方米，销量43.2亿立方米、同比增加7.42亿立方米的天然气产销任务，保障华北油气分公司顺利扭亏为盈，完成45亿立方米的天然气生产任务，按照华北油气分公司大牛地二次增压及杭锦旗集中处理站二期工程建设进度安排，为夯实主体责任，现由中国石化华北油气分公司和中石化石油机械股份有限公司共同签订压缩机生产保供责任书。

中石化石油机械股份有限公司承接华北油气分公司压缩机生产任务以后，积极安排排产，加快外协件采购，加强生产各环节控制，确保所有压缩机全部按照交货期要求生产完成。800千瓦压缩机2台、1120千瓦压缩机2台7月30日之前全部交货，800千瓦压缩机3台、1120千瓦压缩机4台、2240千瓦压缩机3台8月30日之前全部交货。其余交货期要求按照具体订单执行。

签字，意味着立下军令状；不能按时、按质、按要求那就上京到集团公司解释去。时任中石化石油机械股份有限公司总经理谢永金心里有底，石化机械三机分公司压缩机生产实力在国内非一即二，从30年前的引进到消化、吸收、创新到自成体系，已有数百台压缩机在西北局、中原、长庆苏里格、华北大牛地服役，甚至进入西气东输、川气东送能源集输站及乌鲁木齐、西安等城市管网，只是有点急。从5月16日责任书生效，分两批最迟8月底，要拿出14台不同功率、不同排量、不同型号的压缩机。

百日要完成14台压缩机生产、安装、调试并一步到位，其难度之大可想而知。过去盼订单，现在生产订单又来得超出了想象，所有的口号就一句：把不可能变成可能。

从此这句话成了三机人面对挑战的座右铭。

总经理肖海燕现场指挥，现场调度，从机加工到总装，从电气调试到配件选型，他就像影子一样无时不在，无处不在。他干脆把凳子搬到车间大门口。"我不是监督你们，我是来督战的，为大家服务，听你们使唤！"

"肖总！"

"到！"应声响亮。

华北局百日大战也如火如荼，华北局石油报跟进报道：

5月14日，27台压缩机开标后，华北局物供中心第一时间与中石化石油机械股份有限公司进行生产进度对接，与厂家共同倒排出14台压缩机的生产计划，逐项核对外协件采购进度，清点备件库存。5月15日至16日，分公司副总经理李建山带队，分公司设备管理处，工程技术管理部，采气一厂，物供中心相关物资人员会同中石化物资装备部供应协调处、设备部、国际事业有限公司大连分公司与中石化石油机械股份有限公司对接压缩机排产安排。在生产现场，了解压缩机生产管理状况，逐项核对外协件采购进度，清点备件库存。李建山代表分公司与机械公司签订压缩机生产保供责任书，对接出来的问题和困难现场制定解决方案，现场落实，压实压缩机保供责任，确保重点工程项目顺利完成。16日上午，

李建山一行与中石化石油机械股份有限公司就压缩机生产保供工作进行交流座谈。对接出来的问题和困难现场制定解决方案，现场落实，压实压缩机保供责任，确保重点工程项目顺利完成。李建山强调：机械公司要把压缩机生产保供当成公司最重要的一项工作去对待，制定生产坐标管理方案，横坐标排每个工序时间，纵坐标排每个节点外购件到货，抓紧外协件采购，抓好内部生产管理，不回避矛盾，有困难暴露出来，与物装部一起共同解决问题，确保压缩机按期交货。

5月31日，压缩机生产保供工作推进会在石化机械三机分公司生产现场召开，这是石化机械公司成立以来第一次就生产保供召开公司层面的推进会，公司五位班子成员全部到场，足见其必要性和重要性。

7月28日，4台压缩机在大牛地调试开工运行。

8月27日，10台压缩机在大牛地调试开工运行。

14台，4种型号提前交付使用，"要是在过去想都不敢想"负责市场销售的孙亚明感慨万分。

11月30日下午，石化机械公司压缩机生产保供专项劳动竞赛总结表彰会在三机分公司隆重举行。4个优胜集体、8个优胜班组和9名杰出岗位明星受到表彰。石化机械公司《关于对压缩机生产保供专项劳动竞赛进行嘉奖的通报》：自今年5月份三机分公司开展压缩机生产保供劳动竞赛以来，全公司上下一心，众志成城，不畏艰难，勇于担当，广大干部、员工克服时间紧、任务重、生产能力不足、物料到货晚、高温酷暑等种种困难，急用户之急，主动向技术和管理要效率，积极推行标准化设计、模块化预制、零件化采购、流程化集成、体系化提升、项目化管控的"六化"生产模式，严细认真控质量，千方百计抓保供，用火热的激情和辛勤的汗水创造了骄人的业绩。截至目前，已生产发运机组60多台套，是上年全年产量的近3倍，创造了压缩机年产量历史纪录。8、9、10三个月分别生产发运机组10、12和13台，连续刷新月产纪录，夺取了华北二次增压、中原文23一期地下储气库和涪陵页岩气一期压缩机等集团公司三大项目生产保供攻坚战的胜利。各项目供货周期均领先国内外厂家，得到了用户单位的充分肯定和高度赞扬。三机分公司广大干部员工，以"建设新三机，再铸新辉煌"的坚韧斗志，全力以赴攻坚克难，谱写了奋斗创造梦想的大美华章。

军令状锻炼了队伍，也是三机人拓展市场的投名状。

2024年建党103年的表彰大会上，三机分公司捧回了在全国都独一无二的奖项："把不可能变成可能——压缩机产线建设项目特别奖励"，这是专设的一个奖，奖给一个专门的团队。石化机械公司成立以来颁发的第一个这样的荣誉，金色的奖牌拓出8个火红的大字：把不可能变成可能。

又一次"把不可能变成可能"，三机人总能不经意间火一把。

这次他们火得一塌糊涂。石化机械公司党委组织开展全员大讨论，要求员工从思想认识方面树立"国家需要什么，我们就干什么"的理念；树立"放眼未来看当下、谋当下、干在当下"等；在科技创新方面，强化"我们想到的,别人已经做到了"的危险意识;摒弃"什么都从零起步"的观念。讨论涉及35个方面,提出:争取就有可能;行动就有可能;坚持就有可能;不墨守成规就有可能;可能做到极致;极致变成常态;不可能就变成可能。

如果说与华北局签下的军令状面临的是一次时间紧、任务重,是一次前所未有的挑战,那么5年后的今天,就两个字——"超越",一次脱胎换骨的"超越"。

多年前,刘志民率队到美国一家压缩机厂参观考察后惊叹:这是车间吗?那车间智能化程度高,人在操作间里输入程序用遥控器指挥生产,一个车间就几个人,没有热火朝天的热闹,更没有挥汗如雨的场景。这样的车间会不会出现在我们三机呢?

这是一份高难度的考卷,答题人不仅仅是三机人。

3月1日,石化机械公司董事长、党委书记王峻乔到三机分公司生产建设现场调研指导工作,公司副总经理王庆群、潘灵永陪同。王峻乔现场详细了解油气田增压采收压缩机产线智能化升级改造项目建设情况,听取近期各项工作开展和完成情况汇报。

机加工车间智能化升级改造后的新产线

"这里将是中石化压缩机产线智能化升级的一个窗口。"王峻乔说,一个企业的窗口就是企业的"亮眼",为迎接集团公司天然气增压开采研讨会、氢能产业链推进会等一系列重要会议,智能化改造项目要以"4·18"

为时间节点，坚决保证安全、质量和交付。项目要呈现整体效果，打造集压缩机装备、氢能装备为一体的石化机械气体增压基地，体现出智能、绿色、精益文化。要在项目最后1个多月攻坚阶段加快建设节奏，同时做到依法合规不逾矩。

初春的吴家山乍暖还寒，员工们热情高涨。

王峻乔要求三机分公司要坚持安全施工，提高建设效率，转变生产管理方式方法，将生产组织与智能化生产管理系统相结合，充分发挥MES系统、气缸FMS线、主机装配线、管线预制生产线等设备自动化、信息化优势，提高生产效率及产品质量。要加大厂容厂貌改造，科学规划参观路线，增加厂区绿化面积，设计布置绿化景观，增加精益文化标识和展示展板，打造高端大气上档次的数智化窗口。公司机关各部门要主动介入智能化改造项目，积极协调帮助解决问题。财务计划部牵头，争取地方政府关于投资的优惠政策和补贴；企业管理部（法律事务部）牵头制定智能化改造项目专项奖励方案，指导三机分公司在项目建设过程中满足合规要求，体现精益思维。针对项目中远程运维诊断平台建设存在的问题，组织相关部门开展专题研讨，提出解决方案和工作计划，以保障项目合规、按期交付。

"变不可能为可能！有没有信心？"

"有！"应声洪亮，吴家山听到了，长江听到了。

2024年6月7日，在石化机械三机分公司油气田增压采收压缩机智能化产线上，一台压缩机的120气缸从上线到下线仅仅用了4.2个小时。此前，同类型气缸的加工需要8小时。巨大变化的背后，是智能化生产线的建成投用。从设计到改造完成用时短短240天，"太不可思议了，你们是怎么做到的？"面对一拨拨参观者的惊叹，三机分公司总经理肖海燕每每回忆起这刻骨铭心的8个月，还是难掩心中的激动。整个油气田增压采收压缩机智能化产线改造工作包含压缩机零部件的加工、检验、试验、存储、物流转运、装配、喷涂等内容，而要在老厂房中拆旧建新，如何实现"新旧兼容"成了最大的难题。有条件要上，没有条件创造条件也要上，既然市场和客户对压缩机提出了高端化、智能化、绿色化的要求，新建的产线就一定要能造出满足甚至超出市场需求的产品。作为气缸FMS生产线、主机装配线的主要负责人，刘亚玲回忆起刚刚经历的这场大会战，感慨地说道："为了合理利用生产空间，科学规划生产流程，我们的设计方案前后改了几百版，一版比一版好。"

从接到任务的第一天，刘亚玲就给自己和团队定下了标准，要建就要建最先进的生产线。产线建设工作组成员远赴辽宁、山西、湖南、江苏、上海等10余地调研，先后26次到18家公司参观学习，现场观摩研究最先进的压缩机生产设备、FMS柔性线；同中车电牵、新松机器人等40余家供应商技术交流216次，编制各类评标细则15份，组织相关部门开会评审106次，技术规格书、评标细则修改了65版次，形成相关评审会议纪要37份。

每次参观回来就一头扎进办公室，第一时间分享收获体会，在一次次的推翻重来中，架构新的设计方案。过去加工一台压缩机的气缸，需要更换五六十把刀具，来回换刀具过程一次大概需要2个小时，刘亚玲就想如果给刀具装上定位系统，配合程序，实现刀具的自动追踪和自动更换，就能最大程度地提高工作效率，降低员工的工作强度。她尝试着在刀柄上植入芯片，给每把刀制作一张"身份证"，刀片的位置、使用时长都可以实时追踪。刀片一旦出现偏差，或者到使用寿命，马上就会提示需要更换，既安全又高效。类似这种智能化的设计在整条压缩机产线上比比皆是，自动翻转机、在线清洗机器人、气缸加工设备、RGV堆垛机，刘亚玲和团队成员在"螺蛳壳里做道场"，实现了"新旧兼容"，在原场地一条智能化生产线拔地而起。

进入全面施工阶段后，为了让设计落地见效，他们每天在现场工作长达12小时以上，与供应商沟通设备的发货、到货时间，与施工现场人员协调安装事宜，"白＋黑""5+2"成了他们的常态。刘亚玲的女儿才8岁，每次通电话时，她都会问：妈妈，你今天加不加班，你能早点回来吗？每每这时，刘亚玲的眼角都会泛起泪花。可一挂断电话，周围喧闹的建设场景就把她从儿女情长拉了回来，她立马就成了现场的指挥员。刘亚玲和团队成员们把图纸变成了车铣加工中心、镗铣加工中心、卧式加工中心，让气缸全工序智能化加工最终成为现实。

建设工期短、设备安装精度高、现场交叉作业多、大型吊装多，既要

保证进度，又要把控风险，一道道难题摆在项目建设者面前。

3月11日晚，外面已经一片漆黑，在产线改造现场却是灯火通明，机体加工生产线车间负责人邓辉、技术组长刘蒙、班长刘章平、操作工肖玉龙、彭振军还在奋战。"邓工，还是没有对正，咱们只能再来一次啦。"刘蒙有些无奈地对加工线负责人邓辉说道。原计划在当天下午结束的机床床身找正工作因地基沉降影响一直干到了现在，今晚如果不能完成，就会耽误后续的车身导轨找平、设备安装调试等一系列工作。"看看现在还有多少人，都喊过来帮忙，再来一次，今晚一定要床身找正，否则后面的进度全部受影响。"邓辉坚定地说。现场所有人迅速聚了过来，邓辉看到每一个项目团队的人员都在，他下意识掏出手机看一下时间，23：56分，一种说不清道不明的思绪涌上了邓辉心头。他定了定神，现场组建生产突击队，专攻这个"大家伙"的找正。临时成立的突击队员扶着机床床身，将床身、工作台安装与立柱、横梁安装并线推进，在天车一次次地吊起、落下之间调试角度、测量精度，在不断磨合的过程中摸索正确的路径。当天边渐露鱼肚白的时候，突击队迎来了胜利的曙光，床身水平精度由最初的0.05毫米校正至0.03毫米，符合精度标准。突击队一鼓作气，将立柱地脚螺栓全部安装到位，为立柱的灌浆工作做好准备。现场参与安装的两名厂家人员不禁感慨道：今天算是真正体会到了什么是石油精神，你们个个都是铁人！

类似这样的突击战，在生产线建设的240天，每天都在上演。他们倒推项目完工时间，采用网络推进图形式，明确目标要求、具体措施、管控方案，明确时间表和任务书，做到人人头上有指标，个个肩上有任务。各项目组将进度计划全部上墙。以小时为单位加速项目进度，当日事当日毕。一项项硬核措施，一场场攻坚突击战，最终迎来了产线提前竣工的大胜利。生产线建设如火如荼时，一份新订单让整个工期提前20天。

产线建设项目的真正意义可谓"脱胎换骨"，能把这一个项目做成了就了不得，做好了可作为新质生产力的样本，让工厂智能化有了质的飞跃。而此时，凭借首台25万立方米高含硫压缩机在普光气田的良好表现，石化机械三机分公司再次拿下了6台高含硫压缩机的供货合同，其中3台50万立方米，3台150万立方米，都是国内首台，合同交货期4月底。市场的冲锋号让三机分公司再一次提前了产线竣工时间。

一个前所未有的升级版，一个是国内首台。老式车间设备要拆除，流水线上的产品唱着欢乐的歌，生产不能停，既要，又要，中石化首个高含硫整装气田要上压缩机，川气东送主气源来自普光，能不能左右开弓，箭箭中的？

3月18日，三机分公司召开动员会，要求产线智能化升级改造、高含硫机组生产保供同时进行，并且要按期发运首台50万立方米高含硫压缩机。

开弓没有回头箭，只有背水一战。

压缩机产线智能化升级改造攻坚战动员会

三机分公司重新调整方案，成立15个分项目工作组，按照新的竣工时间更新工作安排，每周一次项目整体推进会，每日一次日清日结小结会，突发状况现场协调现场解决，第一时间消除建设过程中的难点和堵点。

3月20日深夜，一场倒春寒让武汉的气温陡降至个位数，但产线改造现场依然如春潮一般，热气腾腾，纵使时针已悄然滑过晚上11点半钟，这里的每一个人都坚守在岗位上，因为他们深知，产线改造的完成时间已提前至4月10日，紧迫的工期如同紧箍咒，催促着他们加速前行，在不到20天的时间里完成所有的工作。

"夜宵已经准备好了，大家都来吃点吧。"

三机分公司机加工厂技术组技术员吴天宇的声音在深夜中回荡，尽管很快被现场的喧嚣声淹没，却温暖着每一位在场员工和设备安装师傅的心。

面对时间的紧迫，机体加工生产线、FMS气缸加工生产线、主机装配生产线的项目进度跟进负责人没有退缩，他们像是上紧了发条的机器，全力以赴扎根在施工设备安装现场。

"许班长，第四台车铣复合加工中心即将到厂，请协调叉车、吊车，我们的叉车师傅临时生病，现在深夜难以找到替代者，怎么办呀？"凌晨1点，设备安装厂家焦急地打来电话。

"师傅放心，我们都会开叉车，这事交给我们。"FMS产线改造施工现场进度跟进负责人许诗友毫不犹豫地回答。

随着电话挂断，现场立刻忙碌起来。叉车到位，吊车就绪，现场安全指挥到位……经过一夜的奋战，第四台车铣复合中心货架立柱梁及天轨的安装稳稳落地。

清晨，当第一缕阳光透过天窗洒进机加工厂内，大家已经开始清理现场，拉起警戒线。

"5分钟后停电，到中午12点，安装桥架母线，请现场安装人员就绪。"综合班班长钟刚在设备安装进度作战群里发出指令。

设备安装仍在紧张地进行中，经过一夜一上午的连续奋战，数控龙门镗铣第一次灌浆顺利完成，两台数控龙门镗铣机床立柱、栋梁，精调安装就位，待通电调试加工精度后，再进行二次灌浆。同时，主机装配生产线的天车系统、钢质轨道的调整以及电箱接线也相继完成。随着各项工作的稳步推进，整个产线改造又向前迈进了一大步。

"我们以前在别的厂家安装，最少都要10天时间。你们要7天完成两台数控龙门镗铣机床安装？这不可能。"设备安装人员连连摇头。"特殊情况特别对待，我们两班倒，不停工，7天完工一定没问题。"负责安装的许诗友自信地说道。经过连续7天的昼夜奋战，不仅2台数控龙门镗铣机床的床身、龙门、主传动箱、滑枕镗铣头等部件已安装就位，其中1台还提前进入通电调试状态。

4月10日，机体线、气缸FMS线、主机装配线、管道预制线以及喷漆、喷砂房、烟尘处理系统全部安装到位。4月12日，首套压力容器到厂开始组装50万立方米高含硫压缩机。4月29日，国内首台50万立方米高含硫压缩机顺利下线，所有参加会战的员工都来欢送高含硫压缩机出发至普光气田。

240天的产线改造大会战，17天的高含硫压缩机组生产制造会战，三机人把不可能变成了可能。回首这场没有硝烟的战斗，每一名石化机械三机人都是战士，他们锚定目标，把责任举过头顶，把困难踩在脚下，无所畏惧，勇往直前，不达目的誓不罢休，一个个不可能被他们改写，一个个新纪录在他们手中创造。这些苦与累、甘与甜，都成为记忆深处的珍藏，成为全体三机人不懈前行的动力！

国产首台50万立方米高含硫压缩机组按期发运

4月13日，中国石化集团公司董事长、党组书记马永生到石化机械参观中国石化氢能装备制造基地和中国石化压缩机国产化制造基地，强调要深入学习贯彻习近平总书记视察胜利油田、九江石化重要指示精神，加快关键核心技术攻关及成果转化，高质量建设好氢能装备制造基地和压缩机国产化基地，在培育和发展新质生产力上再立新功、再创佳绩。

4月17日，武汉市东西湖区委书记彭涛、区长周明一行到石化机械三机分公司、氢能装备分公司参观调研。彭涛一行现场参观了石化机械油气田增压采收压缩机智能产线、氢能装备产线，详细了解了公司的战略规划、核心技术和生产经营情况。彭涛表示，目前东西湖区正在打造"中国网谷"，深入推进"1+4"主导产业高质量发展，加快培育新质生产力，努力在武汉市建设制造强市高地中实现突破跨越。临空港经济技术开发区的发展离不

开中国石化众多企业的贡献，全区将加大服务力度，全力推进新材料和装备制造产业集群发展，在政策、人才、区位、市场等方面，为中国石化下属企业发展创造优质营商环境。希望与中国石化寻找更多的合作机会，探索合作方式，谋划落地产业项目，欢迎更多中国石化下属企业来东西湖区投资兴业。

4月29日，湖北省委副书记、省长王忠林，副省长邵新宇、盛阅春、蔚盛斌，武汉市市长程用文一行莅临三机分公司，重点调研大规模设备更新改造情况，现场察看生产线和产品展示，强调要抓紧抓实大规模设备更新和消费品以旧换新工作，全力扩投资促消费稳增长，加快产业转型升级、发展新质生产力。

焕然一新的厂区，周围郁郁葱葱的绿荫衬着"中国石化压缩机国产化制造基地"几个大字熠熠生辉，高精度、高稳定性加工设备和自动化装配线，为石化机械三机分公司培育新质生产力注入无限动能，也受到上级领导和社会各界的关注，两个月里，先后接待了36批次，510人参观。

1.8个亿的产线改造计划投资，是三机历史上最多的一笔项目投资。据说，这么大的产线建设投资还有结余。从预算到结余，三机人过惯了苦日子，没有养成大手大脚的"大撒把"，就连从独山子搬迁来的西德磨都舍不得淘汰，那台老古董放在了车间的工区线外。老师傅说，能用，好用，看到它就像看到了激情燃烧的岁月，看到一位战士，看到永不生锈的钢铁之躯。

15 有一种"光"拉长的不是影子，而是心中的那份挚爱

他应该留在宝鸡，学的是机械专业，大学毕业最理想的去处应该是宝鸡石油机械厂，况且老家在宝鸡。宝鸡石油机械厂，简称"宝石"，是原燃料和化学工业部直属的"一机厂"，中国石油装备的"御林军"，20世纪30年代建厂，至今都没有"低谷"之说。

他应该选择黄河，但他去了长江，准确地说，去了长江流域的龙尾山——

原燃料和化学工业部直属第三石油机械厂，简称"三机厂"。无论从情感还是事业，宝石就像"宝石"一样它的光芒远比三机厂更有光泽度。暗度陈仓，那个陈仓就是宝鸡。可能家人都没有想到他的这一选择，这不就是"暗度"嘛。

就像有河就有船一样，中国石油装备制造总是依附着"石油河"扬帆起航。唯一例外的是"宝石"特立独行，他们在东西部的"石油滩涂"选一处高地俯瞰黄河，并不断打造黄河流域的石油装备制造"帝国"，这个老字号的"西北狼"大有气吞万里如虎的秦人遗风。这可能有些遗憾，远离石油并非是件坏事，与其说他们少了一个油田的"油水"，但他们拥有整个陆上油田，作为中国石油装备的长子，他们足以堪称中石油黄河流域石油装备制造永不沉没的"航母"。

它的历史早于中国石油。

兰州石油机械厂很想在黄河上游与宝石玩二部轮唱，但信天游的高腔总是让花儿接不上调。

侯小兵选择长江，源于一份资料分析："由于历史的原因，上游业务一直是中国石化的'短板'。从20世纪60年代的江汉石油会战开始，中国石化逐步形成了以江汉油田为代表的中国南方石油装备制造基地。目前江汉石油机械制造已成为江汉油田的主要的经济支柱之一和经济创效板块。中国石化已经明确提出'要把江汉建成具有国际竞争力的中国石化机械制造基地'。作为长江流域的江汉油田不可小觑。"这一拥江为霸的"扬子鳄"将开启中国石油装备的"长江时代"。

那个年代大学生的人生规划总是把国家利益放在第一。

从踏上龙尾山那天起，他干压缩机整整35年。

他是石化机械公司首席专家，也是石化机械公司十年庆评出的十大突出贡献人物之一，他的宣传照片至今还挂在三机厂区的灯杆上，这份荣誉可谓百里挑一。

进厂的那一年，正赶上压缩机技术引进档口期，首台压缩机样机从他们手里出厂，涪陵页岩气田首台也是他们的杰作，以及高含硫压缩机先导实验创新团队为普光提供的国内第一台高含硫高压高产大排量压缩机，已安全、平稳运行了一万多小时。

"我们起了个大早，赶了个晚集。而你们什么都走在我们的前头"中石油压缩机王牌企业成压老总这样夸赞着。

油靠抽油机增产，气靠压缩机增压。页岩气开发在西方有70年的历史，机械装备亦步亦趋；在中国页岩气开发才十几年，三机分公司开始搞压缩机标准化。一个产品可以移到另一个平台，过去一个产品要一个星期才能安装调试到位，现在一天就可以完成。自己的理念被甲方认可最开心，从此他们可以这样宣布：压缩机可以异地上岗了。三机舍得花血本，往复式压缩机研发人员多达40余人，这或许就是会战。从独山子球墨铸铁会战、三机配件会战到龙尾山抽油机会战，群策群力。什么叫会战？那个"会"字，既是聚"惠"的会，也是"能"的意思。

头发白了，依然顶着岁月的芦花儿穿行在通往油气的高山远水乐此不疲。还有几年，老侯就退休了，但他每年仍然有三分之一的时间在现场，技术服务必须得有可执牛耳者在一线。

选择长江更知道长江长，不悔！

有一种"光"拉长的不是影子，而是心中的那份执着。

你听说过开过"光"的压缩机？这个"光"的故事，三机人给你讲得绘声绘色：

他们在《一路生花》的歌里这样唱道：冬天的风雪春天回答！坐落在武汉的石化机械三机分公司，是中国石化天然气压缩机国产化基地。为把基地做得"像回事"，三机人一路为压缩机开"光"，压缩机研制一路开挂，更不断迎来高光时刻！

他们用"凿壁借光"引申身边的人和事。匡衡从小勤奋好学，由于家贫没钱买蜡烛，于是凿洞借邻居家的光看书。三机分公司转产压缩机之时，"一班人"虽然都来自北大、华科大等名校，但是依然选择了技术引进。此后，与985、211高校合作，搭建国际化"产学研用"平台。从2016年开始，采取引智借脑方式，邀请从事压缩机行业40年外籍专家，研讨国内国外压缩机产业，展望注气压缩机发展趋势，组织人员出国考察学习北美页岩气增压、储气库注气等成熟经验，围绕页岩气开发、实现页岩气增压标准化压缩机应用，开展技术研发和工艺攻关，为用户制定增压方案和设备选型提供技术支持。三机人"凿壁借光",在压缩机国产化大道上大步跨越,这个"光"借来了一片新天地。

2019年8月3日第57期《涪陵页岩气公司简讯》报道：增压开采助推涪陵页岩气田稳产上产。受自然递减规律影响,涪陵页岩气田一期焦石坝区块页岩气井已全面进入平输压生产,稳产压力巨大。去年以来,涪陵页岩气公司按照"焦石坝区块中低水气比气井尽早全面实施增压开采；高水气比气井排采工艺和增压开采并行；江东区块和平桥区块低压平台先期试验；增压后期排采工艺提前介入"的思路,先后在焦石坝和江东、平桥区块开展增压开采,取得突出效果,成为稳产上产的关键一招。截至7月底,气田累计投运增压站45座、压缩机65台,采用增压开采的174口气井增压阶段累计产气15.96亿立方米,日均增产294万立方米,单井平均日增产1.69万立方米,目前增压日处理气量800万立方米,占气田整体日处理气量的45.6%。三机分公司针对涪陵页岩气开发特点和用户需求,专门开发的5万立方米、10万立方米标准化井口增压压缩机,成为涪陵页岩气稳产增产的关键一招,赢得了首个供货超过百台的市场。从2018年到2021年,供应的127台天然气增压压缩机组,为涪陵页岩气田240口气井开采增压,日处理气量1950万立方米,日均增产939万立方米,占气田整体日处理气量的48.15%,为涪陵页岩气累计产量突破400亿立方米立下了汗马功劳。

何谓"储气库闪光"？有了先进技术加持,三机人积极争取机会,聚焦国家能源安全,助力储气库增储上产。文23地下储气库是国家"十三五"重点建设工程,是国家大型天然气储转中心和天然气管网连接枢纽,是我国中部最大天然气储气库。储气库用高压大排量压缩机技术壁垒很高,一直依赖进口。"不拼不搏人生白活",三机人坚信有志者事竟成。石化机械坚决支持三机分公司积极承揽文23储气库建设先导项目,承制2台压缩机。2017年2月,2台RDS704机组提前交付,全部性能参数均优于设计指标；2017年8月,以综合排名第一的成绩,再次中标该项目5台国产压缩机组；2018年6月,三机分公司在国内外厂家中率先供货；2019年1月,该项目使用的国内外压缩机组同时集中进行试机,同台竞技。国外压缩机发生故障,无法完成加载运行,达不到试机作业要求。三机造国产天然气压缩机顶住

压力，一次加载成功，并顺利完成72小时试机作业无故障，率先投入生产运行。投产至今，机组运行平稳，各项技术指标满足工程要求，机组振动值、单机运行时长、机组累计运行总合、累积注气量等指标均优于同站场国外机组，达到国际先进水平。石化机械设计制造的国产化压缩机机组以50%的机组数量，达到整站68%的运行率、保障了69%的注气量，成为文23储气库注气主力军。2021年5月12日，在储气库高压大功率压缩机研制项目成果鉴定会上，专家组一致认为，在科研攻关中形成了储气库压缩机宽工况适应性技术、大排量高压元件设计分析技术等5项研究成果；形成了大长径比活塞杆控制工艺等4个创新点。完成两个注气作业周期后，国产三机造在工艺适应性、振动指标及千小时故障率等方面均优于进口机组，整体达到国际先进水平，其中压缩机组振动控制技术、大压差气缸润滑技术遥遥领先。科技自主创新不停步，三机分公司又成功开发出了33T杆载、52兆帕高压、大排量压缩机。当2021年初集团公司储气库产能建设不期而至时，三机分公司已有了充足的准备和底气，从而一举拿下了胜利永安、中原卫11、清溪、文13西、白9、孤家子等12台国产化储气库压缩机的全部订单，并成功投运。其中，中原卫11储气库应用的压缩机实现了全部国产化制造，具有压力高、排量大、适应范围广、供货周期短、性价比高、安全可靠、运行平稳等特点。截至2023年2月1日，卫11储气库累计采气量突破1亿立方米。"现在，投运的国产化压缩机完全可以跟'洋设备'媲美，我们再也不用被'卡脖子'了，采购和运维成本也降低了很多。"中原油田天然气产销厂压缩机设备管理负责人孙东阳介绍道。

　　何谓"普光开光"呢？国内首个成功开发的高含硫气田——普光气田，经过10多年的开发运行，气藏压力逐渐下降，对增压压缩机的需求日益强烈。高含硫气田增压集输工艺被列为集团公司"十三五"重大科技攻关项目。高含硫天然气开发中，硫化氢气体易燃，且有剧毒，现场作业安全风险系数高。高含硫压缩机对抗腐蚀性、密封性、安全性要求极高，是天然气压缩机中的高端产品，产品全部依赖进口。由于掌握核心技术，老外的交货周期至少都得半年。关键时刻，三机人再度迎难而上。2019年7月5日，三机人正式开启高含硫压缩机国产化研制。结构设计、耐腐材料、焊接工艺、整机试验，闯过一道道难关，三机人先后解决了抗腐蚀、防泄漏、安全性、可靠性等一系列难题，在国内率先掌握适用于含硫化氢20%以内天然气体环境下运行的压缩机研发与制造技术，实现了国产化高含硫天然气压缩机零的突破。截至2024年3月4日，三机分公司生产的普光气田首台国产高含硫压缩机组，稳定运行超过1万小时，为普光气田累计增气共2125万立方米。国产高含硫压缩机组的成功研制，为我国高含硫气田开发、稳产和增产提供了核心装备支撑。

普光气田首台国产高含硫压缩机组运行超1万小时

从借光、闪光、开光，他们一路走来自带光芒。三机人在压缩机国产替代探索中，艰难跋涉，向光而行，并不断迎来高光时刻：掌握压缩机领域形成高转速压缩机设计技术、无固定连接压缩机技术、集成控制与远程诊断技术、适应高含硫及无油润滑压缩机设计技术等7项关键技术，拥有有效专利84件，软件著作权4件，制修订行业标准2项，一级企业标准1项。获得2023年度中国石油化工集团有限公司"往复式天然气压缩机研发创新团队"、2023年湖北省高价值专利大赛银奖、2023年中石化科学技术进步奖二等奖、2022年度全国能源化学地质系统优秀职工技术创新成果等省部级奖项4个。市场占有率逐年提高，一批职工在项目中得到成长，湖北省青年岗位能手、中石化劳动模范许诗友，中石化优秀共产党员王有朋、刘章平……这些大国工匠如耀眼的群星熠熠生辉。

如今，三机分公司完成油气田增压采收压缩机产线智能化升级改造项目，打造石化机械智能化生产线建设的样板工程、智能制造的示范窗口，三机人正把走新型工业化道路转化为高端化、智能化、绿色化、服务化发展的实际行动，奋勇践行"智造大国重器，服务能源安全"职责使命。

一场说走就走的"普光行"，让三机人多了潇洒和自信。

"喂，是三机分公司技术中心吗？我这里是普光气田，你们可以过来了！"中原油田普光气田设备科长刘峰突然通知三机分公司，可以去普光进行高含硫天然气增压压缩机现场调研。

"我们明天准备一下就出发。"挂了电话后，技术中心科技办刘欢将情况向部门汇报，技术中心立刻做出安排，组织高含硫压缩机研制项目组人员准备资料，做好出差准备。第二天上班，技术中心曾宪国、汪敏、裴秀丽、闻海波等4人一早匆匆碰头。尽管比原定时间提前了一周，四人也是迅速准备齐全相关资料，协商好相关事宜，便提上行李奔赴普光气田。普光气田天然气含硫量高、腐蚀性强，压缩机抗硫技术要求高，国内尚无成熟机型。为响应用户需求、抢占市场、实现高含硫压缩机研制的国产化，自"高含硫天然气增压压缩机研制项目启动会"后，三机分公司技术人员积极与普光气田用户进行沟通交流，开展了高含硫压缩机的研制工作。两天后四人到达普光当天便与用户联系人商议会议议程，当晚抓紧时间按要求对汇报材料进行修改补充。次日一早，与采气厂用户就场站工艺流程和目前压缩机研制进展及存在的问题进行技术交流，并主要针对采气厂工艺流程、设备及材料选型、材料腐蚀性试验等内容进行了咨询。与采气厂进行场站工艺流程和压缩机项目进展交流，一直讨论到中午12点多才结束。

下午1点钟四人便出发赶往示范集气站现场调研，一路开车上山，路上还下起了倾盆大雨，经过1个小时才到达目的地。现场工程师对场站工艺流程和设备进行了详细介绍，站长在一边感慨道："你们运气还是很好啊，三年来这个站就这么几天停运检修才能进到现场，一般都是不让进的。不光硫化氢有剧毒能够被皮肤吸收，硫化氢与铁的产物硫化亚铁都是可以燃烧的，所以安全是第一位的。"在监控室随处可见各种监控测点探头和氧气瓶、防护服、各种安全防护工具、安全警示。这些都让四人对高含硫气质的危险性与安全防控有了更深刻的认识和了解。与处理厂材料试验室进行技术交流，对接用户现场使用材料试验参数，一路上大家都在记录、交流、沟通。每天晚上回到驻地也不休息，记录当天的工作行程、交流资料、图片信息，同时整理第二天的交流材料，把用户的需求和场站的资料完整无遗漏地带回去。不知不觉中，现场调研也接近了尾声，三天时间匆匆而过，四人带着满满的收获和对开发高含硫化氢压缩机的巨大压力离开了普光。接下来还有很长的路要走，很多的技术难点需要攻克，这不光是一次新机型的开发，而是一次对设计安全防控、运维防控的巨大考验。行者常至，为者常成。大家有信心迎接挑战，赢取最后的成功。

"天蓝蓝，草绿绿，我在纳林湖等着你……"

技术中心新入职工程师甘奥站在纳林河畔，耳边响起几度深情悠扬的歌声。亲眼看到大漠林湖的独特风景，能源装备高效运行、守护着能源保供大通道的壮观场面深深地吸引着他。

"小甘，你刚来技术中心一定要记住，我们搞技术的不能纸上谈兵，只有在现场多锻炼并能妥善处理现场存在的问题，才能成为一名合格的技术人员"。分公司技术首席龚贻斌的话听进了甘奥的耳朵里，更是深深地烙在了他的心里。

纳林河天然气增压站位于鄂尔多斯乌审旗，站中 2# 燃驱压缩机由三机分公司 2006 年设计生产，快 20 年的老旧设备，发动机故障率高，维护工作量大，配件消耗大。想客户所想、急客户所需，2022 年 5 月，三机分公司启动了"纳林河压缩机燃驱改电驱"的改造工程。压缩机首席工程师龚贻斌、电气工程师李怡然、质量安全管控人员以及刚入职过来实习的甘奥，多路人马在纳林河现场"会师"。

由于是改造工程，困难重重，挑战不断。管线布局紧凑，人员操作空间小，露天施工的不利天气"雪上加霜"，突发险情频现。兵来将挡，水来土掩。有经验丰富的工程师们坐镇，几次都"化险为夷"。在靠背轮的热装工序上，龚贻斌设计了靠背轮的吊装工装并在工装和吊绳之间串联了多个吊环，防止靠背轮在热装时温度太高造成吊装安全隐患；对机组水管线和放空管线进行改造时，他亲自修改图纸，一点一点地对存在干涉的部位进行优化；

设计联轴器护罩支架时，由他设计制作的联轴器护罩支架能与联轴器护罩配合得严丝合缝……

虽然是技术人员，但现场的各种大事小事龚贻斌都情不自禁地动起手来，拧螺栓、找物料、清理缓冲罐支撑底座……甚至热装靠背轮时，他都抢着铜锤亲自上。就在靠背轮和电机轴完美贴合的那一瞬间，金属敲击声也戛然而止，众人这才松了一口气。服务站长付自力看着气喘吁吁的龚贻斌，笑着说道："龚首席不但拿笔杆子厉害，没想到干起力气活也是当仁不让啊！"

首席、责工，这是一个企业"内部粮票"的代名词。

在一个企业，这个"内部粮票"就是一份责任和信任。

专业技术序列职位聘任仪式

十四年前，三机厂正式聘任25名首席、责任工程师，这些首席、责工如今成了三机厂不可或缺的顶梁柱。

据当年三机新闻报道：2010年7月9日下午，三机厂首届首席、责任工程师聘任签字仪式在厂综合楼二楼会议室举行。厂长黎明、厂党委书记何礼祥等在家厂领导、组织纪检科、相关单位负责人以及受聘人员等40余人参加了签字仪式。签字仪式由厂党委书记何礼祥同志主持。厂总工程师陈可坚宣读了《关于聘任涂修红等25名同志为首席、责任工程师的通知》文件。

厂长黎明给到场的 22 名首席、责任工程师颁发了聘书，并与 4 名首席工程师涂修红、陈梅芳、刘海清、黄凤华签订了《首席工程师目标责任书》。接着，首席、责任工程师 10 位代表一一发言。首席工程师涂修红抑制不住激动的心情，慷慨激昂表态，"怀揣着这沉甸甸的聘书满是激动，深深感谢厂里对我工作的肯定，现在成为首席工程师了更应该向厂里建言献策，为厂里多做贡献。"其他受聘人员也一致表态，感谢厂里对他们的信任，现在已肩负起责任，在努力做好本职工作的同时，做好传帮带，在今后工作中更加严格要求自己，尽心尽职地做好各项工作。总工程师陈可坚，副总工程师欧汉中、王鹏飞、朱义刚等厂领导向在座的首席、责任工程师们提出了要求。希望他们专业技术更进一步，工作中精诚团结，眼界更加宽广，要起到表率作用。

厂长黎明语重心长地说，首席、责任工程师是一种岗位的设置，大家在感受到荣誉的同时，更重要的是要看到这个岗位上担负的责任。每一个首席、责任工程师都是我们厂技术层面上的一个重要节点，要有责任和勇气把自己肩负的节点打牢，促进我厂的技术实力得到稳步提高。他要求：一是要找准工作的目标，做好工作计划，定好工作方向；二是要有拿来主义的精神，敢于否定自己，开阔眼界，不断创新，快出产品。厂党委书记何礼祥提出了两点要求：一是要求各相关部门要针对此次工作中自身存在的不足，在今后工作中进行改进；二是要求参与评聘的技术人员正确对待评聘工作存在的不足。

首席、责任工程师聘任签字仪式的启动，宣告他们履行权利，承担责任和义务的开始，他们将在接下来的工作中以具体工作成绩来实践他们的承诺，为工厂科技工作做出更大贡献。

给一个水池养鱼养虾可以；给一片宽阔的水域养鱼虾就浪费了。一个企业的生长生态决定一个企业能否枝繁叶茂。天空是太阳的故乡，也是鹰的故乡。给一个人天空这要多大的视野和眼光啊！22 名首席和责工就像 22 颗星星在各自的星座上熠熠生辉。

龚贻斌和张在新，在分公司配套设计、工艺设计领域均属于重量级人物，一个首席，一个责工，两位技术大拿的巅峰对决一直在上演着。

"电机不到厂，我就可以找正灌浆。"龚贻斌自豪地说道。

"灌浆浮板的几个面咋找平？一个一个地找？我可以给你搞个灰铁的找平工装板，工装上下面加工好，一次性找平四个灌浆浮板的面。"张在新亦是毫不逊色。

"说了要标准化，你这工装板得多少种？"龚贻斌瞪大了眼睛指着张在新刚画的草图大声说道。

"小电机的顶丝座不能提前焊上，大电机的可以，要不然工装板落不上去了。"张在新说完得意地看了龚贻斌一眼。

两位"大咖"时常在办公室、现场等各种场合进行面对面"PK"，针对各类现场问题各抒己见，有时甚至为"一争高下"弄得彼此面红脖子粗，最终还是"碰撞"出最优的解决方案。

"咱们的产品就是定制化开发的，我们做设计时也在平衡标准化和个性化之间的利弊，做设计思维又不能固化，和你的工艺不一样，哪有现成的方法嘞？"

"工艺还不是要与时俱进。我今天就以这个电机不到厂情况下灌浆的事和你论论啥叫工艺。"

……

"在办公室想问题，在现场找方法"。在开展储气库、高含硫等重大科研攻关时，龚贻斌和张在新经常"强强合作"，探讨冷加工、装配、试验、配套等方面的细节问题，有时问题探讨取得一定结果后，二人当即就拿着安全帽赶往生产现场，实践方法。

一次，在开展中小型机主机底座、电机底座及中体支撑一体化设计过程中，两位"大咖"针对主机底座、电机底座的主梁选型进行了多次激烈的讨论，讨论白热化时，一旁的几位年轻工程师生怕二人动起手来。经过几番切磋及详细计算、推演，二人最终确认了主梁选型。

一个月后，首件一体化底座到厂，张在新一众直奔总装现场，指导底座就位、找平等工作，经实践，一次成功。一体化设计与制作的方式解决了支撑与底座配焊后焊接热变形大、焊接应力大导致支撑与中体连接面存在间隙的问题。同时，以四列机组为例，可将中体支撑装配时间由1.5天缩短至 0.5 小时，且提高了中体支撑与中体配合精度、支撑自身强度，可有效降低主机振动。

仅 2018 年，张在新就完成了科研项目 9T 机曲轴加工车夹具、涪陵 10 万立方米预制平台及配套工装、华北机体润滑工装、淞南飞轮配钻铰孔定位芯轴、33T 机主机跑合工装、柔性气缸支撑、靠背轮拉拔器等大大小小十余套工装的设计任务，获得专利 5 项，首次开展了底座与中体一体化设计、制作等工作，切实做到了总装装配质量、效率双提升。

"论配套，龚贻斌是高手，我这又学习了"，张在新却总是谦逊地笑着说。

在业内，有一种传言：三机厂是中国压缩机的黄埔。

冠以"中国"二字肯定大了点，就当茶余饭后的传言吧。

在一份简报中他们写道：

大牛地项目是分公司接到的一笔大订单，共 10 台 6 列 RDS 压缩机组，而 3000 千瓦的主机设计功率已接近 6 列 RDS 压缩机最大应用极限，设计面临着巨大挑战。

因为交货期比较紧，数量比较多，从签订技术协议的第一天起，首席工程师、项目负责人龚贻斌就带领项目组的同志们制定了详细的项目分解计划表，将 208 项设计任务全部分解到具体的人头，并开始了"白加黑"、"五加二"式的加班。每天总是第一个上班，最后一个下班，节假日几乎不休息，一心扑在大牛地配套设计工作上。他眼睛里时常布满了血丝，家里买房的事情也全部交由妻子一个人处理。他们如同电影《钢铁侠》中的托里·斯达克，被困在了山洞里，每天早上醒来脑海中浮现的第一件事就是今天要做哪些事，哪些事可以送交审核，到了晚上十点后，拖着疲惫的身体回去，倒在床上就鼾声大作。看到大家实在是疲劳得不行，领导们给送来了一批补给品——各种水果、点心、快餐面……当然还有一样最重要的东西：咖啡。咖啡是好东西啊，提神、醒脑、驱除疲劳，让人放松，有时甚至能让你的逻辑思维都严密几分，所以这东西很快就随着方案的不断变动、图纸的不断更改而飞快地消耗下去。40 多天过去了，大家的眼睛都红得和兔子差不多了，图纸也都定得差不多了，整整一箱子咖啡已经没了。

这样的付出确实值得，设计方案从初稿到终稿调整达 30 多次，充分保

证了设计方案的优化和可靠；输出图纸200多张、工艺文件360多份；而整个项目的设计周期比一般的项目也节省了三分之一还多。龚贻斌作为大牛地项目技术负责人，同项目组涂修红、张在新、孙树军、张伟、顾江宁等设计、工艺和电气人员一道，攻克了大型压缩机组研制过程中的一个个难题，实现了技术上的多项突破：首次完成了锻钢带缸套气缸结构的研究和设计，攻克了分公司大功率压缩机产品在缸套加工工艺，以及气缸和缸套组装等技术难题；首次将电动盘车装置、站内集中补油系统、双联过滤器等设计技术应用到RDS压缩机组上；实现了分公司压缩机制造中高温、高压排气长输管道热应力分析及补偿关键技术的新突破；完成了大功率RDS压缩机连杆瓦、主轴瓦材料的综合分析和研究，为分公司压缩机系列产品轴瓦国产化打下了基础；活塞杆沉降检测、CPU冗余的运用，保持了压缩机控制领域的领先地位；利用系统EtherNet/IP网络实现单机与上位机数据交换功能，直接减少硬件投入达27万元。

如果说大牛地项目需要的是苦干加巧干的话，那么BOG项目无疑是一件求知加钻研的设计了。中海油天津浮式LNG接收终端项目3台6RDSB-4/YN800-10BOG压缩机项目合同，是分公司首次介入深冷压缩机领域、进军LNG市场的一个尝试性举动，意义重大。

在签订技术协议之前，首席工程师、BOG项目负责人陈梅芳就开始着手收集国内所有有关BOG的资料，同时还参考国外同类压缩机组的设计先例，不断地吸收和消化各种设计案例和行业规则，并针对一些问题做出自己的改进。

所谓BOG（Boil Off Gas），是指低温贮罐与低温槽车内的LNG蒸发气，温度一般在–165℃左右，压力在5～29千帕之间，日蒸发量约为0.3%，升温加压后可做CNG或者居民用天然气。BOG项目涉及大量的低温材料和元器件。首先，要解决BOG升温问题。–165℃几乎是材料的禁区，大部分材料在这个温度下都会变得像玻璃一样脆，静设备还好，像压缩机这种动设备是绝对不能进超低温气体的。国内在用的深冷压缩机基本上完全依赖进口，价格非常高。为了解决这个问题，并降低产品设计制造成本，必须想办法将它升温到至少–15℃。国内普遍的做法是先将BOG在周围的空气中加热，当空气加热到了一定的温度后，用电加热调整到 –15℃后再进压缩机。通常，压缩机在工作时天然气是需要散热的，就像电脑CPU一样，需要不停地用电风扇散热。如果照抄这样的方案，–165℃的BOG经过电升温后，进压缩机组再通过电风扇降温。这一升一降之间，耗的可不都是电吗？特别还是十年二十年的不停耗电，有过项目经验的人都知道这个耗电可不是个小数目。

在苦思不得其解后，陈梅芳将"山洞"里拼搏的"托里·斯达克"们请了出来，集思广益，攻克难关。会上，大家各抒己见，发表了许多奇思妙想，可几乎没有可行性。会议一直开到了下午4:40，眼见着就要下班了。陈梅芳说，难道就只能这样还是走别人的老路么？如果老是吃别人吃过的饭，走别人走过的路，按部就班，还是一个合格的设计人员么？不，绝不！正在苦苦思索着，她突然灵光一闪，不断地在纸上推演，反复推演了几次后，笑着说找到了一个解决方法，大家看这样行不行啊？接着在投影面板上演示了一遍，刹那间，大家就被她的方案吸引了，相继提出了几个问题，都被她轻松化解，方案完全可行！在这种坚忍不拔地钻研下，BOG项目难点——被攻克，BOG图纸也相继落到了实处，先后经用户和设计院、HAZOP、贝塔气流脉动分析等单位审核、校验，赢得了一致好评。

天津BOG项目6RDSB型压缩机的成功研制，填补了国内空白，为分公司产品进军BOG回收站市场打下了良好基础。

程冬柴是三机分公司技术服务专家，他被中石化西南局"点名"为其增压站人员讲授电气控制专业知识；他定向开发了国家级示范区涪陵页岩气田车载压缩机远程操作终端；他开展了国家管网西气东输文23储气库注采站5台进口压缩机注油器国产化攻关；他完成了山西临汾煤层气7台机组远程调速控制改造及总站压缩机气缸优化。一个研究设备电气控制技术20多年、造诣深厚、享誉业内外的电气专家，堪称市场服务的"闪光招牌"。对压缩机而言，电气控制系统就如同人的"大脑"，是其中枢指挥中心。

隶属于中石油的海南福山油田，由三机分公司供货的3台压缩机，已运行10年，其中1台机组出现故障，无法启动，现场技术人员和负责技术支持的运维公司一筹莫展，如一道"难题"摆在面前。接到业主的电话，

程冬柴飞抵海南，无暇欣赏迷人的热带风光，直奔现场。他了解机组运行情况后，打开电控柜，检查发现是一部分运行程序数据丢失，引发机组CPU故障，立即采用技术手段恢复源程序。在确认机组现场条件后，一次性启机成功。当天晚上，他顾不上休息，针对机组运维状况，连夜编写了长达12页的诊断报告，并于次日上午对现场技术人员进行了培训。排除故障仅用2小时，其深厚的专业功底、良好的职业素养，令现场人员大为赞服。"他帮助我们解决了困难，更多地体现了负责任的央企担当"，业主代表评价。不久，业主方主动联系程冬柴，先后升级改造2台机组电气控制系统。

新疆和田河气田1台压缩机突发启机困难，现场维保服务人员难以解决，发动机厂家向三机分公司报出高达30万的维修价格。程冬柴又被领导直接"点将"，再次出征，不负众望，仅2天就排除故障。在华北、西南等地频频"精彩"上演，使程冬柴在业界声名远播。在华北局大牛地气田，1台由地方厂家生产的3000千瓦压缩机，7年仅运行8000多小时，大部分时间处于停用状态。因威荣气田增压外输的需要，经上级主管单位协调，该机组被紧急调剂到威远增压站。超大型设备进行长距离搬迁，难度非同一般。程冬柴当仁不让，他专门制定了机组拆装、运输、调试的技术方案，紧盯各个环节，尤其是在电气控制系统的安装上更是严之又严、细之又细，使机组顺利投产运行，且重新焕发"生机"，成为集气上产的主力设备，及时为业主解决了生产急需。他还考虑到机组出厂年限较长及实际配置，"量身定做"了电控系统升级改造技术方案，得到了业主的高度认可。"他做事严谨、周到、效率高，让我们非常放心，三机服务是值得信赖的合作伙伴。"业主称赞道。

西南局德阳压缩机数据远传改造，业主找到程冬柴，请他直接负责此项目。他迅速拿出技术方案，对包括三机分公司2台压缩机及国外11台压缩机进行性能优化提升，使设备"长、满、优"运行，为业主节约成本。"利用远程平台技术，将分布在各地的机组信息同步实时传递，使技术人员如在现场，为快速判断和解决问题提供了有力支撑。"现场技术人员对此给予高度评价。

刚刚出差41天的程冬柴，还没来得及整理资料，又被华北大牛地气田领导"点将",再次出征。

有人说,女人在国企就是图个稳定和轻松。可夏艳容不这么想,没有因为自己是个女性就矮化性别。夏艳容给人的第一印象就如她的名字一样,脸上始终绽放着让人感觉亲切的灿烂笑容。1992年参加工作的她,从最基础的技术工作干起,一步一个脚印地踏实工作。作为销售部门里的一名首席技术支持工程师,她主要是负责压缩机系列产品的市场信息收集与整理、压缩机选型计算、技术方案及商务报价、投标文件的制作及其他日常技术支持。她以主动沟通、迅速处理、及时反馈市场信息为己任,不显山不露水地把技术方案、标书尽最大努力做到完美无缺。当年4月,公司上下都十分关注的国家《天然气发展"十二五"规划》中重点建设项目文23储气库先导工程压缩机项目发布招标公告了,预示着该项目进入了最后冲刺阶段。作为负责该项目技术支持的她从拿到招标文件的那一刻开始就进入备战状态,她暗下决心,一定不能因标书编制问题扣分,要尽可能把标书做好。她对照文23储气库压缩机评标办法逐条找资料响应。与技术研究所、生产运行处等相关职能部门保持着热线联系。

"刘主任你好!按照文23项目招标文件要求,需要提供天然气往复压缩机自主产权专利技术和技术国产化成果相关资料。"

"喂,蔡工你好,你那儿有我们厂设备合格证、固定资产编号和设备精度检验报告吧。"

"梁工,能帮忙让配套外协厂家提供一下相关资质证明材料吗?"

那半个月的时间她的电话就是热线,各种联系和沟通应接不暇。还要加班加点整理资料、编辑投标文件,按照招标文件要求逐条响应。文23项目从2010年最初的方案咨询到2016年招标,历时六年之久。项目前期阶段,她经常和业务经理一起主动与设计院及用户沟通交流,及时了解项目动态,根据技术参数的变化反复进行方案选型计算,不厌其烦提交了30多个技术文件,为项目的进展提供了大力的支持。功夫不负有心人,一份能满足招标技术规格书要求,充分展示公司压缩机国产化研制项目成果和综合研发实力,体现公司制造加工能力,内容准备详尽,编制整齐精美的投标文件呈现在评委面前。最后评委通过对投标文件综合评定,确定公司为该项目

供应商。"夏工对业务很熟练，干工作认真负责，每一份投标书都做得严谨细致，是像我这样刚入厂年轻员工学习的榜样。"刚分来不久的大学生小程表达了对夏工的一番敬佩之情。夏工谦虚地摆摆手："工作成绩的取得是和大家的共同努力分不开的，我只是做了该做的。"

文96储气库压缩机，是第一台国产储气库压缩机，型号4RDS-2/1500，业主原计划采购3台进口压缩机用于储气库注采气，经过三机分公司努力，争取到一台试制的机会，2011年12月出厂，与两台进口机组同台PK，在运行的稳定性、噪声、主机振动值等主要指标上优于进口机组。

2016年4月27日上午，由集团公司重大装备国产化办公室组织、压缩机分公司承办的地下储气库用4RDSA-2/1500天然气压缩机国产化研制项目成果鉴定会在压缩机分公司召开。参加鉴定会的有国内压缩机行业的著名专家、国内知名院校学者、中石化机械专家、项目相关单位专家和项目领导小组成员近30人。中石化广州分公司副总工程师岑奇顺担任鉴定委员会主任。

地下储气库具有天然气调峰、储备功能，已成为天然气利用、供应环节的重要组成部分，国内大规模的布局和建设才刚刚展开。地下储气库用压缩机是地下储气库建设的关键设备，目前只能依赖国外进口，采购周期长、运行维护费用高，设计制造技术受国外企业制约，对国内天然气压缩机的技术研发和生产制造提出了新的课题和挑战。压缩机分公司2011年3月以中原文96地下储气库项目为依托，正式承担了集团公司重大装备国产化地下储气库用4RDSA-2/1500天然气压缩机研制任务。于2012年8月完成研制、试验，开始在中原文96地下储气库现场投产试运行。截至2016年4月10日，已安全稳定运行时间超过7000小时，累计储气量约2.1亿方天然气。经试验、验证，机组主要技术指标达到或超过设计要求，主要性能参数与进口机组处于同等水平。振动、噪声和运行能效等指标优于进口机组。

鉴定会上，项目鉴定委员会专家对项目成果进行了认真审核和充分论证。形成的鉴定结果是：鉴定委员会一致同意通过鉴定，确认项目完成了技术开发委托合同规定的内容和要求，鉴定技术资料和经费使用报告齐全、可信，符合鉴定和档案管理要求，4RDSA-2/1500天然气压缩机在中原文96

地下储气库进行了工业化应用，经过三个注采周期的运行结果表明，设备运行稳定、能效高，机组性能和质量满足工艺要求，部分指标优于国外同类机组，具有良好的经济和社会效益。压缩机组达到国际先进水平。鉴定委员会和项目领导小组建议，集团公司要进一步加大国产化储气库压缩机组的推广应用力度，研制单位要加快更高压力储气库压缩机的研制，以"标准化设计、模块化建设、标准化采购、信息化提升以及精品化制造"为发展方向，努力打造国际先进的压缩机制造企业，树立民族品牌。中原文96地下储气库项目4RDSA-2/1500天然气压缩机的研制成功，不仅打破了国外技术壁垒，掌握了一批具有自主知识产权、达到国际同等水平的压缩机研发、制造技术，而且实现了25兆帕高压储气库压缩机的国产化，在国产储气库压缩机应用上实现了"零"的突破，填补了国内空白，为我国储气库工程建设提供大型关键增压国产化装备保障。

有一种岁月叫峥嵘，有一种青春叫奋斗，有一种人生叫"我为祖国献石油"。所有的感动都来吧，每一次感动都令我们澎湃；所有的澎湃都来吧，每一次澎湃都是生命的奔流。向着共和国的能源江河奔流，那浪花里绽放的一定是欢乐。只有当你的奋斗融入共和国伟大的历史长河中，你的奔腾才有了生命的长度和力度。

第六章
石油原风景里的万水千山

　　山横水纵啊,能把山河串在一起又赋予山河之壮美的唯"气"字尔,因而就有了"气壮山河"、"气贯山岳",即"气"能壮山河,"气"能贯山岳。我们在亚洲最大的净化厂普光才发现闪烁的不一定是星光,照耀的也不一定是阳光。请记住:有一种闪烁叫璀璨;有一种照耀叫荣誉。

16　你给员工一碗水，你就会获得一桶水。你信不信？

2017 年 6 月 1 日。

肖海燕从石化机械江钻公司调到三机分公司。

同一座城市，一个在武昌，一个在汉口。

母亲河长江把它们一分为二。

六一儿童节上午宣布任职，他心里隐隐有一种预感，难道三机还是一个孩子，他这个总经理难不成要当"孩子王"。这可是一个老企业啊，搬迁、组合、代管，当每一次变更后，这个老企业就有了阶段性的成长期。

金山大道东段的小星星幼儿园里传出了孩子们的歌声：

一闪一闪亮晶晶\满天都是小星星\挂在天上放光明\好像许多小眼睛。

下午他独自到车间转了转。见到一位催货的客户，陪他吃了饭。

6 月 3 日（星期六）到了厂里，到食堂吃饭，零零星星几个人。与老同志张杰聊了起来。

星期六还加班啦？

你是新来的厂长吧，星期一到星期五没活干，星期六、星期天来活了就要干，这哪有效益。

对新来的干部有什么想法？

谁来都一样。这个企业干不好。收入 2000 至 3000 元，这个钱在武汉能生活下来吗？有怨气，丢下几句走人。

与另两个新入职的大学生聊天。

加班啦！加班，就有活干。收入？2000 至 3000 元。企业效益不好。

他用了一个星期深入下去调研，从车间到机关，反映最强烈的是，"武汉补贴也分三六九等"。具有全球性的原油寒冬期导致上游板块投入放缓，

经营极度艰难。8000万元收入，亏1.1亿元，在石化机械公司六家单位倒数第一。同在武汉的江钻月补贴880元，而三机分公司500元。产品交不出去，货款回不来，供应商的钱付不出去。这个"三角债"哪一个链断了，都活不起来。走马上任向公司讲实情，贷款付给供应商，这个"扣"总算给解了。石化机械公司给了政策：有了效益，补贴可以涨上去。饭票有了，饭要自己去找米。员工看到了彼岸，要能抵达彼岸，就必须双管齐下：抓生产、抓市场，这个两轮驱动要同频共振，不能脱节。生产不能保证供应，看似生产环节出了问题，其实是市场贪大求急；市场反而流失了。这就是辩证。量与质，不是两张皮，而是命运共同体。从思想、思路到思辨，他们用"三思"驱动生产、市场两轮。在产品开发上，做到"人无我有，人有我优，人优我特"特殊发展。这一年三机盈亏持平，改善员工收入，补贴额追上了兄弟单位，工资收入渐渐不掉队。

2018年华北30台天然气压缩机，拿不拿得回来？能不能按时交货？四个半月啊！他们向时任石化机械公司总经理谢永金请战！吴家山虽是一座山，但不是靠山，真正的靠山还是石化机械公司。公司会同四机赛瓦、四机、江钻等单位共同努力，订单拿回来了，按期、按时交了货。2019年生产压缩机119台，一年超过了过去几年的总和。

在技术创新、核心技术方面持续发力，成压总经理秦飞虎说，没来之前就听说三机是往复式天然气压缩机的黄埔军校。你们那些领军人物欧汉中、涂修红、侯小兵、黄远明、黎周麟等，堪比黄埔军校的"五虎上将"。竞争对手对三机分公司可谓了如指掌。啥意思？想挖我们的人？哈哈哈，想多了，我们也有"五虎上将"，不然敢跟你们平起平坐？

这些年，三机生产的压缩机创下国内三个第一：

国内第一台储气库压缩机；

国内第一台高含硫往复式压缩机；

国内第一台页岩气压缩机。

从一年干十几台到干一百多台，而这些国之重器都在国家能源主战场上大显身手，人员却没有增加。疫情期间，武汉封控，工厂仅有30多人干了两百多人的活，有能力了，敢多接活，生产不停，订单来者不拒。封在家里的首席、责工、技师们网上"上班"、线上"加班"。小区解封，员工们冲出家门涌进了工厂。解封 100 多人，紧急买床，办公室、会议室都摆上行军床。

机加工疫情期间保产创效

工人阶级有力量，他们的事迹还上了央视午间新闻。

2020 年 3 月 19 日接到开工批复；20、21 日两天厂区消杀、员工办理手续返厂，22 日复工，半个月后全城才彻底解封。这年武汉受新冠疫情重创地区生产总值大跌，三机人却交出了一份收入 3.6 亿、增长了 43% 的亮眼成绩单。用三机人的话说，他们都不敢相信自己有那么大的能量。

经济指标最直观的是数字。

精神指标最直观的是荣誉。

思想指标最直观的是行为。

我们不妨看一看三机的一组数据：

2017 年实现收入 1.2 亿元、上缴利税 1049 万元；2018 年 1.8 亿元、1160 万元；2019 年 2.56 亿元、2241 万元；2020 年 3.67 亿元、3965 万元；2021 年 4.9 亿元、6493 万元；2022 年 5.12 亿元、6404 万元；2023 年 5.17 亿元、7031 万元。三机人第一次敢拿数字说话了。

三机分公司压缩机技术服务专业人员常年在沙漠、戈壁、盐碱滩、黄土塬、高山峡谷与压缩机共舞。产品卖了出去，还得跟着压缩机走向万水

千山，做生产运行的守护神。

"把塔克拉玛干踩一脚。"只有三机人才有如此的豪气。

"那脚印是通往沙漠的验证码，验证你的方位和意志。"这是三机人在大漠深处提炼出的金句。

"脚印怕风，成活率极低，但不绝迹。"他们简直就是一群诗人。

地处塔克拉玛干沙漠的深地1号建成的顺北5号联、6号联，大漠里有根的树，八千多米的超深井，用珠峰的高度作了根部，再大的风，即便刮走整个塔克拉玛干，也刮不走石油人的采气树。

豪放得可以藐视一切困难和挑战。

胡杨能扎下根，要有水。

三机人也把根扎了下来，他们也需要这样的"水"。

一个人的生日，也是大家的生日。大漠深处他们都这么过。有多少个兄弟，一年就有多少个生日。

黄昏，5号联站上的生活区正在举办6人集体生日。在不足30平方米的沙漠篮球场上，搭起了几个条形方桌。蛋糕和烤羊肉串让这个日子既甜又香。员工们都围着寿星站成一排，经理田春生托着一小块蛋糕问寿星：甜不甜！

寿星们说：甜！

田问：甜在哪里？

所有的人回答：甜在心里！

这里是塔克拉玛干中石化的"深地1号"，一处比荒凉更荒凉的大漠深处。这里有乡而见不到村，三机人说这就是无人区，5号联距离这个乡有50多公里，但是生日里他们不缺蛋糕，不缺祝福，不缺欢声笑语。这些年轻人大多在黄沙漫漫的大漠生活了5年，用他们的话说：

沙漠陪了我五年。

顺北陪了我五年。

胡杨也陪了我五年。

我把自己从二十几岁，陪到了而立之年。

都说这里荒凉，河流不来，鸟儿不来，春风不来，花儿也不来。

可有人来了——我们。

为一个梦而来，为一首歌而来，那歌就是《我为祖国献石油》。

陪伴我们的有坚韧，有意志，有喜悦，有祝捷的歌声。

这里早晚气温低，早8点晚11点的时间给了沙尘暴。开饭时，有时遭遇沙尘暴，饭碗放进怀里就像挺了个大肚子，用工衣罩住，风把衣服撩开，一碗的沙子，是吃还是不吃。就是在工房里，听到沙尘拍打铁皮房，仿佛拍打着饭碗，这饭怎么吃。队伍里北方人多，厨师就做些馒头、花卷送到井场，就算裹了沙尘，撕开皮照样能吃。这种生活也有情趣，"躲猫猫"，他们躲的是沙尘暴。

肖海燕到顺北慰问看望三机分公司顺北项目部员工。一块写有"中国石化机械三机分公司顺北项目部"牌子不知挂哪里。自己的员工还借宿在别的单位院子里，三间铁皮房靠院子的西北角，那可是当风处，肖海燕触景生情掉泪了。这就是他的员工的工作场景，生活环境，他们看到你没有忧伤，没有怨言，甚至脸上露出一丝笑意。这就是三机人，吃过苦的三机人，有一份工作就是甜。在一个叫六棵树的大漠深处，他跟站长倪叶澜聊家常。小倪见到肖海燕老总，就像见到久别的长辈，既激动又委屈。他长衣、长裤、安全帽、防静电的皮鞋全副武装，而室外气温高达50度。瘦高的个子，皮肤粗糙黝黑，戴一副眼镜，看上去文绉绉的。技术员黄文博说，倪站长本是个白面书生，塔克拉玛干真能雕塑人。小倪是天门东湖村人，父母常年在外地打工，他跟留在村里的大伯曾到龙尾山的三机厂打家具，对三机厂不陌生。大专学的机械专业，就想以后能到三机厂工作。没想到三机厂搬到了武汉，更没想到他会在沙漠里工作。小倪介绍说，这里每年外输气20多亿立方米，共有机子26台，在这里工作很男人，很阳刚。这里是沙漠，又不是沙漠，这里呀就是一个熔炉，一个从熔炉走出的人那一身的肉就是钢锭！环境是最好的老师，塔克拉玛干就是最好的学校。他说，当有一天离开沙漠，他会告诉朋友，我倪叶澜从塔克拉玛干毕业了！太煽情了，其实是真情！

习惯吗？不习惯也得习惯，就习惯了。一个人改变不了环境，那就改变心境吧。不远处的胡杨是地标，为什么叫六棵树？他们生活区附近有六

棵干枯的胡杨,这里就有了地名,好记,见到一棵树就知道离家不远了。他说,在大漠看星星,有时把自己看成了星座;在大漠看月亮,有时把弯月看圆了;在大漠看太阳,有时把通往井站的路看成了地平线。井架如天梯,他们摘星去,也采摘太阳,把太阳放进嘴里,品尝大漠深处的红苹果。大漠充满着活性,激活了所有的想象,在石油的经纬度里,有太阳,有月亮,有地平线一样的路,那都是大写意,一点都不孤独。

2023年3月28日,三机分公司收到石化机械公司《关于机械公司顺北服务基地建设项目的批复》。当日的分公司办公会上,总经理肖海燕要求,总经办赶快安排基建人员上去办理用地手续,抓紧建设,保证今年9月底投用。党委书记刘国成动情地说道:我们的员工住的还是铁皮房子,"夏热冬凉",十分简陋,现场服务的同志们真是苦啊!我去过现场,夏天铁皮房里热得没法睡,大家只得找块木板铺在地上睡一会儿,劳累了一天浑身沙子想洗个澡还要找人家借地方洗,吃饭也是求人家采油四厂搭个伙,现场机组抢修去晚了就没吃的,只能泡包方便面凑合。你们得抓紧啊,早一天投用,早一天给现场的同志一个安稳的窝!

在沙漠建家园谈何容易。

4月2日一早,综合事务管理中心基建工程师陈岩带上在家准备好的资料,匆匆赶到天河机场,不承想雷暴雨留他在飞机上足足坐等了三个小时。坏了,今天西安飞库车的航班赶不上了:刘总好,因暴雨雷电天气飞机延误,下午四点才能到西安,到库车得明天下午了。陈岩赶忙给在库车准备接机的西北服务中心经理刘文江发去信息。第二天在库车一下飞机,黄沙铺天盖地,天上、地上、车上满眼"尽是黄金甲"。车子过盖孜库木乡进入沙漠时,沙尘弥漫,沙借风力,风裹挟着沙子,天空一片灰蒙蒙,不得不停下车躲避,老天爷直接给了陈岩一个下马威。晚上九点多,终于到达顺北5号联现场。放眼望去,大片的沙漠包裹着油田基地周边仅有的几栋房子,一个沙丘接着一个沙丘,看不到尽头。看着眼前的场景,陈岩也不由感叹道:来之前我以为那年在油建沙特沙漠项目部条件够差了,没想到这里环境还要恶劣。他暗下决心,一定要早一天把基地建成,让现场的兄弟们少吃一天苦,少遭一天罪!

办理用地手续又是一波三折。前期土地申请、踏勘等手续，一个星期就办好了，陈岩一大早兴冲冲跑到沙雅县自然资源局送审，却吃了个闭门羹：办事的同志下乡去了。第二天早早再去，办理业务的艾散急匆匆跑进了办公室，一看就是维吾尔族人，小矮个，精干而略显疲惫。他抱歉地说，下周自治区要下来搞土地督查，我们正在准备迎检工作，资料先放这吧，下周再联系。

焦急等待到周一，陈岩提前一小时赶到办公室门口等候，提早来的一位主任说：你不用等了，艾散随检查团下乡了，下周来吧。一听这话，陈岩脑袋都大了：真是急死人了，又是一个星期啊！主任，我这次来前领导要求两周内办完用地手续，现在已到期了，现场的兄弟们急盼着早点住进新房呢，能帮忙想点办法不？主任无奈地摇头道：你着急我们也理解，现在顺北油田大开发，为油田提供服务保障的压力不小。我们部门人手紧张，艾散一人身兼数职，白天黑夜连轴转，节假日都没休息过，请你多理解。

陈岩每天给艾散发个信息，回复都是：还在乡下。

熬到4月22日周六，恰逢维吾尔族肉孜节。艾散主动打来电话：陈岩兄弟，你工作认真执着、关爱一线兄弟的情意令我感动。我晚上回来，陪家人吃个晚饭，过个节。明天一早到办公室，再加个班。你放心，你们早日建好基地，为油田服好务，也是为沙雅经济作贡献，我们责无旁贷、全力支持。24日审批通过，26日基地用地合同拿到手的那一刻，陈岩一颗悬着的心终于落定。

8月4日，顺北服务基地一开工，陈岩又主动请缨，一头扎进了建设现场。沙漠里建房子，所用的沙料砖石、钢筋水泥、水电器材等，近的要到库车，远的得到乌鲁木齐才能运来。路远不说，运货的车主一听说要进沙漠，都纷纷摇头不想跑。时间紧迫，陈岩倒排项目节点，每天盯在现场催物料施工进度、督质量安全、抓项目协调。分管基建的总会计师杨璐每周参加项目碰头视频会，督进度，解难题，提要求。工期过半时，混凝土房体迟迟到不了现场。碰到什么困难？承包商告知真相：资金紧张、无钱提货。陈岩一边与承包商现场负责人讲明项目的重要性和利害关系，一边向杨总汇报找承包商总经理通话，两天后全部房体终于发到了现场。这时爱

人打来电话，你赶快回来吧，小孩又病了。杨总得知情况后也跟他说，你在现场已坚守两个月了，快回来吧，有人替你。"谢谢领导关心。现在是基地建设正吃紧的时候，我对现场情况最熟悉，找人来又要耽误宝贵时间，现场兄弟们正眼巴巴等着住新居呢！家里的事不要紧，挺一下就过去了"。

月底，美观大气的服务基地落成了，宿舍、厨房、餐厅、沐浴房、洗衣间、会议室、办公室一应俱全，服务部的兄弟们搬进去后笑得乐开了花："大沙漠里终于有了我们自己温馨的家！"参加基地揭牌仪式的顺北采油四厂领导也竖起了大拇指："你们舍得投入建了这么好的基地，这么关心关爱前线员工，体现了你们扎根顺北做好服务的决心和实力，用你们的压缩机，把压缩机维保服务交给三机人，我们放心，希望长期合作，互利共赢。"

2023年新建成的顺北服务基地

第一晚他们兴奋得睡不着觉，有了自己的新家，每个员工还是单间呢。厕所当然得有男女，可那个女厕所只能是一个摆设，这里压根都没有女人来，万一来了呢，就一定得把姓名留下，就告诉她，她是来剪彩的！

他们干脆就躺在沙丘上，希望刮一阵风，哪怕沙尘暴也行。

柔软的塔克拉玛干，宽广的塔克拉玛干，躺在沙丘上面向夜空，那是一幅多么璀璨的星光图，有北斗，有八卦，还有最迷人的眼睛。

他们居然关心起打井。

知道吗，顺北是啥意思？我们常常说的坪北，那个坪是坪桥镇，坪北就是坪桥镇以北。这个顺北呢,顺在哪里?

老师傅吕宏见多识广,他告诉年轻人,那个顺,是一个地质构造名,全称是顺托果勒构造带,地上无名,就用地下的构造带作了地名,那个北就是顺托果勒带以北。以后这里井打多了,气井就会更多,我们的压缩机恐怕还供不应求呢。

听说塔里木盆地的井难打。那些钻井人说,他们哪是打井,他们是在打荒凉。把荒凉钻透就是气窝子,把荒凉钻到目的层就是能源。采气树比胡杨高,胡杨比采气树更有年轮。

一、二、三……他们数着星星睡着了。

有红柳的地方离石油不远,他们发现了枯萎的红柳就给点水。在5号联,他们种了3棵桦树,活了1棵,成活率达33%。说明什么呢,这里能植树造林。他们把西瓜籽、哈密瓜籽种在生活区外的沙地里,居然长藤了,开花了,结瓜了,甜香弥漫在干燥的空气里。

三机分公司涪陵页岩气田技术服务中心也有了自己的新家。

过去七零八落租住在焦石镇的五六户人家里。

现在统一租了一层楼,楼层为三楼,三机嘛。集中好管理,还有货场。涪陵页岩气田分公司搬往李渡,焦石空了一大半,日渐冷清的昌发大酒店才低价位笑脸相迎。

楼道里有条狗,长得吓人,满楼屋转,不放过任何一个生人,嗅啊嗅,肥滚滚的,马脸,不咬人,就爱围着人汪几声。

有了家园就必须有条狗,不设门卫,不设保安,那狗真做到了爱岗敬业。员工吃饭时,那狗就守在楼梯口。离开楼梯口时,一定是主人吃完饭了。

这支队伍组建六年多,荣誉不少,青年文明号,先进班组,工人先锋号等。

我们聊天。我跟经理胡亚龙开玩笑,称他是"神主",他惊讶地看着我。听我慢慢说。你们有31个兄弟,可是气田压缩机维护的守护神,你管他们,你说你是不是"神主",他松了口气,原来是拐着弯夸他们的队伍呢。

您要多写写我们这些兄弟,涪陵页岩气田开发到了后期,没有压缩机气举增压,气就出不来,年产70多亿立方米的页岩气就得打白条。

张洪波,都说他是全能型的技术人才,又能运维,又能开车,而且什

么车都能开，既是司机，又是车队队长，车队调度。

你妻子在哪上班？

不知道。

现在在哪？

不知道。

不会吧。

他的同事告诉我们：他离了！

为什么？

说我老撒谎。

明明说干三个月休息半个月，没一句真话。

听完张师傅说的"撒谎"，我们沉默了半天。

工作让他成了不"诚实"的人，工作让他丢了老婆。

他说，离了也罢，安安心心工作，一心一意工作，要"撒谎"就自己给自己"撒谎"去。他过去在地方企业工作，企业垮了就进了三机涪陵页岩气田技术服务中心。五年了，咱这身份收入不高，跟兄弟们有了感情，这也是缘分，住的条件也改善了，这个企业是可以托付终身的企业，就这么干下去。

有机会找个伴，最好是三机人。

沉闷的气氛里，被他最后一句逗笑了。

17　他们带着火红的底色诠释一块砖的厚重和高度

独山子那些废弃的车间，在我们寻根之路上依然那么鲜明直击心灵。

龙尾山那些废弃的车间，在我们寻根之路上依然那么亲切带有气息。

吴家山新建起压缩机高端化、智能化、绿色化的升级版车间彻底脱胎换骨，但不要忘了，共和国第一代，甚至第二代工业车间是一块块红砖给砌高任由梁柱封顶。一块红砖就这样砌进中国工业的肌理，在火红的年代里淬火，让中国车间带着火热的底色和热气腾腾的激昂，诠释一块砖的厚重和高度。车间是中国工厂的胸腔，胸腔里永远跳动着一颗颗心脏，那跳动的心脏就是中国工厂的生命。

孙亚明是学钻井工程的，他在嘉陵江边读大学。一天，他发现嘉陵江像一条红河。太阳越过万仞群峰，太阳离他很远，但阳光离得很近，把阳光放进嘉陵江里洗洗，

江水染成了胭脂。把阳光放进嘉陵江里揉揉，江水碎成了粼粼波光。掬一捧嘉陵江，江水从指缝里流金。嘉陵江也有留白的地方，预留一块沙洲种植脚印，脚印如船，即便不下水也会满载而归。

有人在江边用口琴吹奏起了熟悉的旋律——《我为祖国献石油》。

多么壮美的画面："嘉陵江边迎朝阳，昆仑山下送晚霞"，大好山河里，这里的朝阳还是晚霞都是能源之光。

为什么偏偏是嘉陵江，而不是长江呢？

中国石油的川中会战就是在嘉陵江边的南充，而且西南石油学院因川中会战应运而生。大学毕业，他被三机厂相中，28个大学生就他一个党员。

求贤若渴啊，理解。妻子浙大外语系毕业，分到了长庆五中，也跟他到了三机厂的龙尾山。妻子又调到了油田总部的向阳中学教外语，他依然还在三机当工人，到职工学校教书，又回到了车间当副主任、党支部书记，又去了纪委办公室任主任，企管科科长，销售老总，现退居二线。

他的这份履历，与"嘉陵江边迎朝阳"相差甚远。

他是不是太听话了？他就是一块砖啊，组织往哪搬就往哪搬。他这块砖都"恰到好处"地搬来搬去。看来好像离石油远了点。

一点都不远啊！油气就像是大地的婴儿，压缩机是引产师，少了它们油气就会胎死腹中。他应该调回油田，去钻井处干专业对口的钻井，这样就不再两地分居。人家钻井也求贤若渴啊，他依然"我自岿然不动"。

他是"油二代"，老家在哪呢？老家在长庆油田宁夏马家滩。他就出生在马家滩，这里就是他的故乡。他说马家滩是他的圣地，环绕马家滩的有大水坑、九公里、十八公里，这就是他童年的记忆。一个人的地方换多了故乡就多了，记不住。他跑销售了，这一跑就年过半百了，再过几年不

需要调动就解决了两地分居。

　　石油人来自五湖四海，一见面，没有人问你的出生地，问你是哪个油田的，油田就是故乡。那些年，经他之手销售出的压缩机有数百台之多，这就意味着中国能源压缩机大数据里有他的辛勤付出。东北、西北、西南、华中等都留下过他们的业绩。他说，给他印象深的还是文96储气库压缩机，它是第一台国产储气库压缩机，型号4RDS-2/1500，业主原计划采购3台进口压缩机用于储气库注采气，经过三机分公司努力，争取到一台试制的机会，2011年12月出厂，通过和另外两台进口机组同台PK，在运行的稳定性、噪声、主机振动值等主要指标上优于进口机组。出手不凡啊，一台"备胎"把"洋设备"晾在那里，面子丢大了！"嘉陵江边迎朝阳"里的能源版图里不能没有国之重器。

　　许诗友！我一愣，喊谁？

　　朋友介绍，我把许诗友听成了许世友。

　　我半开玩笑，许诗友，与开国大将许世友同名呢！许工匠笑笑说，那个世，是世界的世，多大的视野啊，我顶多算诗与远方。这是我和一位普通青工（高级技师）的对话，劳模就是劳模，工人阶级中最优秀的代表，随意中见水平，更有格局。

　　2008年9月17日下午3点，一位不满20岁的小伙子到三机厂报到。

　　怎么记得这么清楚，我问他，年月日时都能说出。

许诗友创新工作室亮相湖北电视台荧屏

当天见过师傅。师傅告诉他，来试试你就走人。你要干好，就一生。一席话说得许诗友心领神会。当学生就得当学霸，当工人就得当劳模。师傅的师傅就是全国劳模黄志敏。去过北京，出席过全国社会主义建设积极分子代表大会，受到过毛主席、刘少奇、周恩来等党和国家领导人接见。工人嘛，就得吃技术饭，咱们国家就是靠技术养起来的。

前三个月培训，人与人交流，有语言，有眼神，有收获，有温暖，就留了下来。与工人师傅相处久了，真没听到他们叫一声苦，其实他们很苦；真没听到他们喊一声累，其实他们很累。有不懂的地方问他们，没有不告诉你的。无私，也"好为人师"，我们这个时代不能少"好为人师"的师傅。

第二年，他参加湖北省职工数控车工大赛获得第四名。

2009年评上了中级工；2013年评上了高级工；2016年技师；2020年高级技师，往上就是主任技师啦！一步一个脚印，那个脚印里盛满了艰辛，盛满了汗水，也盛满了荣誉。那脚印里没有失望，这就是一个企业给予你的最大的希望。

这位荆楚工匠的妻子从西安石油大学机械专业毕业，从技术科、生产科到人事部门，少不了要跟许诗友打交道。不会是"近水楼台先得月"吧？也算"潜力股"，我那时还是个车工呢。妻子的起点比他高，弦外之音，他得征服一颗芳心。是呀，只要努力、阳光，有理想有抱负就会有爱情。如今许诗友不但有了爱情，他还从劳务派遣工转成了"体制内"的班组长，有了12人的工作室。这个工作室就设在车间，解决工作上遇到的难题，包括车间、服务现场的难题。每一年都有新课题，目前已有7项实用型专利。他的巨幅照片悬挂在厂区电杆柱上，那个全神贯注最年轻的红衣许诗友，是这个企业新一代的劳模、荆楚工匠、湖北省五一劳动奖章获得者。

2023年6月15日，共青团湖北省委员会公布2022年"湖北省工匠杯"湖北省青年职业技能大赛中获得"湖北省青年岗位能手"名单中，许诗友榜上有名。

"年轻人就要不怕苦，不怕累，把平凡的事情坚持做、重复做、用心做，不断提升专业技能和工作水平，打造更好的自己，助力公司发展。"这是许诗友对新时代的中国青年最生动的诠释。中小件加工班班长、车工、

龙门镗铣工、钳工，没错，这都是许诗友的岗位。他总说："技多不压身，有时间我们就要多学习技能，成为复合型技能人才，关键时候才能顶得上去。"面对公司订单量攀升，许诗友的多种身份起到了大作用，除经常充当车工角色解决突发性生产外，有时为保证机体加工进度，两台龙门镗铣岗位需要采取"三班倒"模式，他还主动到龙门镗铣床顶岗。33T项目8件6列机体抢活期间，他带领岗位员工创下单台机体加工周期由13天缩短为7天的纪录。在辅助主机装配时，又摇身一变成为一名钳工，储气库项目突击时，配合主机班一起顺利保证平均1天1台进行机组主机曲轴的落装、活塞、连杆、十字头等部件的会装，使储气库装机作业提前完成。

有着劳模情结的许诗友，为中国新时代劳模赋予了新的含义。在工作中，许诗友更是大胆创新。在使用车床过程中，他发现零部件在卡爪夹持下易出现轴向窜动，影响加工精度，同时也对加工中的刀具存在损坏影响，初步改进为用深度游标卡尺辅助加工零部件定位，但是发现定位误差大效率低，同时卧式车床无法用于孔类零部件的加工。但他不气馁，经过多种尝试，最终设计制造出通用型卧式车床装夹、顶尖，解决了卡爪夹持下的轴向窜动，提升了加工质量；顶尖可以满足普通车床、数控车床通用，单台套实现降本5200元，已推广利用到其余车床，并申请获得专利1项。

听闻又拿下奖项，许诗友认真地说："每一个荣誉背后除了个人的努力外，更多的是团队力量、组织的支持，荣誉只代表过去，我要做一个未来更好的自己！"

三年前，一位省报记者这样写他：石化机械三机分公司是伴随共和国石油工业发展的国有企业，有着70年的发展历程，是中国石化集团唯一的国产化压缩机生产基地。许诗友多重身份注定他比别人付出更多、担当更多。他是三机分公司机加工厂数控加工班班长、分公司主管技师，也是"许诗友劳模创新工作室"的领头人，他初心坚如磐，使命扛在肩，十年磨一剑，致力为天然气压缩机国产化加工付诸心血，带领加工团队先后完成国家工信部"海洋大功率往复式压缩机研制"、国家"十三五"重大专项"页岩气回收及专用井口装置研制"、国内首台高含硫天然气增压压缩机研制、高压注气采油压缩机、车载式气举排液压缩机等项目压缩机组主机及零部件的加工生产，不断刷新生产纪录，为基层单一生产制造单元产值规模从6000万迅速攀升至5个亿奠定了坚实基础。

2017年以来"许诗友劳模创新工作室"及相关工艺改进团队先后获国家发明专利2项、实用新型专利9项。宝剑锋从磨砺出。面对国内天然气大开发对各型号压缩机组需求量的与日俱增，自2017年以来，他与班组成员积极发扬石化严细实的优良传统，以星为灯，以厂为家，以提升设备生产效能为主线，不断优化工艺流程，独创工装工具，调整数据参数，人停机不停，确保各大气田压缩机主要零部件及时供给到位。他既是生产进度的守望者更是设备操作多面手，哪里缺人补哪里，哪里重要干哪里，凭着过硬的本领和娴熟的操作，硬是在白九项目上把本需要42天完成的加工任务，缩短到了34天；在涪陵项目上也创造单台设备加工1件CNG机体仅用时4天的新纪录，较正常加工周期缩短了1/3。在永安、卫11、清溪、文13西等储气库压缩机生产保供任务中，面对新机体，通过程序优化、刀具调整、装夹方式改变等多种方式，带领班组积极创效，创造了单台设备加工1件机体用时从13天缩短到7天。在保质保量完成生产任务的同时，他还时时关注生产成本，主动开展降本减费工作，他带领班员们练就了一双双"火眼金睛"。CB、RD连杆工装改善，320、170等气缸工装改善，数控新设备顶尖互换性改善等都是利用一些废旧材料和废旧工装完成的，还有机体因毛坯等问题报废，瓦盖、横撑、前后端盖再次利用。近两年来，在生产过程中，许诗友带领班组积极参与降本减费工作，节约资金280多万元。

梅花香自苦寒来。三机分公司自90年代研制生产第一代国产压缩机成功以来，时刻处在市场最前沿，时刻听取着市场的炮火，面对激烈的市场竞争，几经沉浮最终千锤百炼形成国产化压缩机组标准化生产模式。面对越来越复杂的加工工艺，越来越多个性化的需求，许诗友身处基层一线，深知每道工序严格把关的是产品的口碑，深知每次精益求精的加工是产品市场竞争力的保障，努力提高工作效率，矢志工艺创新是基层机械加工实现效益增长的制胜法宝。在新产品研发FBC、9T、33T压缩机项目主机加工过程中，通过改进刀具工艺，优化提高效率20%~40%。《极差活塞的

工艺改进》、《数控装夹、顶尖》、《快速加工填料盒工装》等21项改善成果成为基层降本节耗的有力法宝。《提高CNG四列机体共面性加工合格率》更是获得了2021年石油石化设备行业QC活动优秀案例，《提高曲轴斜油孔加工合格率》荣获湖北省质量实践标杆。经过多年磨炼，为重点项目提供了可靠的国产化零部件加工，在文23天然气储气库，与进口机组同台竞技，设备运转总体达到国际先进水平，打破进口设备一家独大的局面，是国家大型设备完全国产化加工的成功案例。在国家涪陵页岩气田示范区，130余台页岩气压缩机增压设备为气田增产提供了可靠保障，多次在央视新闻亮相。积极带领科技团队贯彻新发展理念，在硫化氢、二氧化碳和氢气压缩机的研发制造过程中，不断攻克难关，实现了关键零部件的国产化加工制造。对于机加工操作者来说，每一次新产品的试制，就是一次企业使命的考验和信念的支撑，许诗友既是生产实践中的工艺技术带头人，也是一线技术工人学练本领的带动者。作讲堂、开小灶，积极带领身边的员工一起学理论、练技术、搞培训，仅2021年就培养13名青年操作人员实现一人两岗或者三岗的操作技能，1人获得公司业务技能比赛第一名。他自己也先后获得机械公司"先进生产工作者"和"青年岗位能手"、湖北省"学习型职工"、中石化集团公司"优秀共产党员"等荣誉称号，实现了企业与员工同发展共进步。

　　2020年疫情期间，武汉正处疫情中心。许诗友主动靠前，积极奉献，所带领的团队是武汉市东西湖首批复产复工的专业团队，为疫情期间湖北、武汉工业、民用天然气保供做出了应尽贡献。随着国内疫情反复，许诗友及其团队不断完善现场管理和工艺技术改善创新，努力提质降本增效，提出改善提案860多项，完成生产工艺和作业方法改进110余项，取得革新成果30多项，为推动企业生产线数字化、自动化升级发挥了引领作用。2019年以来累计完成860余件气缸、1100余件连杆、230余件曲轴等压缩机主机关键部件的加工任务，实现了加工合格率99.5%以上，保证了机体加工的精度，最终完全满足质量要求，他本人及班组另一名成员也连续两届蝉联了石化机械公司的"质量标兵"荣誉称号。

　　喜报！喜报！三机分公司许诗友创新工作室荣获湖北省"青年创新工

作室"风采展示大赛一等奖。走进许诗友创新工作室，中国石化集团公司劳动模范、集团公司优秀党员、湖北省学习型职工……满墙的创新成果、满柜的获奖证书，不足四年的时间，在这里诞生出了16项五小成果、5项QC课题、实用新型专利6项，改善提案300多条，累计实现降本120余万元，这无不体现着创新工作室茁壮成长的势头，记录着大家在这里埋头苦干的无数个艰辛日夜。

劳模精神示范带动他人，通过工作室这一平台培育和挖掘更多的优秀人才，按照缺啥补啥思路，为员工"点餐""加餐""定点帮扶"，服务于企业重、难、新项目，给员工在实践中锻炼、在项目中历练提供更多机会，努力使劳模创新工作室成为促进企业技术创新、技术改进以及转型发展的"加速器"，激发员工开展技术培训交流、创新创优的"发动机"，推动和带领广大员工成为知识型、技能型、创新型人才进步的"加油站"。张彬，2021年劳动模范，参加加工中心岗位技能等级比赛获得第二名好成绩；许诗友、蒋飞洋参加湖北工匠杯，分别获得第四名和第八名好成绩。

"有了劳模创新工作室平台，我们可以更好地集中劳模技术力量，全方位、系统化开展科技创新活动，培养科技创新人才队伍，最大限度地发挥创新工作室的潜能和智慧。"作为工作室的领军人物许诗友说道。在这个充满年轻气息的科技创新团队中，充斥着引领、奉献、拼搏、创新的精神，一支高技术、高技能、高素质的人才队伍正在逐渐壮大，逐渐形成以许诗友为主体、以工作室为载体，示范引领其余员工共同参与的发展格局。

好风凭借力，送我步青云。一个企业的成长生态，人的发展是最直观的风向标。许诗友"样本"正是集三机人才战略之大成，折射出了一个前进中的企业的勃然生机。当然，许诗友现象给了更多人的典范作用，就像一次马拉松长跑，领跑者的速度会带动全程的速度。

"你今天受的苦，吃的亏，担的责，忍的痛，到最后都会变成光，照亮你的路。"这是三机分公司机加工厂数控龙门镗铣操作工彭振军的信念。

彭振军，"许诗友创新工作室"成员之一，一个95后小伙子，见人总是一副笑眯眯的模样，平时话语不多特别腼腆，但干起活来勇往直前、雷厉风行。参加工作近十年，他从一名初出茅庐的稚嫩新手，逐渐蜕变为独

当一面的技能操作骨干，先后被评为分公司优秀岗位能手、先进生产工作者。彭振军十分注重个人技能水平的提升，平时只要有空，他就去找技术员们"开小灶"，从实际操作水平、刀具参数匹配选型，到起重培训等全方位提升技术水平。在工作中他善于动脑筋，想方设法解决生产中的难题，为提高工作效率和加工质量，他配合技术组成员开展的《一种铣刀加长转换装置》改善课题，在机械公司"五小"成果比赛中荣获二等奖，《提高CNG四列机体共面性加工合格率》荣获石油石化设备行业QC活动优秀案例，并在机加工厂得到有效推广。

面对新产品试制加工的重重挑战，彭振军不等不靠，与时间赛跑，与精度较真，有问题就开动脑筋解决问题。俄罗斯主机项目镗中体滑道，图纸对同轴度孔径要求跳动不能超过4微米。但在实际加工过程中，精镗刀一刀镗过去就形成了锥度喇叭孔，无法一次加工成型。彭振军就想着能不能采用减少进刀量的方法，由一次精镗成型改为半精镗、精镗、微调滑块，多批次少吃刀，循环加工成型，从而保证孔径同轴度跳动和表面粗糙度。于是，他自己捣鼓了一把半精镗刀，反复试验，硬是加班到凌晨3点钟将中体滑道镗完并交检合格才回宿舍。

面对不可能完成的任务，彭振军只有一个字"干"。2022年8月的夜晚，天气闷热，机加工厂房内灯火通明，没有一丝风，头顶上的风扇俨然已成了摆设。彭振军与同事梅祥龙认真仔细地在机床上忙碌着。起吊，机体准确落在机台上的等高块上，再以划线基准拉直找正装夹定坐标，铣上下面，开档，镗主轴孔、滑道孔……即使汗流浃背，他们坚毅的眼神仍然盯着机床，顾不上擦汗，工衣已经不知道干湿了多少遍……

原来，按照生产排产计划，机加工厂必须在8月底前完成顺北项目5台机体精加工的生产任务。但是精加工的设备只有一台沈阳第一机床厂龙门镗铣床，毛坯到货时间晚且集中，而加工1台机体要15天的时间，完全是一项不可能完成的任务。

此时，彭振军毫不退缩，冲锋在前，主动沟通，与班组成员达成共识，将机体加工作业调整为三班连轴转、人停机不停，工序周转无缝对接循环工作制，确保整体进度。这不，彭振军刚下班没多久，又来到机床旁"陪班"。

"反正我在宿舍没什么事,我来帮你吊装,还可以加快进度。"梅祥龙什么也没说,只是竖起了大拇指。在他的示范带动下,班组成员齐心协力,主动延长作业时间抢进度,就这样25天顺利完成了5台六列机体精加工任务,创造了单台设备加工1件机体仅用5天的新纪录,较正常加工周期缩短了三分之二的时间。

这里是中国制造的一个普通车间,底座、主机、管线……构成了一幅刚劲的画面,扳手、铁锤、水平仪……赋予画面的生动和灵气。

而这幅画的底色是钢铁!

总装厂里有这样一群人,他们埋头于钢铁世界,潜心研究,辛勤劳作,用智慧和汗水打造着浓墨重彩的国之重器。

20来人的班组,不仅承担着车间一半的压缩机组装配任务,而且主动承担了批量机组中难度最大、问题最多的首台生产任务。总装厂总装一班班长杨新建,总是在上班前就把班组当天生产需要准备的工件、物料提前摆放到现场。下班后,他总是仔细地把装机现场再巡查、再清理一遍才放心地离开。同事们给他起了个绰号叫"杨三最":每天都是全班最先打卡上班的人,最后下班的人,工时最多的人。"苦干、快干,还要巧干",这是杨新建的"三干"经。在2018年华北、中原文23和涪陵机组三大项目生产保供攻坚战中,总装一班敢于担当、冲锋在前,全班员工"比优质比进度",密切协作,完不成任务就自觉加班。从6月份开始到11月底,全班没有休息过一个完整的双休、节假日,参与完成了54台机组的总装生产任务,创造了多项生产纪录。为了提高生产效率、缩短生产周期,他们动脑筋、想办法,发挥集体智慧,在同型号批量机组生产中,创造出先集中力量完成第一台机组装配,再以此为模板制作装配工装,提前进行后续机组批量预制的生产方法,提高装配效率近30%。杨新建的言行也带动和影响着班里每一位员工。预备党员姚奥在时间紧、任务重的华北大牛地机组总装过程中,晚上挑灯干,双休日加班干。当机组装配进入最后收尾的紧要关头,一个两米高、重达100多斤的方钢支撑需要调整,施工空间狭小、吊车无法使用时,身体瘦小的他主动请战,钻进狭窄的空间,抱着支撑、用尽全力,一点一点地挪动,最终将支撑调整到位,保证了生产进度。

正是有了这种"没有条件创造条件也要上"的斗志、拿出了"有一分力就出十分劲"的拼劲，他们班组完成了以往不可能完成的任务。

压缩机组试机中遇到的各种问题，都必须现场解决。有一台新疆CNG子站压缩机，在试机过程中出现了拉瓦现象。为了找出问题根源，技术人员分析了多方面的原因，而每分析一个可能造成的问题点，就要对机组进行一次拆装，改进后继续再试机。为此，杨新建带着两名员工不厌其烦地拆装了七八次机体，积极配合技术人员最终完成了试机工作。

出口尼日利亚成套压缩机组发运

班组员工中有一半是青工，这群小伙子们的成长，始终是他最为关心的，他说："现在岗位青黄不接的现象较为突出，要把这些年轻人尽快培养起来，才能保证技能人才不断线。"杨新建在教会他们技术的同时，适时给他们压担子，让他们带班锻炼能力。这些年，在他的传帮带下，有的青工已经成为班里的生产骨干，挑起了担子。副班长孙卫华、王江江现在都能独当一面，带领小组人员拿下各种急、难、重生产任务。在车间开展的"决战三十天，全力保产出"劳动竞赛中，他带领着全班克服困难，连续加班突击，仅一周时间就完成了市场急需的1台平遥母站机组生产，一个月干了5台机组，刷新了车间生产周期纪录。几年来，他多次获得厂劳模、模范班组荣誉。

三机分公司每年生产压缩机几十上百台。这些压缩机从生产到装配，再到投入使用，每一个环节都至关重要，但他是打通最后一公里的把关者。

一台机组有没有问题,各系统能否运转正常,性能是否达标,都要通过"试机"来检验。多年来,他潜心钻研压缩机组装工艺,练就了一手绝活——"试机"。

他叫吴卫国,总装厂首席工程师,机械制造和数控机床电气方面的行家里手。20世纪70年代,吴卫国出生在"时珍故里"、"教授名县"湖北省黄冈市蕲春县。受"尊医重教"氛围熏陶,他打小就爱琢磨,对一切都感到新奇。一次,趁着父母不注意,他偷偷点燃了一串鞭炮,还没来得及感受弥漫在空气中的硫黄味儿和"噼噼啪啪"的鞭炮声,右手食指已被炸断。尽管付出了惨重的代价,但并没有泯灭他对世界的好奇。

19岁那年,吴卫国考上大学工业企业电气化专业。书本上那些在外人看来像天文符号一样的公式和图表,他却学得津津有味。1993年,他以优异的成绩毕业,分配到位于龙尾山的三机厂抽油机减速器加工车间,从事数控机床电气设备维修和设备管理。

大山深处,第一次见到不停"磕头"的抽油机,吴卫国表现出极大的兴趣,"石油就是从这儿抽出来的吗?"勤勉的抽油机深深吸引了他,他像抽油机一样,一头扎到工作中,把在学校学到的理论知识,恰到好处地运用到工作实践中。一次,他在研究液压和电气转换的部分时,怎么都弄不懂,晚上10点多了,跑到师傅华国强家中请教。华国强虽然年长5岁,却已是机床电气方面的行家。看着这个肯钻肯干的徒弟,华国强十分喜爱,细心讲解,一旁的师娘见夜已深下了两碗鸡蛋面,师徒俩一边吃着面条,一边交流体会。正是凭这股刻苦钻研、不达目的誓不罢休的犟劲,仅半年过后,吴卫国已是小荷才露尖尖角,工作上能独当一面了。

1999年,因工作需要,吴卫国转到压缩机加工车间,开始了与压缩机"耳鬓厮磨"的日子。就在他把专业理论与工作实际相结合,技术越来越精湛时,2005年7月,工厂整体搬迁武汉。吴卫国依依不舍告别承载着自己青春和梦想的龙尾山,随大部队来到武汉。

在重组后的三机厂,吴卫国成为加工车间一名设备管理员。按常理,吴卫国只要管理好设备就行。然而,机械电气设备经常出故障,而单位精通数控机床和电气的人才又很稀缺。于是,每次维修人员在处理故障时,

吴卫国就发挥他"闲不住"的优良作风，在一旁观战。作为数控和电气方面的专家，在维修人员也犯难时，吴卫国一针见血指出问题所在和处理方法，连维修人员都自叹不如。

渐渐地，他开始"越俎代庖"，发现设备故障，就自己动手修理，往往"手到病除"。有时，数控机床坏了，又没有现成的备件可用于置换，吴卫国就想尽各种办法进行人工检测，发挥中医"望闻问切"的看家本领，来判断问题所在。没有师傅教，他就买来《数控系统》、《数控机床的维修》等书籍，碰到难题，就在书中找答案。

有一段时间，器械加工精度总是不够，到底是哪个环节出了问题？工人们都不清楚。吴卫国日思夜想，加班加点找原因，回到家中还在想问题。上小学女儿第二天有一个家长会要他参加，连喊几声，他竟然都没有听见。后来，他采取逐个排除法，结合书本案例，终于发现是数控龙门镗铣床抓刀抓不紧，刀盘松动所致，故障得到排除。

问题在于观察发现，解决问题在于思考和琢磨。有人说："这个活儿我没干过。"吴卫国说，很多活儿他也没干过，可他善于分析研究，总能琢磨出道道来，也练就了一身过硬的本领。

2010年，吴卫国来到总装分厂，担任责任工程师，负责压缩机现场装配、配套工作。一次，他发现有工人通过在底座下加减垫片，来调整自动盘车装置同其传动飞轮齿轮之间的咬合间隙，一整天都没调整到技术要求的范围。吴卫国感觉这种方法不对，琢磨了一会儿，他提出应该通过调整盘车装置齿轮与飞轮外缘的切点来控制其咬合间隙。果不其然，工人们在他的指点下，通过寻找两个圆的相切点，半个小时就调好了。

还有一次，他发现装配工人在发动机、电机与主机联轴器对中过程中，花费很长时间，而且效果不明显。这本不关他的事，可既然看到了，就不能坐视不管。工作之余，他找来两个百分表头自己练习，很快摸通了其中的原理，仅用半天时间就琢磨出了其中的道道，完成对中。事后，他特意编写了压缩机联轴器对中的标准化作业指导书，方便其他工人操作。

半年后，试机车间传来消息，由于试机工期太长，问题频发，机组不能按期发运出厂，严重影响工厂信誉。试机工作急需一个机械和电气都比较精通的人，毫无疑问，吴卫国是不二人选。他再次顺应岗位需求，调至试机车间大展拳脚。

试机是一项高危工作。试机尤其是多级的压缩机加载运行完成后，末级管线内如果不及时放空，管内压强高时可达二十几兆帕。试完机，拆卸进排气管线时，如果管内的高压气体冲出来，后果不堪设想。所以，每次试机，他都在现场坐镇指挥，未发生一起安全事故。

天然气压缩机对质量的要求近于苛刻，压缩机很多部件之间的间隙要求控制在几司米（1 司米 =0.01 毫米）以内，一丝丝的误差都有可能导致试机出现问题，无法顺利出厂，继而带来巨额损失。试机员必须时刻绷紧一根安全弦，对各种参数洞若观火。长期处在这样一种高压的环境中，吴卫国练就了一双火眼金睛，试机时，压力是否正常，温度是否达标，各种数据是否在要求范围内，他一看便知。同时，他还练就了一双非常灵敏的耳朵，一听声音，就知道哪里发生了故障。

就在前几天，吴卫国试机时，在嘈杂的工间里忽然听到"当"的一下，感觉不对劲，他立即要求停机检测。发现联轴器连接螺栓断裂了一根，幸亏发现及时，如果继续试下去，将导致其他螺栓跟着断裂。吴卫国的大脑飞速转了几圈，仔细分析，判断是低速电机在变频器控制下高速运转，其转速不匀称造成交变的剪切力所致，更换成高速电机后，顺利完成试机。

"试机加载时，噪声可达八九十分贝，我从不敢戴耳塞，担心听不见异响。现在我的耳朵已经没有以前那么好使了。"吴卫国笑言。

2018 年，三机分公司"两北一川"生产保供攻坚战打响，总装车间昼夜忙碌，生产保供形势十分严峻。2 台机组的试机却出现了机组电机与压缩机主机联轴器对中时，主机游隙同主电机磁力线无法配合调整的问题。两个小时过去了，原因仍没有找到。

前一天通宵加班到早晨才回去刚刚入睡的吴工接到了告急电话，不到半个小时就出现在机组跟前。他边观察边琢磨，爬上爬下查找原因，在快速排除了其他因素后，将重点放在了检查压缩机主轴跳动上，很快发现了问题所在：原来是主轴两端受力不均造成的。吴工马上着手进行修正，很快将电机和压缩机联轴器对中调整完毕，机组重新轰鸣起来。

看着吴工有些红肿的眼睛，大家劝他赶快回去休息。吴卫国笑着扶了下眼镜说："我就在办公室打个盹儿吧，晚上还有试机任务，有事随时叫我"。

在紧要时刻能大显身手，在关键时期也能把好关口。东北局松南项目是分公司在东北开辟市场以来的"大订单"，从拿下订单到约定的交货期时间紧迫，能否做到优质保供，对今后深度开拓东北市场的重要性不言而喻。特别是在第二台机组带缸跑合时，甲方代表要求亲自到现场观摩试机情况。

接到任务后，吴卫国带着试机小组的人员立即投入试机前期的准备工作，电机找正、中体气缸支撑调整、油路气密试验，大伙儿夜以继日，连续加班，终于在甲方代表来的前一天让机组提前运转起来，机组各项指标正常。可是，在连续试机过程中，由于车间地基的问题，机组在运转时振动稍稍超出了技术要求。参与试机的员工觉得没啥问题，如果甲方提出异议时解释一下就可以了。

吴卫国却力排众议："别小看振动指标，它关乎整个机组能否始终平稳运行，马虎不得。我们呈现在甲方面前的必须是所有指标都正常的机组！"

随后，他带着试机小组人员一点点找虚点、共振大的地方，经过一次次调整，一遍遍测量和试验，一直忙碌到凌晨1点多。

当天，甲方代表来观摩试机，仔细观察了机组振动的测量，当看到机组振动值远低于技术要求时，钦佩地竖起了大拇指。

一般情况下，三五天就能试完一台压缩机。去年夏天，由于配件没有及时到位，导致装配时间延期。为按时完成机组发运任务，吴卫国从头天早上8点走进试机车间起，就开始马不停蹄地试验。晚上，蚊叮虫咬，手臂上全是小小的红疙瘩，他使劲挠两把，接着工作；汗水流进眼睛里，又辣又疼，他也顾不上，抬手抹一把。车间光线不好，吴卫国用手机手电筒照明，由于凑得太近，又过于专注查看运行状况，一不留神，手机掉进了机体里，被机油浸泡报废了。夜深了，肚子也饿得"咕咕"叫，倒点儿白开水冲一碗泡面充饥。就这样，直至次日上午11点，在连续工作27个小时后，终于完成试机，按时发往现场，受到客户的高度赞扬。

作为分公司试机第一人，试机工作离不开他，他也离不开心爱的试机，即便是8个月前，吊装木头时大拇指挤掉了一块肉，至今仍然是麻木的，他也没有休假。

"责任重于天"、"质量就是生命"……这些句子在老劳模吴卫国眼中，早已不再是单纯的口号，而是化作经验和箴言融化在他每天的工作中。

"过去我们的产品都是把用户现场当作试验场，大大小小问题暴露在现场，沙漠戈壁找个螺丝都难，整改费时费力，客户也抱怨。现在厂里挤出资金投入3000万元，建成了国内唯一的往复式压缩机综合模拟实验平台，得好好用起来，尽量把问题解决在厂内，不让问题产品出厂。我只是一枚普通的螺丝钉，每当看到一台台压缩机合格地发运出厂，我知道，每一颗螺丝钉都必不可少。"

总装厂压缩机加载试机忙

"老王"是总装人对他们的领头人——厂长王宏亚的爱称。他其实一点也不老，标准的80后。2007年大学毕业进厂，一进厂就在总装厂实习，人称"小王"同志。因其善钻研，能吃苦，被当时总装厂领导看中，极力将其留在了总装厂的技术组，同期进厂的大学生只有他一人留在了基层，这一干就是15年。

实际上，总装厂在他之前并没有真正意义上的技术员，只有调度和配套人员。"小王"来了之后，既当技术员又当配套员，还是现场机组的协调与装配员。没有技术人员带，没有专业文件指导，更没有专门的培训渠道，只能靠自己在现场一点一点干，一点一点摸索与积累，尝遍了其中的艰辛。

一个电磁阀 200 多斤，从库房用小推车领出推到装配现场并搬到配件台上，他一天来回十几趟；一个工业气用的大法兰 40 来斤，有时需要搬十多个，那些小配件更是无数，他每天往库房跑无数次。他走路永远是半跑的状态，不是在领料就是在跑回用单，全天候无休，甚至全年无休。微信里运动步数统计 APP 中他永远是朋友圈里的 NO.1。

　　总装厂人看在眼里，服在心里，这样能吃苦、求上进的大学生难找："王宏亚在总装厂的成长脚本是坚实的、是辛勤劳作的汗水滋润出来的。"慢慢地，以前的"小王"不知不觉中被"老王"的称号取代了。

　　在他担任总装厂副厂长、厂长的几年里，和他合作过的部门以及相关人员，都说"老王"做事靠谱。"吃点苦，吃点亏都可以，只要能解决生产难题就值得。""老王"总是说。

　　总装厂承担着压缩机产品的装配、试机、发运等任务，三机分公司的所有生产压力都在这里汇集。谁都知道总装厂的工作不好干，既要管好自己厂里的生产进度，又要协调生产、技术、质量、加工、采购、售后等各个部门。"老王"对内梳理装配流程，优化装配工艺，重新排班分组，加强管理，提高生产效率；对外与各部门建立沟通协调机制，将总装厂需求及时提交，凡事提前谋划、沟通协调。之前，总装厂都是每个班组在规定的时间里承包一台机组。从落底座开始，工艺气、油润滑、水循环、排污系统等，一直到试机环节都是同一组人完成。这种工作流程与实际的生产需求不吻合，生产效率低、弊端大。比如，每个项目都会有很多台机组，而同一个型号的机组分给不同的班组来完成，每一班组对技术要求和图纸资料理解和认知不同，不仅工作量大，而且细节多有不同，生产效率低下，同一个型号的机组变成了每个班组生产的不一样。"老王"通过"划小核算"班组，将以前的综合班组拆散，再按装配流程重新组合，形成了工艺气、主设备、小管线、试机、机动和电气安装等专业班组，每个班组承包一块，形成流水线作业，实现了机组批量化生产的需要，甚至在物料不齐全的情况下可以提前预制，大大提高了现场生产效率。

　　总装厂是一个 80 多人的大单位，一个靠多人协作装配的大集体，生产组织与管理压力巨大。"老王"身先士卒，不分昼夜在生产现场指挥协调，经常连续加班加点到深夜甚至是通宵，困了就在办公室的沙发上临时打个盹，又重新投入新一天的战斗中。总装厂生产经营中面临两大难题：装配钳工严重不足，技术工人断层。"老王"通过制定班组日计划，把生产任务落实到人；组织"师带徒结对子"，让年轻人得到手把手的培训机会，加强年轻人成长等措施化解了生产中的难题。通过不断发现问题，着力解决问题，总装厂面貌焕然一新，员工干劲十足，"首战用我、用我必胜"的誓言响彻车间，总装厂能打硬仗的作风进一步彰显。近些年，华北、涪陵、中原储气库等集团公司重大项目压缩机生产保供攻坚战连连告捷，总装厂连续夺得机械公司重大项目劳动竞赛优胜单位，产量产值也连年大幅提升，2017年装配机组20台，产值0.93亿元；2018年装配机组76台套，产值2.46亿元；2019年装配机组119台，产值2.73亿元，生产发运机组首次突破百台大关，并且提前60天完成全年排产任务。机组装配一年一个大台阶，"老王"带领总装厂人不断刷新着生产纪录。

春去秋来，"老王"穿梭在生产一线，像个永不停歇的陀螺。2022年，"老王"不舍地离开了总装厂，出任三机分公司副总工程师、技术服务公司经理，挑起了更大更重的担子。

刘浚，三机分公司质量控制中心检验员，也是一位三机老劳模。刘浚的徒弟这样写他：

走进三机分公司总装厂，一个拿着电筒、记号笔、卷尺的检验员正在安排大家对装配机组进行检测，他就是我的师父刘浚。

20年前，因工作需要，年近40岁的刘浚才开始从事天然气压缩机总装检验工作。压缩机的检验工作不仅仅需要动手，更需要动脑，刘浚从没放松对自己的要求，他白天跟着别的师傅完成日常的检验任务，晚上利用休息时间埋头"啃书本"，一边读书一边思考如何改进自己的检验方法、要求和检验步骤，如何针对不同型号压缩机的差异对症下药精准检验。弄不明白的地方他就利用工作间隙向同事求教，然后再到检验现场逐一进行操作实践，仔细研究压缩机各部件的间隙控制情况，并详细记录检验步骤对应的设备变化情况和注意事项。

在实践中，师傅逐步掌握了进货验收、焊接、涂装、总装装配等检验知识，

成为一名多面手。

"好的产品不是检验出来的,而是一道道工序精心干出来的。"负责现场检验,师傅有着较强的质量意识和责任心,从主机装配、跑合到整机组装、管线对接和试压以及出厂前的各种检验和试验,每一道检验工序和过程他都倾注了满腔的热情和心血,坚持严格把关,不放过任何一个影响产品质量的细枝末节。厂里4FBC压缩机新产品试制,在主机组装过程中,师傅发现曲轴在曲轴箱内不能自如运转,经检查部分主轴瓦无间隙,他立即提出主轴瓦孔存在不同轴现象。当时我厂无检测条件,经送四机厂三坐标检测仪检测,证实其同轴度超差0.86毫米。塔河RDS压缩机整体试压时,他又及时发现了一个20.5″气缸出现渗漏,之后按工艺要求进行精车、打磨、清砂后进行了装配,从而避免了发到现场可能出现较大的责任事故。

作为一名检验员,师傅不仅仅局限于发现问题,更善于找到解决问题的办法。文23二期机组十字头间隙小无法调整,按常规简单地开具一份处理单就完事了,师傅积极主动想办法,研究出通过调节活塞杆超级螺母的顶丝安装顺序调大十字头上部间隙,解决了难题。

产品出厂,他这个检验员就可歇息,但师傅还得到安装现场全程检验。

晚霞的余晖完全被黑夜吞噬后,他们才挺起身子,扛起手中的工具爬上驶回住地的汽车,一身的疲惫就想着能好好洗个澡、蒙头睡个好觉。而天近朦胧时就有人开始起床洗漱,因为载他们去现场的车7点钟将准时出发。

从早上8点开始已经干了七八个小时的活了。那时他正在帮着抬管线,电话很久才接。

"师傅,辛苦了啊,在那边怎么样?"

"挺好的,就是晒黑了,也瘦了点",他的声音明显有些低沉。

因为经验丰富,工作仔细认真,师傅被领导点名派往大牛地施工现场监督检查机组安装、调试。他本来就比较瘦,一听他说又瘦了,我赶紧追问:"是不是那边生活条件苦,吃得不习惯?"

"吃得还行,一天20元的标准,主要是这边工作量太大,人手少,太累"。

大牛地机组的安装现场只有10个人,要在规定期限内完成10台机组的安装、调试,面临的困难比较多。负责指导、检测的他主动拿起扳手去拧螺栓，抬管线、对管线。

"现场发现什么问题没有？"

"205 号机组一根 $\Phi 406$ 的管子上面标识要补焊；第一批的两台机组中体盖板没上紧，雨水进入，活塞杆表面容易生锈，已经整改好了。"

对机组性能有影响的问题，他总会"大惊小怪"，因为机组合格交付、赢得用户满意，才是大家最终的目标。

新疆鄯善首站 2RDS 压缩机组，现场试机时出现轻微的异响，刘浚要求马上停机进行全面检查。压缩机主机全部拆卸，认真复检后未发现任何问题。现场相关技术和装配人员认为应该没有问题，可以重新试机，但刘浚坚持再检查一遍发动机。拆卸发动机主机意味着又要耽误好几天的时间，大部分人认为没有必要，但他坚持只要没找到问题，就一定要继续找，一遍不行就来两遍，任何一个地方都不能放过。拆开发动机主机后，经过认真检查，终于发现主机曲轴箱内的一根连杆螺栓松动了，一起可能导致整个发动机发生质量事故的隐患消除了。

"现场检验中，一旦有问题解决不了，我就控制不住要去想，吃饭想，走路也想。看到同事们一筹莫展，我心里只有一个字——急！总是想不断尝试，不断摸索，直到难题迎刃而解。"师父总和我说，在潜移默化中也让我养成了爱动脑的习惯。

师父说有问题就要有总结，有总结就要有分析对策，不能让问题一而再再而三地重复发生。我们师徒俩一起将项目中碰到的问题进行了总结，并将这些问题整理成 PPT 开展培训，同时为了规范化、标准化检验工作，编制了从原材料、主机加工、主机装配、采购件入场验收、整机装配到整机出厂全过程的《压缩机质量控制手册》。

师父的故事太多，师父的能力太强，我时常惭愧于自己的愚钝与笔头文字的苍白，但是我很骄傲我有这样一个师父。他从不吝啬将他的知识传授于我，帮助我鼓励我，做好质量工作，他在我心中是最棒的、最好的师父。

把简单的事情做好就是不简单，把平凡的事情做好就是不平凡，在不简单、不平凡中不断追求完善和创新，那就是一种精神。

"行吊不能用，这钢管咋送到库房里？"三机分公司物资供应中心库

房来了一车钢管要入库上架。由于近期排产较满，物料到货比较多，库房内位置受限，当钢管运到库房时，车辆只能停在库房门口，库房内的行吊用不上，几个卸车的师傅焦急地询问着库管员。听到这话，负责管理管件的库管员李霞不免有些着急。

就在这时，只听见旁边传来一道声音："没有干不成的事，就看你想不想干。"

大家回头一看，原来是老劳模、生产调度万里，地道的现场"百事通"。

只见他先在别处把钢管挪到地坦克上，再开着铲车把库房入口处的物料全部清理到一边，操控着地坦克小心翼翼地挤进了库房门口，一直抵到库管内门，钢管才险险到达了行吊的正下方，终于成功将一捆捆钢管吊装到货架上。"哪里有困难，哪里就有万里！"李霞感慨道，随后一张万里在现场进行吊装的照片发到了生产物供工作群里。

6月18日晚上快7点了，万里顾不上吃饭，正用叉车一桶一桶地转运着试机用的润滑油。

"早上李主任交代的，试机用油还只有最后一桶了，这几天正赶上高含硫150万立方米机组试机，后面也还有好几台机组，今天刚让厂家从荆州送过来的，这个时间点了，叉车师傅不好找，我自己给它们转到油品库。"

万里从参加工作到成为生产调度，所有的工作经历都是在生产一线，历经多个岗位的他拥有多本操作证。操控着遥控器，他是吊车操作员；开上叉车，他是司机；拿起手套，他又成为车间调度。

机加工气缸和机体毛坯到货多，他开着叉车来帮忙卸货。

总装厂周末加班，他协助大型物料的吊装和地坦克的转运。

采购到货要运送到库房上架，卸车、吊装一条龙服务。

有同事心疼他，"你是生产调度，谁有事都找你，一天到晚把自己忙得团团转。"

万里笑呵呵地说："这些事，都是厂里的事，作为调度，本来就是进行生产组织协调，我帮忙多干一点，事情就能做得快一点，我干早一点，车间就能早干一点，给车间多留点时间。"

分公司压缩机组要参加全国石油石化装备产业基地大会展览，他配合销售公司在荆州布展。第二天早上6点，他坐早上第一班地铁赶火车去往荆州协助进行机组吊装，将机组摆放就位后，下午3点又风风火火赶回武汉。

金秋十月，对于52岁的万里来说十分煎熬。半个月前，脚伤手术，本该在家休息，不到一周他又一瘸一拐出现在总装现场。

"这几台机组月底都是要交货的，我看着着急，恨不得自己上了。"看着生产稍有滞后，万里急得如热锅上的蚂蚁。不管每天几点下班，不管工作日还是周末，只要总装有加班，作为生产调度的他就会守在现场。同事们开玩笑地说，万里是总装厂的"编外人员"，"那是，总装现场就是我的办公室，总装的加班餐也得算我一份。"

面对大伙的称赞，他总是爽朗一笑，"都是为了工作，能干的我就尽量干。再说，作为一名党员，我肯定是当好革命的一块砖，哪里需要哪里搬。"

工人、车间、劳模、班组长，热火朝天、挥汗如雨，还有那些鼓舞斗志的车间横幅，它们共同组成了中国车间的原风景。

18 伸手可触的祖国啊，我拥抱你遥远的地平线

武陵的长度叫山脉，它是中国西南山系跨度最大的拱门。出入这拱门的云深雾重，以及常年在云端里的跑者。他们跑世上最难跑的路，跑世上最险的路，也跑世上最有希望的路。这路通往一个个井场，不断延伸着共和国的能源宽度。

胡亚龙一年要跑这样的路7万多公里。

他是司机吗？不是。

黝黑、壮实、耿爽，电话里的声音就是方位，更是召唤。

他可以电话指挥，坐在办公室调配他手下的30多号人。这活有专人负责，但他还得去现场。他的活动半径很大，跨两省市，重庆的涪陵页岩气田是

他的主战场，四川达州普光气田也是他的主战场。有250多台压缩机在井站、集输站、管网高速运转着。机子不转了，电话就成了催命符，他比用户还要着急。

他应该是世界上最着急的人，也是世界上最忙的人。

他是三机分公司负责涪陵、达州片区技术服务中心经理。

重庆的夏天热是它的特产。今年，达州的热也后来居上。普光3台50万立方米高抗硫压缩机必须在9月5日投产运营。8月28日，胡亚龙驱车200多公里赶往普光。弟弟胡彦龙是普光气田运维站站长，这兄弟俩就在现场见面了。

什么情况？胡亚龙见来人不少，问。

用户急呀！有管技术的，有管生产的，有管安全的，甚至报社记者都在等好消息。

现场安装有条不紊。

普光的盛夏，那可真是热火朝天。高空作业，头上顶的是火球，工鞋、长衣长裤、手套、安全帽，这些"外包装"少一样就是违规。起早赶黑错热干活，20分钟轮换作业，一个星期后，记者的新闻稿出来了——《石化机械50万立方米高抗硫压缩机组在普光气田投运》：

9月5日，由石化机械三机分公司自主研发的3台50万立方米高抗硫压缩机在中原油田普光气田采气厂1#增压站顺利投产，进气压力6.0兆帕，排气压力7.7兆帕，为普光气田攻坚上产再添新动力。普光是我国首个成功开发的高含硫整装海相大气田，开创国内高含硫气田安全高效开发的先河。近年来，随着开发的深入，普光气田面临着地层压力持续下降、稳产难度增大的挑战。为有效延长气田开发周期，实现持续稳产，启动国内首个大型高含硫湿气增压工程——普光主体湿气增压工程项目。该项目位于四川省达州市普光气田，依托普光气田主体现有集输系统，新建2座增压站。1#增压站站内安装高抗硫往复式压缩机组3套。2#增压站站内安装高抗硫往复式压缩机组4套。

石化机械三机分公司提供了6套50万立方米和150万立方米高抗硫压缩机组。

作为中国石化国产化压缩机生产制造基地，凭借深厚的压缩机制造技术自主创新，针对普光气田含硫天然气开发需求，开展适应高含硫介质、集输工艺压缩机、安全环保设计、安全监测及控制技术等研究，不断突破关键核心技术难题，在国内率先掌握适用于含硫化氢17.5%，天然气环境下运行的压缩机研发与制造技术，打破国外垄断。由石化机械三机分公司提供的6套压缩机，依托P101湿气增压先导试验项目攻克了超高含硫酸性气体压缩机的设计与制造难题，它能够处理含硫量较高的天然气，将地下气藏中的低压酸性气体增压，更高效地储存和运输天然气。不仅如此，压缩机还能提高气井的生产能力，让酸性气田开发实现增产。

在现场安装调试阶段，三机分公司技术服务人员克服川东北夏季高温潮湿、场地狭小，工程有效施工时间短、任务重等不利条件，组织各部门生产骨干日夜盯守在施工现场，狠抓现场质量、安全管理，全然不顾夜间蚊虫叮咬、毒蛇出没，经常在现场挑灯夜战。技术服务人员积极与业主沟通协调，主动参加相关培训，精心制定现场推进大表，强化时间节点，优化安装流程，加快运行节奏，全力服务保障现场施工建设，为该站点迅速投产，顺利完成全年产量任务打下了坚实的基础。据悉，该项目投产后，预计提高普光主体区块采收率5~6个百分点，增加可采储量超过100亿立方米，可进一步延长普光气田稳产期。

胡亚龙拍拍弟弟的肩膀，这种无言的夸奖弟弟心领神会。

哥，要赶回去吗？注意安全。

你也是。刚开始投运，多盯着点，磨合期过了就好了。

弟媳对胡彦龙说，咱的"地摊面馆"啥时开门啦？

明天吧，停业20天了！为了机组的安装调试买回的面机还在物流中心放着呢。净化厂的员工大多是北方人，早餐吃不上臊子面都有意见呢。胡亚龙听完弟弟的解释，又拍拍他的肩。

我下次来，得给我做一碗臊子面。胡亚龙突然想起什么，问：你们还没办喜酒呢，时间定了吗？

胡亚龙的弟媳彪明明看了看丈夫。

"121"吧。胡亚龙先是一愣，很快眼里湿润了，这是三机厂渐行渐远

的代号，可以替代龙尾山的代号，中国三线建设的时代符号。心里装有"121"的人，那就是装有国家啊。

彦龙啊，你长大了！

不请客，只是补办一下！新娘子进了胡家，哪能少了这道程序呢。

哥，你若能来最好，就我们三个人；来不了，肯定是抽不开身，我和明明不怪你。

尾灯就像拖长的流萤消逝在大巴山的崇山峻岭。

山横水纵啊，能把山河串在一起又赋予山河之壮美的唯"气"字尔，因而就有了"气壮山河"、"气贯山岳"，即"气"能壮山河，"气"能贯山岳。我们在亚洲最大的净化厂普光才发现闪烁的不一定是星光，照耀的也不一定是阳光。

有一种闪烁叫璀璨。

有一种照耀叫荣誉。

8月24日，我们赶往中石化元坝气田采访。西南苍溪服务站的站长汪华把我们带到了他服务的站点元坝控制中心。三机分公司4台RDS机组保障这个中心日处理天然气上千万立方米，压缩机运维被国家管网收回。他们只负责每年的大修，日常的技术服务都由国家管网负责。汪华担心国家管网的这些新手经验不足，就主动到控制中心给他们讲课。中心主管陈松竖拇指夸汪华，"收回服务，其实是夺了他们的饭碗，但他们毫无保留地给我们传经送宝！我上班十几年了，还是第一次遇到这么好的人！"

"有讲课费吧？"我问。

"没有！讲完课就走了！他有他的工作，忙！"

"市场看得见，也看不见，你帮助了别人，有困难时就不缺援手。再说，气是国家的，只是分工不同，出了问题受损失可是国家。"汪华就认这个理。

在路上，他讲同事姚申华的故事，听后有点惊心动魄。

"听说了吧？"在他看来这么好的故事书里不能没有。

"十多年前"，汪华记不清具体时间，但他记得那天姚申华在沙漠里的站里值班。突然听到一阵爆炸声，集输站某处管线正在冒烟。姚申华第一个冲向了压缩机工房。

这时听到有人喊：快逃命，往左，绿色通道！谁还在往机房里跑？不要命啦？喊你呢！

他没有停下！

冲进机房紧急拉电关闸。

一场险情没有酿成重大事故。

与他一起关闸的甲方人员受到嘉奖，而姚申华在站里受到口头表扬。

"不出事就是最大的嘉奖！"姚申华的故事就这么低调地留在某年某月某时。万一爆炸起火呢？姚申华如果带着那么多的万一，他恐怕通往的不是机房，而是"绿色通道"。

深秋的武陵山脉青杠林红了，这个绵延数百公里的群山就像一个露天的火盆，摇曳的红叶如火苗舔舐着高天流云。三机分公司组织了记者一线行沿三点一线走进西南的山山水水。这里的三点就是：涪陵页岩气田、苍溪元坝气田、普光气田；一线则是川气东送管道线路。这三大气田是中石化川气东送主气源地，也是长江经济带上的主力气源。在这三点一线上，他们重点放在了涪陵页岩气田国家示范区，写出了一种"红"，而这种"红"有底色，有本色，有长年累月流淌在国家能源版图上的精气神。

他们是"山里人"，可以靠山吃山，但真正的"靠山"，并非有形之山，而是无形之山。三机人告诉我，没有机械公司这座"靠山"扶持，他们走不稳，也走不远。

没有"硬核"，涪陵页岩气国家示范区就不会有你的一席之地。

2015年12月16日，在时任石化机械公司副总经理王峻乔、研究院院长池胜高的带领下，压缩机分公司相关人员赴四川涪陵与页岩气分公司项目部进行了单井增压压缩机项目现场技术交流。作为机械公司立项的国家"十三五"重大科技专项《深层页岩气关键装备与工具研制》项目的参与单位，压缩机分公司在所承担的项目课题之四《页岩气回收及专用井口装置研制》上与市场紧密结合，积极推进。此次就是与涪陵页岩气分公司项目部就页岩气回收急需的单井增压压缩机项目进行现场技术交流。这一天距离气田一期50亿立方米产建仅半个月。有了一期，不能没有二期，二期的产建要在一期的基础上翻番，这对三机人无疑是一个利好的消息。交流会上，涪

陵页岩气分公司项目部介绍了"页岩气井口压力下降速度快,到输压以下就不得不关井,气井难以持续生产"的实际情况,提出了"随着气田往南部进一步开发,低压、低产气、高含水气井将越来越多,气井生产难度将进一步增大,急需开展低压低产气高产水气井采气工艺研究和大量单井增压集输装备"的市场需求,并希望在压缩机上考虑将分离、脱水、压缩集成于一个橇,实现无人值守、远程停机的一体化增压工艺方案。根据用户需求,压缩机分公司(曾用名)初步制定了整套设备集成方案,并与页岩气分公司项目部落实了下一步的交流时间。通过交流,机械公司、页岩气分公司项目部的领导和专家达成共识,明确了机械制造装备产业发展应向一体化设备集成制造与服务相结合的模式转变,装备制造向可靠性、通用性、防护安全、操作智能、维护简便、低成本发展的方向,为压缩机分公司进一步开拓市场,拓展新的应用领域奠定了基础。

利好,其实是一次前所未有的挑战。他们瞄准的是后焦石时代,好采的富集区推高了产量,能不能保持这个势头压缩机是保产增产的唯一神器。

2015年12月28日,按照机械公司聘请外籍专家工作的总体要求,压缩机分公司积极响应,聘请外籍专家跟踪前沿先进技术、提升科研开发和管理的能力和水平、推进压缩机产业进步。为更好地落实、配合外籍专家工作,分公司迅速行动,成立了专门的外籍专家工作组,制定了工作组成员招聘办法,并在全分公司范围内组织了公开招聘。招聘过程中,各类技术人员特别是青年技术人员积极参与,踊跃报名,有20名中青年技术人员递交了申请。分公司按照"公开、平等、竞争、择优"的原则,先对应聘人员进行了第一轮严格的英语笔试,再由机械研究院、机械公司市场发展处国际业务中心、分公司的相关领导和专家组成面试小组,对14名笔试合格的成员逐一进行面试,面试内容涉及压缩机专业知识,英语口语,团队协作等多个方面。经过个人申请、笔试、面试等环节的严格考核和激烈角逐,最终王有朋、汪启军、姚亮和辛青山等4名中青年技术骨干分别作为主机组、配套组、总体方案组和质量控制中心的代表脱颖而出,进入外籍专家工作组。

2016年1月18日上午,压缩机外籍专家合作项目签字暨启动会议在机械研究院举行，机械研究院院长池胜高代表机械公司和外籍专家 Bob Carter 在双方的委托协议上签了字，标志着压缩机外籍专家合作项目正式启动。外籍专家 Bob Carter 是美国压缩机类产品资深技术专家，有着近三十年从事压缩机装备技术、生产、经营管理工作经验，担任过美国多个压缩机成撬厂商的高级管理者，创造了优异的市场业绩。开展压缩机外籍专家合作项目既是机械公司高度重视和关心支持压缩机产业发展的重要举措，又是实现机械公司"三大支撑"和"两个转型"的迫切需求，也是实现压缩机产品技术提档升级的强有力的"助推器"。

压缩机外籍专家合作项目签字

启动仪式上，压缩机分公司总工程师侯小兵首先对项目的背景、目的、合作任务和首期拟交流的内容做了详细汇报。总经理王一兵代表压缩机分公司做了表态发言。会上还对项目组落实、配合外籍专家工作做出了具体安排，提出了明确要求。下一步项目组的工作重点：一是把握学习的机会、积极思考、认真钻研，努力寻求破解压缩机技术发展难题的有效解决办法；二是全力配合外籍专家的工作，主动学习和吸收国外先进的设计和制造经验，形成规范的设计、制造和试验检测体系；三是通过合作交流，研发出能用于页岩气开采的 15 兆帕气举和 52 兆帕注气两种型式压缩机，填补国内压缩机产品市场空白，为压缩机市场开拓提供有力支持。

2016 年 2 月 4 日上午，压缩机分公司向王峻乔汇报了本次外籍专家工

作组首期培训收获、工作目标和阶段计划、一季度详细工作计划、气举和注气压缩机开发工作计划、文72机组目前工作进展、在文88机组上的优化改进以及外籍专家和用户提出的问题整改落实情况。王峻乔听取汇报后，对于压缩机分公司在外籍专家工作和文72注气压缩机开发方面所做的工作给予了肯定。他指示，压缩机分公司要多学习外籍专家先进的设计理念和设计方法，提升技术实力和产品水平，尤其是成本控制、节能环保这些方面，作为产品的亮点吸引客户。技术人员要全过程把控，在今后的工作中要多从用户的角度出发去考虑，产品的开发要把握国家和行业的发展方向。通过外籍专家工作组的工作营造并保持一种积极向上的氛围，进而带动整个公司形成一种精益求精的工作作风。

2016年3月9日，为了调研气举压缩机设计选型及方案配置主要参数，压缩机分公司总工程师侯小兵带领2名专家项目工作组成员前往涪陵页岩气井区开展井下及井口参数调研。外籍专家项目工作组的主要工作内容之一是要在消化吸收国外压缩机技术资料的基础上，根据国内市场情况完成页岩气气举压缩机和高压注气压缩机的设计、制造和试验。为推动项目有序进行，确保在计划期限内完成目标，项目组集中力量，按照项目管理模式编制项目实施计划，明确人员分工，细化阶段任务，做到周布置、周总结；完成压缩机英文技术资料索引和大部分外文资料的摘要翻译、气举工艺资料研究、压缩机设计成橇规范大纲编制、页岩气井口一体化装备交流方案编写等工作。项目组还对首期培训内容进行了总结，并在市场科技工作会上进行汇报。项目组将继续按照计划开始气举压缩机的总体方案及配套设计，并请外籍专家对设计方案进行评审完善。气举压缩机的研制有助于提高油气田的采收率，可以扩大压缩机产品覆盖范围，提升机械公司的压缩机市场竞争力。

深秋时节，天朗气清。

三机分公司记者一线行共三人，乘坐西行的动车，直奔涪陵焦石镇，探访服务公司涪陵服务中心。车到丰都，转乘小车，驶入盘山公路。放眼望去，满目青山。翁郁荫翳、嵯峨黛绿。妩媚的绿、娇艳的绿、瑰异的绿、奇妙的绿……温柔了我们的视线。这是大山的本色。但涪陵的山色仅仅只是单纯的绿吗？

他们在人物新闻稿里写道：

随着后来几天对涪陵的仔细观察和情感融入，我们欣喜地发现，这里还有另外一种色彩：绿色的衬底中，闪烁着火焰般的鲜红，在阳光的照耀下灿如丹霞。这红色，既是对绿色的装点，也是奋斗在涪陵的石化人激情生活的写真。

焦石镇：满街流淌"石化红"。

走近焦石镇，立刻让人有一种错觉，虽然地处深山，却感到熟悉和亲切，恍若回到了江汉。与江汉相似的建筑，从江汉复制而来的单位名称。更为显眼的是，每一片角落，都游动着"石化红"的工衣。独行的红工衣，三三两两的红工衣，一群群的红工衣，热烈的红，温暖的红，奔放的红，弥漫了我们的视野。

想起一句俗语："聚是一团火，散是满山红。"

石化人火红的英姿，从焦石镇洒满涪陵的崇山峻岭。

我们来到三机分公司涪陵服务中心驻地。

这是一栋三层民房。背靠青山，头枕绿树翠竹。一旁的丛林里结满金黄色的柚子，远看星星点点，走近唾手可得。出来迎接我们的也是一群红工装。他们中，既有面孔熟悉的本厂员工，也有不熟悉的外聘人员。但无论是谁，都把我们看作"家里"来的人，见面分外亲热，笑容里荡漾着化不开的浓浓"乡情"。当时，服务中心经理胡亚龙因事在外，副经理赵永勇给我们介绍站里的基本情况。全站共有员工32人。下设焦石、白涛和南川三个服务站，分管151台各种类型压缩机的保养、应急抢修和新设备安装调试任务。

第二天，胡亚龙回来后，我们抓紧时间采访。他告诉我们，他和副经理都是西北人，是分公司外聘来的管理人员，刚上任才四个月时间。当我们问及他不长时间的工作感受时，他说，如果用一个字概括，那就是"累"！如果用两个字概括，则是"心累"！

他说的"累"，我们能想象得到。涪陵的武陵山，山岭丛聚，沟壑纵横，典型的喀斯特地貌，走路都费劲。"那山没有这山高哟，这山藏有气宝宝！"

哪里有气，哪里就有集输站，就有三机产的压缩机。服务人员少，经年累月奔波跋涉在险山峻岭之中，怎能不累？他说的"心累"，我们则不完全明白。他解释道，操心的事太多，如站内站外工作的协调安排；担心的事太多，如随时可能面对的设备故障；烦心的事太多，如用户的要求不能完全满足。每天的时间都不是自己能支配的，包括晚上的时间，不知深夜几点会蹦出个啥闹心事，你得拔腿就走。

"作为西北人，饮食能习惯吗？"

"入乡随俗，慢慢适应吧。"淡淡地回答。

说到这，我们忽然对他们的伙食产生了兴趣。走进厨房，只见灶上烧了一大锅白萝卜炖猪蹄，这肉香里有花椒味，馋得人流口水。我们打量整个厨房，但只有这一道菜。他们解释说，伙食补助有限，能这样吃我们就知足了。他们还说，我们的厨师做饭水平蛮高，尤其擅长做麻辣味。虽然菜品单一，但论菜的味道，我们是附近几个站点中最好的。环境造就人，知足常乐也是一种人生的态度。接着，我们上楼参观他们的住宿房间。每两人一间，条件尚可，但床上有些零乱。他们尴尬地说，因为晚上随时准备出发抢修，掀起被子就得跑步出门。这床铺，就由它任性去吧。再说，男人嘛……对此，我们只能"呵呵"了，捂住嘴笑笑，转身下楼。来到门前，服务站喂养的一只半大不小的土狗，围着我们左闻右嗅，似在辨认和探究，全然没有防范和敌意。因为穿红衣的人都是它的主人，我们也穿红工衣，它可能在猜想，是不是又来了新主人了？

这狗胖乎乎的很温顺，原本单调的生活，通过养狗就平添出些许情趣和生息。此刻，服务人员已陆续收工。他们的红工装在傍晚显得分外耀眼，这是焦石镇"石化红"的一部分。虽然这红色在厂里已习以为常，但置身异乡，在这特殊的环境里，却让人肃然起敬。红工衣，对于每个石化人而言，代表的，又岂止是衣服。因为在涪陵的深山里，只要有气井的地方，就有三机压缩机，市场占有率高达95%。身着红色工装的技术服务人员，如点点星火，让职责和重托化为红色的情怀，在青山绿水之间闪烁着光芒。

涪陵的红色，不只是工衣，还有山上的枫叶。

清晨，我们随服务站的总调度长肖继伟去井场查看设备。

本是寂寥落寞的深秋，山上却被枫叶染红。一簇簇、一片片如花绽放，红得绚丽，红得婉约。红色拂面而来，让人心醉不已，只能用心跳声回应满山红色的热情。这里的井场，肖继伟不知来过多少回。有时是白天，有时是晚上。他最怕的是深夜到此。今年10月份的一天晚上11点，肖继伟已上床，刚开始迷糊，电话响了。这电话很刺耳，他的心"咯噔"一下，不用看来电显示，准是用户的电话。麻烦事来了。用户说，70号站压缩机振动高，频率超标。他"腾"的一下翻身下床，带领另外两人火速出门。40分钟后赶到现场，发现是活塞断了。只能去南川拿配件更换。

故障就是命令，他立刻向南川进发。

从南川回来，已是早上五点。

接着，他们迅速更换活塞。更换之后，发现机子仍存在毛病。他们一点点排查，采取多种办法都不见效。时间一点点消失，整整一个白天过去了。他们终于找到"病根"：曲轴变形。

于是，赶紧在现场打磨、修复。这一过程也是极其漫长的，不仅打磨的是配件，也在打磨人的意志。转眼已到深夜，山谷已在夜色中隐没。

又是一个黎明悄悄来临，红叶唤醒了沉睡的大山。肖继伟他们终于修好了设备。到此时，已连续奋战30多个小时。举目东方，霞光红艳，群峰尽染。尽管身体疲惫，饿、累、困，一齐向他们袭来，但朝霞映红了他们的笑脸，如枫叶般灿烂。深山里每一台压缩机都曾亲历，山间的枫叶也能做证。

涪陵页岩气田压缩机组吊装就位

疫情期间，站里没有其他干部，他是实际上的负责人。由于当时情况特殊，人员紧张，他既要管生产，又要与客户对接，还要与甲方沟通，甚至连资料收集、配件结算都得他亲力亲为。除此之外，他还要带头到现场干活。当时，不能用武汉牌照的车，他们租用当地的车上井。每当车辆接近平台时，附近的农民为防疫情，不让车辆通过，他们只能将维修工具和配件扛上去，付出了意想不到的辛苦。除了劳累，肖继伟还时常为防疫物资发愁。为了配备口罩，他四处奔波，找人说情，到工区去买、找采气厂借，才能勉强满足急需。这时候，设备拉瓦、曲轴损坏、管线漏水等问题奇怪地接踵而至。最忙的时候，他一天要接打180多个各类电话。这是一个多么令人惊愕甚至恐怖的数字，假若每个电话接听时间平均只有两分钟，也得半天时间，如果不止两分钟呢？更头痛的是，在接打电话的过程中，他不仅要被迫直面各种未知事件，还要快速地做出反应，给出自己的态度或回答。一旦你在通话过程中犹豫的时间超过10秒，就会给双方造成各种误会和纠葛。应接不暇，焦头烂额，心力交瘁。每天24小时都处于电话惊魂之中，他几乎要患上电话恐惧症了，恨不得把手机摔成碎片。人的精力是有极限的，但千头万绪的工作却永无极限。那些天，他的头发突然白了许多，还大片脱落，但他没有倒下，每当快要坚持不住时，脑子里会闪出两个字："责任。"他是这里的领头人，人忠厚、诚实和坚韧的秉性，绝不会将责任"甩锅"！正是因为有这种信念做支撑，他一次次挺了过来。责任，是一种境界，也意味着付出。

肖继伟付出的不只是精力和体力。2018年，他的母亲在老家骑三轮车时，不幸摔断了腿，还加了钢钉。当时，服务中心刚成立，他不能回去看望、照顾。母子连心。他仿佛看到，母亲佝偻的身躯、灰白的头发、满脸的褶皱、痛苦的表情，还有那期盼的眼神。

他的心里阵阵绞痛。但他默默地将苦楚深藏胸中，用工作中辛勤的汗水来冲淡对母亲的愧疚。直到第二年7月份，他才回家陪母亲去医院取出了钢钉。在与母亲难得的相聚时光里，母亲时不时忧虑地看着儿子，欲言又止。肖继伟明白，母亲在牵挂自己的婚姻大事。毕竟已经33岁了，到现在还没有女朋友，做母亲的不能不着急。按说，肖继伟的条件是不差的，人英俊潇洒，性格朴实，精明能干，但长年在外，打交道的只是大山和顽石，很少遇到适龄女性。也许因此耽误了娶媳妇。母亲很希望他回江汉工作，尽早成家。这不过分的要求却令他很为难，经过反复考虑，在探亲假结束时，仍踏上通往涪陵的山路。

群山滴翠，红叶还未泛红。返程途中，肖继伟深情地凝望熟悉的涪陵，心里很平静。爱情的缘分和希望绝不会缺位。待到硕果飘香时，总会迎来枫叶红。

与他们近距离接触，"红"强烈地震撼着我们。

工衣红，枫叶红，其实，最红的是员工的心，那是血液的鲜红。

他们生活俭朴、工作辛苦，但没有过多的抱怨，更没有苛求和奢望，像山一样朴实和敦厚。对企业赤色的情感，内心热流的涌动。他们中，每一个人都是一团火，都有一串感人的故事。

不想开车却开车最多的是张洪波。

张洪波是当地聘用工，既当司机，又搞维修，还是厨师。但他干得最多的还是司机。其实他最不愿开车，因为时刻提心吊胆。一次半夜 12 点，用户反映 12 号站有故障。当时大雾弥漫，能见度不足 5 米，几乎伸出胳臂不见手掌。山路狭窄，起伏不平，两旁是悬崖峭壁。险峻的急弯，迂回曲折，似见头不见尾的巨蟒。此时，谁都不愿出车，但谁也没说不出车。黑夜，大雾，山路。开车技术精湛的张洪波也心中发虚。情急之下，派一个人在前面徒步指路，张洪波慢慢开车跟随。平时 10 多分钟的路程，这次却走了一个多小时。到达井场时，张红波已是满身大汗。现场一看，还好，问题不大，只是球阀坏了，半个小时就更换完毕。等返回驻地，已快到凌晨三点。

张洪波的出车经历，这还不是最惊险的。当年 8 月的一天，暴雨如注。他开车从焦石 5 号站出来时，山沟里洪水咆哮，浊浪翻滚。正行驶中，突然响声震天，山摇地动，前面的公路被巨石泥土覆盖。如果再向前多走几步，后果不堪设想，只得赶紧朝原路返回逃命。张洪波曾经向领导提出过，不想再开车。但领导也很为难，人手少，不开车拉不开栓。张洪波笑笑：顾全大局吧。仍然随叫随到，从去年 11 月份到今年 7 月份的

8个月时间里,他仅回家休息了5天,让红色的身影不知疲倦地闪现在盘山路上。

曾玉湘是藏在大山里的"艺人"。16号平台,地处群山环抱的山谷。抬头四望,除了几家农舍外,便是没有尽头的大山。封闭,孤独,寂寞是这里的特产。

但这里需要24小时值守。有些年轻人说:"每月多给我两千元补贴也不来。"而即将退休的曾玉湘已在这里待了三年。他与另一位师傅两班倒,每班24小时。工作之余是大把的闲暇时光。曾玉湘性格豪爽开朗,个头不高的身躯里跳跃着与生俱来的艺术细胞,年轻时在厂工会工作,琴棋书画样样在行。井场边有座铁皮房,这是他的休息室兼创作室。室内极其简陋又非常富有,简陋的是只有电饭煲这一种炊具,富有的是墙上琳琅满目的书画。他画的领袖素描肖像,线条刚柔相济,明暗关系清晰,空间层次分明,形象惟妙惟肖。他书写的民歌歌词,笔墨横恣,汪洋恣肆,龙翔凤跃,行云流水。在如此的环境里,竟然有这等心境和情愫,让我们不由得想起一首诗:"久离尘嚣又何妨,孤峰独绽裳自香。花开云下安自在,点点清幽予春光。"但曾玉湘也有孤苦和忧伤的时候。疫情那年春节,他不能回家过年。除夕之夜,本是万家团圆之时,他却一人值守在山窝里。他用电饭煲分别煮了一碗米饭和一碗从农家菜地里采摘的青菜。这就是年夜饭。他说,生活嘛,天天大鱼大肉腻不腻?寂寞,是自己跟自己说说话的最好时机。无边的黑幕,就是催你上床休息了。呼呼的气流在舒畅地奔涌,这就是我曾玉湘吃的这碗饭就该做的事。

他很想给老母亲打个电话,道一声春节的问候,但拿起手机又放下,他害怕听到母亲的声音后自己会控制不住情绪。望着手机,眼圈发红,强忍着不让泪水流下来。大年初一,他向自己和压缩机拜了个年,然后,一人自言自语,一人自哼自唱,一人自写自画。渐渐地,他心里开始平和,把这种离群索居看作"美丽的寂寞",有艺术在胸,有压缩机做伴,让阴郁的情感流逝在春寒料峭的季节里,迎接心中的万紫千红。

只有手机能叫醒的张伟伟,是吗?

在南川,我们认识了这里的服务站站长张伟伟。他也是位外聘的站长。

这小伙子28岁，高大魁梧，性格随和，说话耿直。他说，他晚上睡觉有一个怪毛病，每当睡着后，任何干扰都吵不醒他，怎么拍打和叫喊都没有用，但只要手机一响，他立马翻身起床。

他苦笑着解释道，打他手机的一般都是用户，别的事情可以不放在心上，但对用户可不能马虎。久而久之，他对手机特别敏感，似乎在大脑皮层中已形成特异的条件反射，睡梦时，记忆中枢只贮藏了手机的铃声。

手机的铃声，是他随时出征的号角。一次深夜，业主的电话骤然响起，他在梦中惊醒，问明事由后，拔腿就走。

到达现场后，发现机组没有供电无法起机，经排查原因是变频器故障。而现场没有配件，经与用户协商，只能将另一台还未投产设备的变频器拆下来以供急需。那台未投产设备远在30公里之外，张伟伟毫不耽搁，飞车前往，取回配件时已是凌晨2点。接着，紧急安装。此时，要把配件托举到与肩平齐，才能将其固定。而那配件足有200斤，表面光滑，没有抓手，提不起来。不仅如此，由于装配空间狭小，仅能容纳两个人，他们连腰都弯不下去。深吸一口气，蹲下身子，把双腿弓成90度，突然大吼一声，和另一人猛地把配件抬起，放在他大腿上。一阵钻心的疼痛让他倒吸一口气，这是钢铁对血肉的重压，也是血肉对钢铁的顶托。可他顾不了这些，喘了几口气后，又铆足劲，"嗖"的一下，将其举了起来。此刻，他们双腿不停地打战，两臂左右摇晃，脸色憋得通红，仍顽强地矗立着，像挺拔的柱石。劲吹的山风突然平静下来，似乎屏着呼吸在紧张地注视着眼前的壮举。时间一秒秒地过去，张伟伟仿佛听到秒针转动的"嚓嚓"响声，额头冒出蒸腾的热气。在意志与时间的比赛中，终于安装好了设备。他们酸软地坐在地上，一动也不想动了。过了一会儿，张伟伟才感觉大腿还在疼，卷起裤腿一看，原来腿上已被挤压成一片青紫。当设备重新运转时，已是东方渐白的黎明。

在涪陵，每一位技术服务人员，都有说不完的精彩。吴俊，白涛站负责人。每天忙碌在各个井场，早出晚归，有时路上来回就得四个小时，中午来不及回驻地休息，只能吃方便面。他每月若有一半时间能在站里吃口热乎乎的午饭，就感到心满意足了。一次，他和大伙从白天到晚上连续奋战，

第二天早上,又上白班,连续36个小时没下"火线"。我们问他:"这么忙,感受如何?"他的回答让我们很意外:"忙了日子好过,要不想家。"

候金宏,干活时一切想着用户,哪怕有些问题不在我方,只要甲方有要求,他都力所能及地解决。有一次,某站高压柜跳闸,对方通知他去处理。他行车一个半小时到达后,发现电压低,应水电厂来修理。但他还是帮忙协调排除故障。还有些井场在下雨时,排污口来不及排水,设备报警,虽然责任明显不在我方,但他仍然前往。在他和服务人员中,流传着一句顺口溜:"甲方虐我千百遍,我待甲方如初恋。"这让我们哑然失笑,初恋是男女之间绽开的第一朵鲜花,纯洁,包容,情深。当乙方对甲方真诚如此时,市场的天空将是多么广阔、灿烂。我们在涪陵只进行了短短的三天时间采访。临别的清早,踏上动车,回望涪陵,好一派气象万千:晨星渐没,微晖稍露。一线朝霞透过云层,群峰尽染,一片火红。与这片火红相映衬的是,身着红色工衣的人们,正向大山深处的各个井场进发,他们如火焰的奔放,又有如枫叶的唯美,更有与血液媲美的赤诚。

是他们,让能源涪陵、生态涪陵生机盎然,漫山红遍。

2021年腊月廿六日,涪陵焦石镇已进入除夕的倒计时。鞭炮声、年货、春联、归乡的游子把焦石人的年味推到了高潮。这些乡愁喂大的孩子,为了赶上一个日子,连春运也拉不完超载的乡愁。

胡亚龙的队伍分布在焦石、南川、武隆、普光、水江、白涛等多个站点,他提前在手机里给他们拜年,预祝新年新气象,站好岗,服好务,快乐过年,安全过年,并在微信里发出一个"大红包":

表扬信

中石化石油机械股份有限公司三机分公司:

  贵公司为焦页16#和焦页42#集气站带机服务两年多以来,始终以"安、稳、长、满、优"为工作目标,助力我方完成增压工作。

  工作中,驻站运维团队始终贯彻执行"安全第一,质量优先,服务至上"的原则,确保运维机组的稳定运行。2020年机组运行率达99.8%,两站共累计增压开采1.6亿余方,有力地保证了输气任务的完成,突显了贵公司设备质量和维保团队的专业水平。

在此，对运维团队全体人员的辛勤付出表示感谢。希望贵公司一如既往地保持优良的工作准则和高标准的服务理念，在今后的工作中继续保持密切合作，保障增产，携手共赢，开拓新篇章！

涪陵页岩气公司采气工程管理部
2021年2月7日

这个"红包"是无价的，它比有价的"红包"更有价。抛妻别子、坚守在大山深处，用户认可就是最大的"红包"，你吃的苦、受的累，值了！也可把这个"红包"转给家人，当然还有一年的"收成"和春节的"压岁钱"。

黄国华没想到知天命之年也能"发光"。

他是"独二代"。父亲从独山子搬迁到了龙尾山，他也算"三线"孩子，或龙尾山二代。技校毕业，学的车加工，干三机什么活都是专业对口。热气腾腾的生活，热火朝天地大干快上，没上几年班就协解了。先在民企干，又换到另一家民企当上了副总经理。有技术，又懂管理，一直干着专业活，听说三机要招技术服务人员，就辞去了副总经理又回到三机这个大家庭。

文23储气库二期压缩机组投产成功

"归队了,归队了!"一家人为他高兴。妻子说,他有"国企"情结,你看他那名字"国华",国是"国家",华是"中华",连那个姓,也是黄帝的"黄",这名字高大上。在龙尾山唱《龙尾山之歌》时,他的嗓门比哪个都大,指挥干脆让他当领唱,"巍峨高大的厂房,耸立在龙尾山上"歌词记得滚瓜烂熟,歌唱得铿锵高昂,也唱得声情并茂,可协解了,想唱这首歌,领着大家唱这首歌却没有机会了。回到三机,他懂得手里的活来之不易,更珍惜这份失而复得的"召回"。从入站到站长,他只用了大半年时间,转战苏里格、大牛地,最后到了中原油田的濮阳储气库。

三机分公司同志介绍中原储气库少不了要提到一个人,那就是——黄国华。"中原文 23"是三机分公司在天然气储气库压缩机市场与国外机组同台竞技中全面胜出、担当主力、彰显国产化实力的一张亮丽"名片"。让这张"名片"持续闪亮的是三机技术服务公司文 23 项目部的"领头雁"黄国华和他的团队。他们说,闪亮的不仅是光环,还有汗水。中原文 23 储气库是中石化,也是国内中东部最大的天然气储气库工程,三机分公司作为三家主设备供应商之一,生产制造的 7 台储气库注气压缩机组在与国内外知名厂家的 7 台机组同台竞技,取得了多个第一,用 50% 的压缩机数量保障了 68% 的运行时间、完成了 69% 的注气量,成为文 23 储气库注气主力军,在集团公司储气库群项目建设中脱颖而出、一炮打响,成为国产化压缩机的一张亮丽"名片"。在这些耀眼的光环背后,更多的是黄国华和他的团队辛勤的付出和汗水。早在机组调试安装时,黄国华就带领团队,克服现场施工条件差、交叉作业风险大、生活后勤保障难等各种困难,身先士卒,连续奋战在现场。机组调试最紧张的时候,他们曾三天三夜不休息,用苦干、实干、拼命干夺下了机组率先安装调试完成、率先投入生产运行两个第一,也把石油工人的"铁人"精神展现得淋漓尽致。机组投入生产运行后,新的工况环境、多项新技术的运用给机组的长期稳定运行带来了各种考验和难题,黄国华和他的团队干脆驻守在现场,看着机组吃饭,伴着机组睡觉。无论多晚,只要机组出现故障,他们都随叫随到,第一时间将问题解决。机组已连续稳定运行超十万多个小时,累计注气破百亿立方米。同样的,黄国华也已整整 6 年没有回过家。文

23用户已经习惯把他当成自家的一员，他也已把文23当成了自己的家。他常常要求站里的员工坚守的不仅是市场，还是责任。突如其来的新冠肺炎疫情，让各行各业都受到了严重影响，三机分公司因地处疫情重的武汉也整整停工了2个月。由于文23储气库是连续生产单位、不能停产，于是黄国华主动站出来，把其他同事都安排回家，独自担负起了现场值守的重任。其实，对黄国华来说，很多时候的坚守不仅仅是为了分公司的市场，还有他自己身上的那份责任。每逢佳节倍思亲，而且又遇到疫情，谁不想念自己的亲人，谁不担心自己的家人；那年儿子要高考，学习怎样了，受不受疫情影响，哪个父母不操心自己的孩子。就是他自己也要每天进出现场、与人接触，常常冒着被感染的风险，想办法解决吃饭和防护用品的问题。但他是项目部的负责人，为了用户、他只能舍弃家人；为了机组、他只能先放下孩子；为了责任、他只能压下心里的害怕。就这样，整个疫情暴发期间，他始终坚守在自己的岗位、坚守在用户现场，一直到交通封闭全部解除整整83天，换来的是机组稳定生产运行和用户发来的感谢信。

有了守住还不够，还要立住，立住的不仅是标杆，还有精气神。父亲做过车间主任，曾把车间带进了油田模范基层单位。他这个大器晚成的儿子要让"文23"这张名片持续闪亮，就需要经常地擦拭、不断地注入新的能量。为此，黄国华和他的团队提出了"专业敬业、精益精细、持续改进、顾客满意"的十六字方针。为了把这十六字真正付诸行动、落到实处。黄国华带头拿起了书本，从知识上钻、在实践中练、向老师傅学，从"半路出家"接触压缩机开始，他只用短短的3年时间，就成了用户信赖的"技术专家"，用他的话说"打铁先得自身硬，专业才能服好务"。黄国华也深知"外光还要内秀"，在项目部管理上他也动足了脑筋，标准化场站建设，统一形象标识、统一劳保着装、统一食宿安排，让团队变成一个整体；精益化管理，规章制度、工作流程、任务安排、人员流动全部看板管理、一目了然；规范化服务，工作表单化、服务流程化、操作精细化。在他精心"持家"下，项目部的面貌焕然一新，三机品牌在文23更加响亮。当然，黄国华更明白"名声是实实在在干出来的"。今年7月份文23机组

开始进行8000小时保养，正值夏季高温和注气生产高峰期，为了不影响用户生产，黄国华带领团队响应分公司"攻坚创效"劳动竞赛的号召，在远离厂区数百里外打响了一场维保攻坚战。他们在高温50℃的机房里默默挥汗如雨、顽强拼搏，仅用7天时间就完成了2台机组的保养任务，刷新了大型机组保养的新纪录。他们的努力最终得到了用户的认可和好评，并决定将文23整站，包括进口机组在内的全部压缩机维保合同全部交给三机项目部。如今，站里的墙上贴了不少表扬信，几乎都是用户写来的，这似乎告诉我们用户就是主考官，他们给的荣誉就是认可，就是口碑，就是市场！市场要靠服务挣回来，荣誉就是一块牌、一张纸，那纸里的每一个字比金子还贵。

"感谢信比荣誉更重要！"他说，用户夸你，其实是市场在夸你，明天在夸你，因为明天的市场要靠今天去占领。

尾 声
看得到彼岸又能抵达彼岸的生命横渡

　　三机分公司大门上飘逸的顶梁造型，原来就是一面飘扬的旗帜。旗帜是用来飘扬的，旗帜是用来召唤的，旗帜是用来鼓舞脚步的。几个人在一起，那叫一群人。几个人和一面旗帜在一起，就叫队伍了。有形的旗，在风中飘扬，展开给风看，展开给人看，召唤着队伍。无形的旗融化在血液里，人就成了旗帜！旗有旗语，永远的旗帜，她的旗语是飘扬。

一片红山却取了一个美丽的名字：丹霞地貌。

那是一片荒凉吮吸落霞最后一抹血色，似乎滴着血，那片荒凉向纵深更荒凉。

那里应该是库车大峡谷深不可测的断头路。那里是无人区，没有村落，没有羊道，没有鸟翅，他们的出现，哪怕仅有几个小时，那里便有了人烟，至少几个小时的人烟。他们在寻路，在攀岩，一个学生在最上边，拉着老师的手，另外两个学生从下往上推他们老师的腰，还有一位学生用手撑着另一位学生的大腿。这是一位教授带着她的研究生在阿克苏野外地质调查留下的最后一张照片。半个小时后，山洪暴发，四人遇难。这一天，我也在那片无人区。隔着一座山，他们在北边，我在南边。那山叫却勒塔格山。那天晚上我在距离遇难现场几十公里的克孜尔荒漠写下这样的文字：这是一群石油的来者筑起的"天路"，搭建起的"脚手架"；是攀岩者留给后来者的高度，是只有杂技中才有过的五人高空的一次生命探险和造型。他们是向石油报到的来者，而在报到途中却被泥石流提前劫走了。四个学生中有一人幸存。这让我想起60年前一个叫依奇克里克油矿"一朵花"的故事。而这个地方与师生遇难之地直线距离不足百公里。也是一场突如其来的山洪暴发，三名地质队员一位幸存。石油人的故事既悲壮，也凄美，上苍总会留下一个幸存者，为人类留一个活口。队长戴健被山洪冲到50公里外一个叫八棵树的地方，洪水剥去了她的衣裤，腰间一根皮带里扎有一团用塑料纸包裹的地质资料。打开一看，一张地质图上标有密密麻麻的露头，第二年新疆发现了第一个油矿——依奇克里克。她与队友李越人遇难地有了一个新地名：健人沟。第三年，人们在健人沟里发现一株千年的胡杨开花了。红红的一团像火苗。胡杨真的能开花吗？把那花"摘"下一看，原来是戴健遇难时穿的那件红毛衣，上面有一行字：我为祖国献石油。

依奇克里克我曾去过两次，一次去寻找戴健的故事；一次去寻找中国工业遗址的魂。在清冷了二十多年后，依奇克里克又响起了炮声，又立起了井架。

8月的荒原，夏风总含着几分滚烫的盐碱。依奇克里克，维吾尔语意为

"山羊很多的牧场"。但是，当我们走进这里的时候，未曾见到山羊和牧场，在红褐色的大山褶皱里只有一座令人心颤的废弃的石油城。

晨光里有一条狗，它正追逐着光柱子嬉戏。我们没有见到人，一根绳子拴在坍塌的水泥柱子上，那或许是当年大会堂的柱子，或许就是主席台上的横梁。绳子上晾着衣服，那一刻真让人心悸，也真让人感慨。虽然没有见到人，但见到那衣服比见到人更有体温，也更具有生命的气息。我们没有惊动历史，因为任何声响都是对那片脆弱空间的一种破坏。徘徊在这片废墟间，倒塌的礼堂、学校、炼油厂、幼儿园，锈迹斑斑的油井，以及带有那个时代标识的壁画、标语依然清晰可辨。一切都那么无遮无拦地映入眼帘，冲击着我们的视野，触动着我们的灵魂。凝视着昔日石油城的废墟，我们似乎又感受到了它曾拥有过的辉煌，思绪中扑闪着热火朝天的动人场面。20世纪50年代，第一代石油人来到南天山的高山峡谷之中 用地质锤叩开古老的沉积，终于在海拔2000多米的大山深处建起了塔里木盆地的第一个油田——依奇克里克油田。从此，这里汇聚了来自全国各地的3000多名石油人，他们用火样的热情将一个交通闭塞的山沟发展为集勘探、开采、加工为一体的综合性石油基地。此后，在长达20多年的时间里，依奇克里克为共和国的石油工业作出了不可磨灭的贡献。曾几何时，钻机的钢铁啸音震响在大山深处，它不仅展示了一代石油人壮阔的生命律动，更展示了我们民族石油工业的旺盛生机。然而，依奇克里克油田毕竟太弱小了，它仅仅5平方公里。1987年，当它吐完最后一滴原油的时候，它也就走完了它生命的全程。钻井100口，产油110万吨，就成了它生命的最终记录。于是，当最后一个石油人一步三回头地离开这大山的褶皱，又开赴石油新城的时候等待依奇克里克的就只有风霜雨雪的无情洗礼了，而那时它还未到而立之年，这是何等的遗憾和悲壮！"部落"的称号还能延续吗？它们将以什么作为自己生存和繁衍的"图腾"？我们今日的石油城是否也会如眼前这荒芜、悲壮的依奇克里克？依奇克里克也许就是记录着石油人曾经活动的"遗迹"而残存于世了。

独山子没有这样的"废城"，你走进它就像走进太阳的光圈里，眼前是亮度是光度。三机分公司西北技术服务经理田春生告诉我们，依奇克里

克的石油子民都搬到了大涝坝，大涝坝有三台压缩机为塔里木油田服务。那里交通方便，距离库车不远，但离开依奇克里克油矿后，许多石油的原住民依然走不出那片荒凉和燃情岁月。"铁打的汉子直愣愣，八百里山川任我行，天上的太阳热烘烘，逼上梁山直捣黄龙。直愣愣那个热烘烘，热烘烘咱们一条命，好汉的天下好汉的梦，就算死咱也当英雄。"这首依奇克里克的原创歌曲在大涝坝流传。

"假如依奇克里克还有油呢？"

"当然，我们的压缩机少不了也得上。我们的技术服务也会出没在那片丹霞地貌！"我相信，有石油的地方，有天然气的地方，要增压、要增产、要回收，就得有他们。

北望独山子，我想起了顾伟，那位锡伯族诗人。

高大、硬朗，额阔上渐渐拉长的皱纹，给岁月留一条生路。眼睛深邃，就像泥火山上的"石油天眼"吐故纳新，每次与它对视都充满想象，或思绪万千。

听听他的歌声：风吹拂着泥火山的月光，背斜的褶皱。风的脚步，一阵紧似一阵，吹走了地窝子上岁月的痕迹。阅读着石油人的梦乡。如果需要，伊人希望把故乡山野的风景，打磨成忙碌在他乡的背影。歌中的伊人是一个群体，就像当年锡伯族人西迁时流动的生命，这些生命移位到了，或投靠到了另一座山，另一片草原，挂上炊烟也繁衍炊烟。

石体伟从伊犁新源钢铁厂回独山子，他想跟大部队南迁参加江汉石油会战。

党委副书记赵趁福悄悄对他说，都走完了，谁来建设独山子呢。留下你，总得有个借口啊，就说你到新源钢铁厂下放劳动，还要继续改造。

负责技术的副总工程师石体伟，就这样与大部队擦肩而过。

我相信这个版本。石体伟有几次进京的机会，都被主管领导以"人才"给截留了。假如他去了龙尾山呢，至少他的故事会更精彩。

其实，赵趁福也没留下来，他奉命带着队伍"越过高山，越过平原，跨过奔腾的黄河长江"，抵达江汉后，他担任江汉石油会战指挥部21团团长，即三机厂会战时的掌门人。独山子时代，他们是一群有理想有抱负"国家至上"的梦之队。他们用现实主义的眼光触碰荒凉，用浪漫主义的激情书写人生，从"大漠孤烟直"里把自己塑造成英雄主义的胡杨，那人格化了的"英雄树"就是他们心中永远的图腾。

顾伟把石体伟女儿石蕾的电话号码给了我。

石蕾写出的那篇怀念父亲的文章已经给了我们许多珍贵的素材，我就不便打扰她了。

1964年五一前夕，石体伟也参加了独山子机械厂劳模座谈会。出席会议的全是清一色的全国劳模，许依仁、黄志敏、郭进忠、黄鸿钧、吐尔逊、何永福等纷纷发言。

"就想找到大油田啊！"

"不是找到了克拉玛依吗？"

"不是找到了大庆吗？"

"还有呢？"

"不够啊，这么大一个国家，我们仅仅才把贫油的帽子扔进太平洋。"

"那我们呢？"他们在问自己。

独山子机械厂跟着石油走，跟着油田转。能够拧得出的就是"S"形、"舌"形设计制造、第一条原油管线、球墨铸铁、三机配件会战。

就生产配件吗？

总有一天，我们也能生产石油装备，而不是配件。

哪些是石油装备呢，他们数了数，除了钻机，还是钻机。他们虽然是石油工人，但真正了解石油装备的并不多。

不过，梦想的种子从那时就开始发芽。

20世纪70年代末的龙尾山，春寒料峭。

三机厂职代会上有职工代表提出建"中国三汽"议案：有二汽，咱不去争；三汽，总该可以吧？

厂长圆眼一瞪：想干什么就能干什么吗？想法很好，看得到彼岸但抵达不了彼岸，这就叫空想。你肯定会说，三机配件，那三机所指的是柴油车、汽油车、拖拉机，既然能做配件，而且那些配件是发动机的主件，曲轴、活塞等等，又有铸造、机加工、总装，为什么就不能转型生产汽车呢？别

忘了，咱们血管里流淌的是石油工业的血液。你说的汽车，归一机部管。

大家你看我，我看你不语。

两年后他们转型生产出了抽油机，他们总算能生产石油装备了。第一次看到抽油机在油田广袤的大地上像辛勤的耕者，激动万分。那是一个怎样的耕者啊！

抽油机的主体有一个长长的臂杆，臂杆的顶部连有月牙形的装置，就像一个刚出炉的红铁锤。挺立，鞠躬，匍匐，在空中划着弧度，又狠狠地躬身砸向大地，一天近万次周而复始。那斧头形的臂杆，石油人说是抽油机；诗人说是采油树；哲人说是磕头机。说抽油机的是说生产；说采油树的是说生长；说磕头机的是说感恩。大凡磕头者都是石油最虔诚的信徒。磕头机，那是大地之上最硬朗的石油图腾。不停地叩头，用钢铁的骨骼向大地鞠躬。这是一幅最壮美的石油躬耕图，在石油之上最深情的仪式。

至今，他们还沉浸在抽油机的诗意中，大地之下的石油河在它们的抽举中流淌出滚滚的流油不断灌溉着共和国的经济版图。

1991年春。

压缩机技术引进已尘埃落定。

这是一次班子成员会议。

图纸出炉、车间改造、技术组攻关组都干得热火朝天。各大板块正为样机通力合作。清仓盘底发现人头不少，人才匮乏。

负责组织人事的翟和应列席了会议。

所有的人都看着翟科长。

"你得给我想法子，西安交大、华科大的毕业生必须要有。只有这两所大学才有压缩机专业。"翟和应不负众望，果真把北大、西安交大、华科大、浙大、川大、中国石油大学等名牌大学的优质生"引渡"到了龙尾山。

目标：年能生产50台压缩机。一阵掌声经久不绝。

产值：两个多亿，甚至三个亿。掌声稀稀拉拉。没鼓掌的人算了一笔账，若按一台200万元平均数算，一百台才两个亿呀！

万一做大了呢，一台上千万元，算算。

掌声，才热烈了起来。

那时，谁也没有想到压缩机有无限的开发空间。

天道酬勤。在石油寒冬期里，总会听到"冬天来了春天还会远吗"的雪莱诗句。这是自然规律，就像水往低处流一样，高处没有水呢？三机人提出"与其等春，不如'造'一个春天！"过去谁能想到压缩机的技术服务也能挣回"半壁江山"？过去谁能想到储气库、页岩气、高抗硫、深地工程里没有压缩机就完不成产量，就出不了气，火炬气伴生气回收，二氧化碳捕集、利用与封存，氢能的开发利用，城市的绿色环保也催生了压缩机的春天。

压缩机的生命周期是需要技术服务人员运维的，这是一片看得见的天空，更是一片无限广阔的领土。传统意义上是把产品卖出去，用户遇到了问题就电话通知厂家，技术人员现场了解后就派人送配件，换件即可。能不能驻站设点，为压缩机全天候运维？

一位曾在部队担任过号手的石油汉子，站在焦石东边的达耳山吹起了长号。随着雄浑、厚重、嘹亮、庄严地展开，人们仿佛感觉到那把长号架在焦页1HF井架之上，它的每一粒音符都有了光芒，最后吹奏者连同太阳也一起吹了出来。这场景在涪陵页岩气田三机分公司技术服务中心老曾的笔下已是三易其稿了。他说，我们的号角是电话，是用户的需求，慢了不行，快就是效益。

有人说，听过这号声的人就知道新的一天从什么时候开始。

"每天让我们准时醒来的不是闹钟，而是梦想！"这句话在气田广为流传，原创是谁，至今还是一个谜。其实啊，每天叫醒他们的是电话另一端的疾呼。

"压缩机也是长江经济带上的守护神呢！"在通往焦页10平台的路上，胡亚龙介绍，我们有很多井在国家AAAAA旅游景区的周边，压缩机是气举提产页岩气生产的神器，停一天就会损失多少万立方米的清洁能源，一定要保证它们全周期的安全运转。三机人心很细，集输站旁边又在打新井，他们就特别关注周边的环境，有时就是一棵草也格外怜爱。放喷前，忙碌的消防车来回穿梭于井场，为放喷池周边的树木射水"沐浴"。冬天了，树木干枯易燃，火星溅上去，树就毁了，明年想看花没了，想看绿没了。

一座山没了绿，那还是山吗？井场边有几棵野生的矮茎植物，蓝蓝的碎花摇曳在寒风中，他们都会悄悄地把它们移走，担心烤伤了这些美丽的小生命。山的美在一景一物，一次绽放，或一次摇曳都是多情的草木对人类的一次大胆的示爱。这块尘世间少有的净土会不会因为页岩气的开发而失去她的原生态呢？一棵草是乡愁，一棵树是乡愁，一丘田是乡愁，一滴泉水是乡愁，绿水青山更是乡愁。乡愁丢不得，乡愁也丢不起，丢一抹山绿乡愁就没有了生气，丢一泓水清乡愁就没有了灵气，丢一缕炊烟乡愁就没有人气，丢一根田坎乡愁就少了一条春耕的路。肩上有了责任，就知道山为什么这么青，山也一定会更青；水为什么这么秀，水也一定会更秀。

听完他们的故事，我为他们写出了散文《草木篇》。三年前，我参加"2021年中国一日·工业兴国——中国作家在行动"全国作家联动大型文学主题实践活动采风，再一次把他们写进《风采秀山河》一文中。

从中国车间到中国能源的万水千山，他们既是中国车间的红砖，也是中国能源万水千山中最美的风景。

据三机信息显示：三机分公司技术服务公司是机械公司划小核算单元、实行内部承包经营的首批试点单位之一，承担着压缩机产业一体化服务转型的重任。2018年，分公司重新公开招聘技术服务承包团队。面对重任和考验，以蒲建强、刘旭明、陈润平为首的新的承包团队抓住改革发展机遇，发挥新机制优势，主动作为，务实精进，助推压缩机产业一体化服务转型，实现了业务上规模、增效益、添活力的良性发展新格局，打响了"三机服务"品牌，由业内"跟跑者"一跃成为"领跑者"。2018年新增订货5045万元，一举跨上5000万元台阶，同比增长45%。之后4年先后跨过7000万元、1亿元、1.5亿元、1.8亿元大关，2023年更是突破了2亿元，实现经营规模大幅跃升，跨过了曾经难以逾越的重要关口，全面超越业内对手。

使出拓市制胜招，驶入发展快车道。长期以来，三机分公司服务订货收入总是在3000万元左右徘徊。2018年3月，新的承包团队组建后，率先打破"等、靠、要"的固有思维，坚持以市场需求为导向，狠抓维保服务品质提升，锤炼市场快速响应能力，探索新型营销模式，优化内部激励机制，确立"聚焦主业、拓展服务、打造品牌、多元发展"的经营策略，外抓市场，内强管理，拓市创效，发展的动能不断增强。不惧挑战，敢于亮剑，是承包团队搏击市场的立足之本。在西南市场，承包团队坚持一切从用户需求出发，突出专业、高效的竞争优势，为用户提供全方位的增值服务，深受用户青睐，不仅使用户提前实现增产上产，还帮助用户在降本上见到了"真金白银"。最终，击退了几个虎视眈眈的强劲对手，从竞争激烈的西南服务市场中杀出重围，树立了"三机服务"品牌形象。几年来，该区域业务量连连攀升，在原来的基础上提升了5倍之多，成为重要的增长点。大胆尝试，勇于创新，是承包团队搏击市场的制胜之道。为拓宽压缩机配件销售渠道，经多方努力，完成了往复式压缩机主机配件框架谈判，1596件压缩机配件通过了集团公司物装部组织的审核，获准录入中石化打造的中国最大的工业品电商平台——易派客。用户上网登录易派客，便可直接下单订购压缩机配件，使配件销售更专业、便捷。仅仅4个月，压缩机配件网上销售额就超千万元。同时，大胆尝试设备租赁和BOO业务运营新模式，与江汉、重庆、西南等地用户达成了合作协议，涉足新业务获得成功，不仅实现了业务创新，还实现了收入增长。提前介入，主动出击，是承包团队搏击市场的攻坚之策。为夺回丢失的长庆维保市场，承包团队发扬"钉钉子"精神，派专人盯项目，挖信息，连续4个多月，在用户总部和作业现场之间来回奔波6000多公里，中标此维保项目，打了一场漂亮的"翻身仗"，新增服务和配件业务超千万元。

　　打好管理组合拳，赢得发展主动权。承包团队对标业内压缩机制造优秀企业，着力推动管理工作提质增效。配套建立市场开拓、考核激励、规范服务、场站建设、客户资源管理制度19项，梳理优化工作流程27项，健全完善维保服务操作法9项，形成服务工作管理清单15项，改变了以往"重业务、轻管理"的现象。在华北大牛地机组安装调试时，现场服务团队按照新的流程和规范，严格项目管理，克服野外施工酷暑暴晒、自然环境艰苦、交叉作业难度大等困难，仅25天就出色地完成了任务，并一次试机成功，助力大牛地气田二次增压项目投产运行实现开门红，获得用户通报嘉奖。为展示"三机服务"新形象，承包团队推进服务场站规范化管理，拟定企业标识、规章制度、日常管理、操作规范、员工食宿"五个统一"标准，

先后完成了 8 个项目部建设，培育出了涪陵、鄂尔多斯两个两千万级区域市场和西南、乌审旗、文 23 储气库三个一千万级区域市场，品牌影响力显著提升。

华北大牛地压缩机组中修

塑造队伍新形象，培育发展新动能。市场的竞争，关键在人，承包团队不拘一格，广纳贤才。通过实施竞争性选聘和多元化用工，引进成熟人才 7 人，并委以重任，让其"挑担子"。能力突出、业绩抢眼的直接担任项目负责人，甚至服务中心经理。成熟人才的引进，如一股活水注入，带来了新的气象，还激活了现有人力资源，使技术服务队伍结构得到了质的飞跃，带动了产业版图迅速扩张。推行靠能力吃饭，凭业绩取酬。将收入向边远、艰苦、重要岗位倾斜，做到上不封顶、下不保底，能增能减、能高能低。在新机制的激励下，员工不仅身上有压力，而且干事有奔头，闯市场、抓业务的信心和劲头比过去更足了。得知塔榆增压站急需机组电气自动控制操作等方面的培训，承包团队主动上门为用户"送培训服务"，举办专场培训 2 期，还专门编制《常见故障排除手册》和中修保养内容，用户对此非常满意。不久，便取得了该站压缩机中修任务。经受市场洗礼，淬火成钢，承包团队强烈的市场竞争意识大大激发，培养锻炼了一支"业务过硬、反应快速、服务高效、能征善战"的专业化队伍。文 23 储气库工程项目是我国中部最大的储气库，承包团队以一体化精细服务，全面承揽了该项目机组保运服务和配件供应，发挥专业制造优势，为用户解决了进口机组故障，并保障良好运行，赢得了市场声誉，打造了市场新名片。

改革奋进时，实干开新局。承包团队负责人认为，改革不仅带来了政策红利，更重要的是增强了做大做强压缩机技术服务产业的信心和决心。下一步，三机分公司将以提升服务、巩固市场为重点，深入推进技术服务业务由配件销售、劳务承揽、设备维保向为客户提供一体化服务解决方案转变，培育市场竞争新优势，冲刺新的更高目标，打造压缩机产业"半壁江山"。

从独山子的寻梦，龙尾山的追梦到吴家山的筑梦，梦是一个企业的精神"芯片"，无梦的人生和无梦的企业多么可怕。

段志杰，湖北工业大学研究生毕业。入厂后到塔克拉玛干"深地1号"基层锻炼。在沙漠里一待就是53天。为了赶工期，从早到晚一干就是15个小时。又是沙尘暴，天昏地暗，累了躺在地上想睡觉。师傅刘辉告诉他，知道"锤炼"吗？何为"锤炼"，就是把不成型的毛坯放在铁墩上锻打，直到锻成型，由毛坯到成型到成品，这个过程是一个工人必有的历练。塔克拉玛干，维吾尔语意为"进去了就出不来"的死亡之海。偏偏就有这样一群人进去了就不想出来。

鄂尔多斯服务中心欢欢喜喜过大年

"出来，那是丢人的事。不是没活干，就是被赶了出来。"天下有这样一群人敢跟塔克拉玛干较劲。他们的道理很简单，就怕闲啊，闲也是一种苦难。没活干，苦和累不会来找你。苦累也是福分，你信不信？

2021年底，疫情反复，段志杰在5号联二期过年。女朋友在深圳。原计划春节到女方家拜见岳父母，没想到他将"食言"。女朋友说，理解，但不开心。她在朋友圈里约人爬山：有谁愿意跟我爬山的？我愿意！我永远愿意！永远陪你爬你要爬的山！这山，你选！

"理解，但不开心！"有了这句话就够了。

那一年，他干到了腊月廿七才干完活，回轮台过年。从井站到驻地往返4个多小时，当他们靠路边小便时竟然发现有狼的脚印。

从武汉去工区的领导听完段志杰的"女友微信"、"可可托海"、"累了倒地想睡"等故事，既心疼，又欣慰，这些青年才俊将来是要挑大梁的。"小段啊，你都提前把苦吃完了！"

如今，他已回到了武汉三机分公司电气研究所当工程师。

在沙漠公路上，越野车里循环播放《可可托海的牧羊人》。车里的人听得五味杂陈。打开蜂箱飞出的不是蜜蜂，是可可托海。打开羊圈，放出的不是羊群，是可可托海。羊是草原上游动的梨花，成不了花海。蜜蜂是花海里煽情的舞者，酿不出草原。把羊群赶进了花海，丢了草原。把蜜蜂放进了草原，丢了花海。羊和蜜蜂不是一条道上的生灵，牧羊人和养蜂女也就走不到一块。可可托海给你甜蜜给你肥美，也给你浪漫，就是给不了爱情。因为草原再大酿不出蜜，花海再美喂不肥逐草的羊。

可这些石油人的妻子是最伟大的女性，她们有自己的"可可托海牧羊人"。

李怡然是段志杰的另一个师傅。他总爱挑"毛病"，但家里有好吃的也忘不了这个徒弟。他给你压担子，又指方向。科研怎么起步，怎么做。2022年鼓励他参加集团公司科技大赛获得二等奖。他说，在前进中的伟大时代，鼓励就是灯塔。李师傅是他职场上的领路人、小橘灯。

结束采访时，他说，他这几年最大的收获是要学会自己调节自己。一个人有点小挫折，不要把眼睛盯在"困难"的地方，一定要把心思放在你

中石化石油机械股份有限公司三机分公司"公众开放日"

感兴趣的地方，转移注意力。你不是研究生吗，你把你的精力投入到专业上去，建立起自己的专业本领的精神小屋，干自己喜欢干的事，你就没有那么多的苦闷、烦恼。没有等出来的辉煌，只有干出来的精彩。

一个生产压缩机的企业，生产压缩机的人其实也是一台压缩机。

当你读完《远山的山》就知道答案。